वास्को डी गामा की साइकिल

वास्को डी गामा की साइकिल

प्रवीण कुमार

राजपाल

ISBN : 9789389373455

पहला संस्करण : 2020 © प्रवीण कुमार
VASCO DA GAMA KI CYCLE (Stories)
by Pravin Kumar

राजपाल एण्ड सन्ज़

1590, मदरसा रोड, कश्मीरी गेट, दिल्ली-110006
फोन : 011-23869812, 23865483, 23867791
e-mail : sales@rajpalpublishing.com
www.rajpalpublishing.com
www.facebook.com/rajpalandsons

क्रम

एक राजा था जो सीताफल से डरता था

कहते हैं कि उस राजा के नगर जैसा नगर दसों दिशा, आठों कोण और चौदह भुवन में कहीं नहीं था। उस राजा के शासन में रातभर धूप खिली रहती थी। रात में धूप इतनी खिली रहती कि छाया का नामोनिशान नहीं मिलता। दिन के उजाले में तो कभी कोई छाया दिख भी जाती पर रात में तो वह ढूँढ़े भी नहीं मिलती। लोग हमेशा ही काम करते हुए मिलते। जिसका जो भी पेशा रहता वह उसमें अथक जुनून से डूबा रहता। तमाम तरह की दुकानें आठों पहर खुली रहतीं। बहुत दूर-दूर के व्यापारी व्यापार करने आते और बेशकीमती चीज़ें ख़रीदते-बेचते। यहाँ तक कि जिन्हें अजीबोग़रीब चीज़ों की ख़रीद-फरोख्त करनी होती वे भी चुपचाप अपना काम बड़ी शालीनता से कर जाते, कभी कोई शोरगुल नहीं सुना गया। बाज़ार हमेशा गुलज़ार रहता था। व्यापारियों के साथ-साथ देश-विदेश के जादूगर, नर्तक, कलाकार, कलाबाज़, आतिशबाज़ और मसखरे आते और लोगों का भरपूर मनोरंजन करते रहते। आतिशबाज़ियाँ अक्सर होती रहतीं। उस राज्य में कला और संगीत के क्षेत्र में अभूतपूर्व विकास हुआ था। लोग उस दौर को कला और संगीत का स्वर्णयुग कहते। सितारवादन का तो चरम विकास हुआ था। नगर के किसी भी सितारवादक से कोई भी बाहरी व्यक्ति मुकाबला नहीं कर सकता था। घर-घर में सितार था। गन्धर्व कुमार इस नगर के सबसे बड़े सितारवादक थे। यह उन्हीं की ख्याति का परिणाम था कि सितार एक उद्योग में तब्दील हो गया था। बहुत दूर-दूर के सौदागर इसे खरीदने आते। प्रजा मनोरंजन-प्रिय थी। लोग कहते हैं कि उस नगर की प्रजा के सुख का मुकाबला समस्त भूमंडल की सभ्यताएँ एक साथ मिलकर भी नहीं कर सकती थीं।

प्रजाप्रिय राजा कई दशकों से इस नगर पर निष्कंटक शासन करते आये थे। राजा ने प्रजा का और प्रजा ने राजा का कई अग्नि-परीक्षाओं में साथ दिया था। आज यह नगर जिस ऐश्वर्य से जगमग कर रहा था उसके पीछे राजा का ही अथक परिश्रम रहा जिसकी साक्षी ख़ुद प्रजा थी। नहीं तो विरासत में राजा को मिला ही क्या था? एक जर्जर और असुरक्षित राज्य!! राजा ने अपनी जवानी में सत्ता सँभालते ही आमूलचूल परिवर्तन शुरू कर दिया था। उन्होंने कई साल तक दिन-रात मेहनत की और देखते-ही-देखते यह समूचा 'राज्य' एक आलीशान 'नगर' में बदल गया। कालांतर में 'राज्य' जैसे घिसे-पिटे शब्द को शब्दकोश से बाहर फेंक दिया गया और उसके समांतर 'नगर' जैसे चमकदार और जोशीले शब्द ने जगह बना ली। अब इस राज्य को कोई राज्य नहीं कहता, सब इसे नगर कहते हैं। वैसे इस नगर का पुराना नाम वर्तुल था।

वर्तुल के इस राजा की अथक मेहनत और प्रजाप्रियता के क़िस्से दूर-दूर तक यश फैला रहे थे। हाल ही में राजा ने 'प्रजाप्रिय' की उपाधि धारण की थी। समूचे नगर में डुगडुगी पिटवा कर यह राजकीय घोषणा कर दी गई थी कि अब भविष्य में राजा जी को केवल 'प्रजाप्रिय' के नाम से पुकारा जायेगा। घोषणा में इस बात की ताकीद भी की गई कि जो भी प्रजाप्रिय को राजा, महाराजा, राजाधिराज, भूमिपति, अधिपति या अन्य किसी नाम से पुकारेगा वह महादंड का भागी बनेगा। उस राज्य में बस एक ही चीज़ कठोर थी—महादंड। सामान्य दंडों का वहाँ कोई प्रावधान न था। किसी भी प्रकार के अपराध का एकमात्र दंड बस यही था। न्यायप्रिय राजा औचक नगर-भ्रमण किया करते। ऐसा वे कई दशकों से करते आ रहे थे। राजा के बारे में यह बात विख्यात थी कि वह न थकते हैं और न सोते हैं। प्राय: प्रजा राजा के औचक नगर-भ्रमण की बाट जोहती थी। बाट जोहने की एक और बड़ी वजह थी। वैसे यह वजह बहुत प्रचलित और राजा की युवा अवस्था से चली आ रही थी।

इसकी भी एक कहानी है। तब नगर के हालात आज की तरह रोशन न थे। कई वर्षों का अकाल पड़ा था, देखते-देखते एक बड़ी आबादी को काल निगल गया। खाद्यान्न का संकट गहराता गया, कर्मचारियों की तनख्वाह महीनों रुकी रही, नागरिकों तक में भ्रष्ट-आचरण इतना प्रबल हो गया कि आज कोई

उसकी चर्चा भी नहीं करना चाहेगा। और ऐसे कठिन समय में पुराने राजा को हृदयाघात हो गया। तब प्रजाप्रिय ने गद्दी सँभाली। उन्होंने ख़ूब मेहनत की। कुछ अरसा बीता तो तमाम तरह के संकटों को झेलते हुए राज्य की गाड़ी कुछ पटरी पर लौटने लगी। पर हालात पूरी तरह नहीं सुधरे। प्रजा की दरिद्रता सुरसा का मुँह बनी हुई थी। इसी बीच दूर-दूर के व्यापारी जत्थे के जत्थे राजा से मिलते रहते। कई-कई पहर तक मंत्रणा चलती। कुछ बड़े व्यापारियों और श्रेष्ठियों ने राजा की व्यक्तिगत मदद की। कुछ ने राजकोषीय घाटा कम करने में सहयोग दिया। बदले में राजा ने उनमें से चुनिंदा व्यापारियों के लिए 'राज्य' का पश्चिमी द्वार आंशिक रूप से मामूली कराधान के साथ खोल दिया। तब भी राज्य 'नगर' का रूप नहीं ले रहा था। आख़िरकार प्रजाप्रिय ने एक दिन बड़े-बड़े देशी-विदेशी व्यापारियों की एक महा-बैठक की घोषणा की। बैठक एक मास तक चली। इसी दौरान प्रजाप्रिय दो बार दूर देश की यात्रा भी कर आये और फिर बैठक की। वह बैठक भी कई दिनों तक चली। उस मंत्रणा के बारे में आज तक कोई कुछ भी नहीं जान पाया। प्रजा को इस दौरान बस यही बताया जा रहा था कि कुछ ऐसा बदलेगा जो इतिहास में कभी संभव नहीं हुआ था। इससे ज्यादा प्रजा कुछ नहीं जान पाई, सिवाय इसके कि उस मंत्रणा के तुरंत बाद राजमहल में सूर्य उपासना के लिए इक्कीस दिन का अनुष्ठान किया गया और बाइसवें दिन सूर्य को राष्ट्र-देवता घोषित करते हुए उसकी पूजा प्रत्येक नागरिक के लिए अनिवार्य कर दी गई।

इसी बीच प्रजा ने अचानक एक दिन सैकड़ों डुगडुगियों की आवाज़ सुनी, आवाज़ राजमहल के मुख्य द्वार से आ रही थी, ''सुनो सुनो सुनो...प्रजाप्रिय ने एक सपना देखा है...सुनो सुनो सुनो!!'' उस घोषणा में राजा द्वारा देखे गए स्वप्न और उस स्वप्न पर कुलगुरु वान्दीक की व्याख्या अब तो प्रजा को जुबानी याद है। कहा जाता है कि राजा ने सपने में एक बहुत ही काले आदमी को देखा, जिसके हाथ में वज्र था और वह राजा के सीने पर पाँव रखकर बार-बार चीख़ रहा था, ''तीन द्वार...तीन द्वार...तीन द्वार।'' जब राजा घबराकर स्वप्न से जगे तो तुरंत कुलगुरु वान्दीक को बुलाया और सपने का रहस्य पूछा। कुलगुरु ने बहुत सोचने के बाद बताया कि इस राज्य पर शनि का प्रकोप था। शनि ने यहाँ

सात साल राज किया है, बस अब छ: माह बच गए हैं। साढ़ेसाती पूरी होने वाली है, अत: शनि अब राज्य छोड़ना चाहते हैं। लेकिन जिन दरवाज़ों से उन्हें जाना है वे बंद पड़े हैं, इसलिए राज्य के शेष तीनों सिंहद्वार भी खोलने होंगे। देखते-देखते पूर्व, उत्तर और दक्षिण तीनों दिशाओं के दरवाज़े पूर्णत: खोल दिए गए। पश्चिमी-द्वार आंशिक रूप से बहुत पहले ही खुल गया था, अब वह पूर्णत: खोल दिया गया। लोगों का मानना है कि जाते-जाते शनि ने फिर राजा को स्वप्न दिखाया, ''जा! तू और तेरी प्रजा दिन और रात के भेद से मुक्त होंगे, सूर्य-अनुष्ठान कर!!''

फिर वह इक्कीस दिन वाला अनुष्ठान हुआ था, जिसका रहस्य नागरिक बाद में जान पाए और उन्होंने मन-ही-मन राजा को दीर्घायु होने का आशीर्वाद दिया। इधर स्वप्न की बहुत सारी बातें धीरे-धीरे सच सिद्ध होने लगीं। चारों सिंहद्वारों के खुल जाने से एक और फ़ायदा हुआ। वहाँ से जत्थे के जत्थे व्यापारी आने लगे। वे इधर व्यापार करते और उधर से निकल जाते। उनकी रोकटोक की मनाही थी। ऐसे में बस नगर की सुरक्षा के लिए प्रहरियों की संख्या दुगनी कर दी गई। देखते-देखते राज्य रंगबिरंगे सामान और व्यापारियों से भरने लगा। हाट-बाज़ारों की रोशनी से नगर जगमग करने लगा। फिर भी राजा को ये रोशनियाँ संतुष्ट न कर पाईं। आधी रात होते-होते शहर की सारी रोशनियाँ मंद पड़ जातीं और नगर थककर सो जाता। पूरी रात प्रहरियों के सिवाय केवल प्रजाप्रिय जगे रहते। उनके बेचैन पैरों की आहट रात के सन्नाटे में पूरे राजमहल में सुनी जाती। वैसे तो वे कभी नहीं थकते-सोते थे पर रात के सन्नाटे में उनकी बेचैन पदचाप की ध्वनियाँ हाल-फ़िलहाल में बहुत बढ़ गई थीं। उन्हें किसी चीज़ का बेसब्री से इन्तज़ार था। वह घड़ी बहुत पास आती जा रही थी। वे उस क्षण के इंतज़ार में थे जब पूरा नगर ही नहीं ब्रह्मांड हतप्रभ होने वाला था। कई महीनों तक चली उनकी साधना सफल होने वाली थी, बस नागरिक मन से सूर्य उपासना करते रहें। शनि का दिया हुआ वरदान ख़ाली नहीं जा सकता था।

पञ्चांग में स्थित सूर्य

और एक रात सैकड़ों शंखनादों के बीच हज़ारों सूरज वर्तुल के आसमान पर उग आये। प्रजाप्रिय की साधना सफल हुई। कहते हैं कि उन रोशनियों से यम,

देवता, दानव, मानव, राक्षस, किन्नर और पशु-पक्षी सब के सब चकित हो गए। प्रजाप्रिय ने एक जयघोष के साथ ख़ुद उन सूर्यों की सांकेतिक परिक्रमा की। रोशनियों ने दिन और रात के सारे भेद मिटा डाले। घर-घर में शनि और सूर्य की मूर्तियाँ स्थापित होने लगीं, उनके नाम पर यज्ञ होने लगे। अब नगर की प्रजा अँधेरे के मातहत नहीं थी। व्यापार चौगुनी गति से फलने लगा। दूर-दूर के व्यापारी अपने-अपने राज्यों से दिन में चलते या रात में, इस नगर में वे हमेशा उजाला पाते थे। इस दौरान बस एक ही दुखद घटना घटी। कुलगुरु वान्दीक नहीं रहे। प्रजा के कल्याण हेतु उन्होंने शनि को अपने प्राणों की बलि चढ़ा दी। कहते हैं कि राजा नहीं चाहते थे कि कुलगुरु यह काम करें। प्रजाप्रिय ने बहुत मिन्नत भी की थी पर कुलगुरु नहीं माने। बोले, ‘‘बलि के लिए शुद्धता चाहिए, नहीं तो शनि लौट भी सकते हैं।’’ प्रजा के कल्याण हेतु एक महात्मा ने ख़ुद की बलि दे दी। प्रजा ने वान्दीक को प्रजा-पिता का दर्जा दिया। शोकाकुल प्रजाप्रिय ने इक्कीस दिन का उपवास रख लिया।

फिर भी प्रजाप्रिय की परीक्षा थी कि ख़त्म होने का नाम ही नहीं ले रही थी। भाग्यदेवी ने उनके हिस्से में नींद पहले ही नहीं लिख रखी थी ऊपर से नगर में नित नयी समस्याएँ उठ जातीं। कहते हैं कि जब नगर में रात और दिन का भेद ख़त्म हुआ तो प्रजा में ख़ुशी की लहर दौड़ गई। पर कई बार कुछ मूर्ख नागरिकों ने दिन को रात और रात को दिन कहना शुरू कर दिया। प्रजाप्रिय ने महादंड के भय का उपयोग किए बिना ही इस विपत्ति का नाश तो करवा दिया पर असली चुनौती प्रकृति की थी। इसकी वजह से सोने और जागने का एक संकट अब भी बना हुआ था। पशु और पक्षी अपनी नैसर्गिक हरकतों से रात और दिन का भेद बनाये रहते थे। इससे व्यापार में बाधा आती। कुछ दुकानें बंद हो जातीं तो कुछ खुली रहतीं। बाहर के कई व्यापारी जल्दी में होते और बंद दुकानों से निराश होकर लौट जाते। प्रजाप्रिय ने एक राजकीय निर्देश जारी कर दुकानों को हमेशा के लिए खुला रखने का आदेश दे डाला। यह बात सभी जानते थे कि प्रजाप्रिय न थकते थे और न सोते थे। इस बात का एक हल्का नैतिक दबाव प्रजा के सिर पर हमेशा बना रहता था, इसलिए प्रजा ने इस निर्देश को सहर्ष स्वीकार किया। वर्तुल में सोने की मनाही नहीं थी, जब जिसे जहाँ नींद आती वह रोशनी के बीच

कहीं भी आँख पर पट्टी बाँधकर सो जाता था। वैसे भी यहाँ की प्रजा अब कम ही सोती थी, उसे जब नींद आती थी तब वह मनोरंजन में शामिल हो जाती थी या मेले में चली जाती थी जहाँ जादूगरी और करतबबाज़ी जैसी चीज़ें होती रहती थीं। उनके विशेष आकर्षण का केंद्र मसखरे और भांड होते। प्रजा मनोरंजन करती और जगी रहती। आराम को उस नगर में अब थोड़ी हिक़ारत की नज़र से देखा जाने लगा था। यहाँ तक कि यहाँ आने वाले व्यापारी भी आराम करने और सोने से भरसक परहेज़ करते। लेकिन नैसर्गिक आदतें जल्दी नहीं बदलतीं। दिन और रात के भेद से पशु रंभाने लगते और पक्षियों की चहचहाहट से आसमान गूँज उठता। इसका असर नि:संदेह प्रजा और व्यापार पर पड़ता रहता। तब प्रजाप्रिय ने जन कल्याण हेतु हृदय कठोर करके दो बड़ी घोषणाएँ कीं। इन घोषणाओं के पहले राजमहल में एक दिव्य शांति अनुष्ठान किया गया और दसों विकारों की काल्पनिक बलि दी गई। कहते हैं कि इस बलि के अगले पहर दूर देश के सैकड़ों व्यापारी जत्थे-के-जत्थे नगर में प्रवेश कर गए।

~

दरअसल हुआ यह था कि व्यापारियों और श्रेष्ठियों ने प्रजाप्रिय के आग्रह पर दूर देश से कुछ ऐसी औषधियाँ मँगवाईं जिन्हें पिलाने से पशुओं की आवाज़ ही ख़त्म हो जाती थी। औषधि महँगी थी परन्तु प्रजा-कल्याण जहाँ लक्ष्य हो, वहाँ राजकोषीय घाटा नहीं देखा जाता और फिर देखते-ही-देखते नगर के सभी पशुओं की जिह्वा पर वह औषधि विदेशी व्यापारियों ने मल दी। इस पूरी प्रक्रिया को महामंत्री के संरक्षण में पूरा किया गया। वैसे भी उन पशुओं की आवाज़ का कोई वाणिज्यिक-मूल्य नहीं था। हालाँकि इससे पहले पहल पशुधन की कुछ क्षति हुई और कई मवेशी मरने लगे। पर इस समस्या का भी राजकीय-युक्ति से हल निकाल दिया गया और कर-विहीन चमड़ा व्यापार के लिए राजकीय-ऋण की व्यवस्था की गई। इधर नवजात पशुओं की भी जिह्वा पर यह औषधि मली जाने लगी और देखते-ही-देखते नगर के वे पशु दिन और रात के भेद से कम-से-कम ध्वनि के स्तर पर मुक्त होकर अनुकूलित हो गए। फिर ऐसे तमाम आवारा पशुओं को नगर-बदर कर दिया गया, जिनका किसी भी हाल में कोई

उपयोग न था। राज्य से नगर बनने के क्रम में जंगलों को पहले ही प्रजा-कल्याण हेतु हाटों में बदल दिया गया था। अत: जंगली जानवरों की कोई समस्या न थी। केवल गिलहरी, साँप, चूहे और नेवले जैसे अनेक छोटे जीव ही बच गए थे, जिनकी ध्वनियों का रात-दिन से कोई वास्ता न था। मेंढकों को छोड़ दिया गया, क्योंकि उनकी धर पकड़ किसी भी सूरत में संभव न थी; वैसे भी वे केवल बरसात के आगमन की सूचना देते थे।

पर राजकीय आदेश को सबसे ज्यादा चुनौती पक्षियों के प्रात: कलरव से मिल रही थी। सबसे पहले तो नगर में कुक्कुट-पालन प्रतिबंधित किया गया। कुक्कुट दिन और रात के सबसे बड़े भेदिये थे। फिर शेष पक्षियों की बारी आई। पर यह छोटा और आसान काम न था। उनकी भी बड़े पैमाने पर राजकीय नीलामी हुई। इस काम में सभी देशी-विदेशी व्यापारी शामिल किये गए। यहाँ तक कि नगर के कई नागरिकों ने स्वेच्छा से सहयोग दिया। नगर में पक्षियों की संख्या असंख्य थी, जो हज़ारों-लाखों पेड़ों, कंदराओं, अटारियों और लोगों के घरों तक में फैले हुए थे। पर प्रजाप्रिय क्रूर न थे। उन्होंने सख्त हिदायत दी थी कि केवल वही पक्षी पकड़े जाएँ जो दिन और रात का भेद पैदा करते हुए नगर को संकट में डालते हैं। तब बहेलियों की चौरासी ़फौजें बनाई गईं। बहुत सारे बहेलिये भी बाहर देश से बुलाये गए, जो पक्षी पकड़ने का नायाब यंत्र साथ लाये थे। चमगादड़, टिटहरी, तोता, मैना, बगुलों,गौरैया,कोयलों और कौव्वों की विशेष रूप से खोज हुई। पूरी प्रक्रिया महीनों चली। जो पक्षी पकड़ में न आये उन्हें उड़ा-उड़ा कर नगर-बदर किया गया। अब बाग़-बगीचों पर ही नहीं बल्कि नगर के बाहरी परकोटों और सिंहद्वारों पर भी सैकड़ों की संख्या में नायाब यंत्रों से लैस बहेलियों का कड़ा पहरा बैठाया गया। चुन-चुन कर निशाना साधा गया। बैलगाड़ियों, ऊँटों, घोड़ों, खच्चरों और हाथियों तक पर लाद-लाद कर व्यापारी चिड़िया-चुरुंग ले गए। हालाँकि झींगुरों की समस्या बराबर बनी रहती पर समय-समय पर खेतों के बचे डंठलों में आग लगा कर उन्हें नियंत्रित भी किया जाता और पुराने और सड़ रहे पेड़ों को ़फौरन काट दिया गया। इन तमाम घटनाओं से वैसे तो राजा और प्रजा का मन कुछ-न-कुछ ज़रूर दुखा होगा पर नगर-कल्याण हेतु बस यही उपाय था। नागरिकों की सम्पन्नता अधिकाधिक

होती चली गई तो उनका विषाद भी जाता रहा। पक्षियों के बदले स्वर्ण-मुद्राओं की चमक ने इस बात की ओर ध्यान ही नहीं जाने दिया कि धीरे-धीरे पक्षियों के सभी कलरव मंद पड़कर एकदम ख़त्म हो गए। नगर की सम्पत्ति में बेहिसाब वृद्धि हुई और नगर की ख्याति भूमंडल के सभी हिस्सों में फैल गई। इसी बीच प्रजाप्रिय ने अपनी निजी सम्पत्ति ख़र्च करके लाल, पीले, हरे, सुरमई रंगों के पक्षियों के जोड़े बहुत दूर देश से मँगवाए और एक-एक जोड़ा प्रत्येक घर को निःशुल्क भेंट किया। इन जोड़ों की दो बड़ी ख़ूबियाँ थीं। एक तो ये जोड़े प्रजननहीन थे पर आठों पहर फुदकते रहते थे और दूसरे यह कि ये मल-त्याग नहीं करते थे। इनकी एक विशेषता यह भी थी कि प्रजाप्रिय के आगमन के ठीक पहले ये ज़ोर-ज़ोर से चहकने लगते थे। इनके कलरव से घर-आँगन, धरती-आकाश, नगर का कोना-कोना गुँजायमान हो उठता था। नगर के नौजवानों को ये पक्षी बहुत पसंद थे।

समय बीतता गया पर प्रजाप्रिय इससे भी संतुष्ट न थे। वे अफ़वाहों से बेहद घृणा करते थे। नगर की बढ़ती समृद्धि से कई दुश्मन देश के राजाओं की आँखों में लालच उतर आया था। नगर नए समय में प्रवेश कर चुका था और एक हल्की-सी झूठी अफ़वाह पूरी नगर-व्यवस्था के चरमराने का खतरा पैदा कर सकती थी और ऐसे में अर्थ-संकट फिर गहराने लगता। राजा और प्रजा ग़रीबी से बहुत घबराते थे। अब ज़रूरत थी कि नगर को हर मामले में शेष सृष्टि के बचे हुए सांसारिक नियमों से अलग कर दिया जाए। इसलिए प्रजाप्रिय ने सबसे पहले पुराने पञ्चांग की सामूहिक होली जलवाई और नया राजकीय पञ्चांग बनवाया। माना गया कि इस पञ्चांग का अनुकरण करने वाली प्रजा दरिद्रता पर हमेशा-हमेशा के लिए विजय प्राप्त कर लेगी। यह पञ्चांग इतना बारीक़ और अद्वितीय बनाया गया कि भूमंडल के किसी भी पञ्चांग से इसका मेल नहीं था। इस नए पञ्चांग में सूर्योदय की कोई घड़ी निश्चित न थी, सूर्योदय कभी भी हो सकता था। दरिद्रता-नाशक इस पञ्चांग का जनता ने जयघोष के साथ स्वागत किया। इस पञ्चांग के अनुपालन के लिए प्रजाप्रिय को एक और राजकीय घोषणा करनी पड़ी। जिसमें कहा गया कि प्रजाप्रिय नगर का औचक भ्रमण करते रहेंगे, जिस भी पहर या समय उनका भ्रमण होगा, उस पहर या समय

को राजकीय सूर्योदय और उस पहर से शुरू होने वाले अगले सभी पहरों को राजकीय दिन समझा जाए और तब तक समझा जाए जब तक प्रजाप्रिय दूसरा भ्रमण न करें। उनके प्रत्येक नगर-भ्रमण को प्रत्येक नए दिन की शुरुआत माना जाए। नए पञ्चांग की गणना में ऐसे किसी पहर का वर्णन न था, जिसमें साँझ या रात या अँधेरा जैसा कोई शब्द आये। सूर्यास्त के लिए उसमें कोई जगह ही न थी और भोर की अवधारणा एक दकियानूस शब्दावली का हिस्सा भर रह गई थी। कोई-कोई दिन तीन पहर का होता तो कोई-कोई दिन सात या सत्रह पहर का। प्रजाप्रिय ही सूर्य थे और उनका नगर-भ्रमण ही सूर्योदय। अब यहाँ नए वर्ष का आगमन किसी विशेष अतिथि जैसे दूर देश के सम्राटों या अधिपतियों के आगमन के साथ माना जाता। प्रजा प्रत्येक पहर में भरपूर जीवन जीने लगी और तीन सौ पैंसठ दिनवाले उस पुराने पञ्चांग पर हँसती। प्रजा अब दिन-रात में नहीं पहरों में अमर थी। धीरे-धीरे नगर के हाट-बाज़ार की रोशनी ने पुराने सभी त्योहारों को गलाकर उन्हें शाश्वत उजाले की लड़ियों में पिरो लिया। कालांतर में प्रजा दिन और रात या भोर और साँझ के नैसर्गिक नियम से बिलकुल आज़ाद हो गई। वह केवल रोशनी की उपासक थी और रोशनी का कुदरत से अब कोई नाता नहीं था। बहुतायत आबादी तो खुश थी।

प्रजाप्रिय तो अब ऋतु-चक्रों पर अनुसन्धान करवा रहे थे। अत्यधिक गर्मी या शीत से कई नागरिक कालकवलित हो जाते। प्रजाप्रिय का हृदय इन मौतों पर ज़ार-ज़ार रोता। उनकी चलती तो प्रत्येक नागरिक को अमर-जड़ी ढूँढ़ कर पिला देते। इसी चिंता में प्रजाप्रिय न थकते थे न सोते थे। प्रजाप्रिय जानते थे कि जिस राजा के राज्य में प्रजा दु:ख झेलती है, वह राजा मरने के बाद नरक का भागी बनता है। अत: औचक नगर-भ्रमण कई दशकों से वे बदस्तूर करते आ रहे थे। प्रजाप्रिय के आने के ठीक पहले रंग-बिरंगे पक्षियों के जोड़े घरों, दुकानों में चहकने लगते। सारा नगर उनके कलरव से गूँज जाता। राजा की सवारी के आगे-पीछे कई तमाशबीन, मदारी, भांड, नर्तक, गायक और संगीतकारों का जुलूस चलता। आतिशबाज़ियों से सफ़ेद धुला हुआ आसमान लाल हो जाता। प्रजाप्रिय जिस राह से निकलते वह ढोल-नगाड़ों, झाल-मंजीरों और दुंदुभियों से झनझना उठती। पूरा माहौल इतना उत्तेजक और रोमांच से भर जाता कि मरी

हुई देह तक में जान आ जाती। ऐसे में सोना तो दूर आराम के बारे में कोई सोच भी नहीं सकता था।

तो यह एक ऐसे राजा और प्रजा की कहानी है, जिनका ऐश्वर्य ऐसा था कि दसों दिशा, आठों कोण और चौदहों भुवन में उनका कोई सानी न था। कहते हैं कि तब भी प्रजाप्रिय संतुष्ट न थे।

वर्तुल का ख़बरी

प्रजाप्रिय से कोई भी कभी भी आकर मिल सकता था। उनका राजमहल नगर के बिलकुल मध्य में ऊँची पहाड़ी पर स्थित था। उस राजमहल तक जाने के लिए लगभग तीन कोस तक ऊँची सीढ़ियों पर चढ़ना पड़ता था। उन सीढ़ियों को चाँदी के पत्तरों से मढ़वाया गया था। राजमहल ऊँचा ज़रूर था पर पारदर्शी था। हर चीज़ पारदर्शी थी और परदों की मनाही थी। राजमहल ही नहीं और नगर की भी सभी इमारतों की दीवारें और दरवाज़े पारदर्शी थे। बस स्नानागार और शौच-गृह कमर तक अपारदर्शी थे। राजा का मानना था कि पारदर्शी इमारतें– चाहे राजमहल हो या साधारण घर, दुकान हो या बैठकखाना, पारदर्शी हृदय और व्यक्तित्व का मानक होती हैं। नगर चारों ओर से जिन परकोटों से घिरा था वह भी पारदर्शी बनाया गया। पुराने सिंहद्वार तोड़ कर उन्हें पुन: इस विधि से बनाया गया कि वह पारदर्शी होने के साथ-साथ बेहद मज़बूत हों।

राजमहल आठों पहर रोशनी से इतना जगमग करता कि लगातार चार पहरों तक नीचे से राजमहल निहारने वाले नागरिकों को वह लपटती आग के भव्य गोले जैसा दिखता, जिसकी तीन कोस लम्बी चमकती हुई एक चाँदी की पूँछ थी। प्रजाप्रिय भी जब अपने राजमहल की मुँडेरों से नीचे वर्तुल को देखते तो लगता कि किसी बड़े ज्वालामुखी का लावा चारों ओर पसरा हुआ है। अद्भुत चमक होती थी उस लावे की रोशनियों में। प्रजाप्रिय की आँखें चौंधिया जातीं और ख़ुशी के मारे उनमें आँसू भर आते।

ऐसे प्रजाप्रिय के राज में किसी पहर एक ऐतिहासिक हादसा हुआ। किसी ने ख़बरी की हत्या कर दी। ऐसा नहीं था कि उस नगर में कोई मरता नहीं था। नए पञ्चांग के बावजूद लोग जानते थे कि नियति क्रूर होती है और वह एक दिन सबको ले जाती है। पर हत्या जैसा जघन्य अपराध दशकों से सुनने में

नहीं आया, कम-से-कम इस नए राजा के शासन में तो बिलकुल नहीं। और हत्या हुई भी तो किसकी ? ख़बरी की ? वही ख़बरी ? अपना मसखरा ख़बरी ? प्रजाप्रिय के प्रिय ख़बरी की ? किसने की होगी ? वह ख़बरी तो महल की सूचनाएँ देता था, ख़ूब मनोरंजक ख़बरें !!

उस ख़बरी का वैसे तो मुख्य पेशा नाई का था और वह राजा के अतिरिक्त किसी की सेवा नहीं करता था, महामंत्री की भी नहीं, क्योंकि वह प्रजाप्रिय का मुँहलगा था। ख़बरी प्रजा के बीच प्रजाप्रिय के गठीले बदन और बदन में कैद बिजली की चमक की बातें बतलाता, उनके वृषभनुमा कन्धों और मज़बूत मांसपेशियों की तुलना इंद्र के वज्र से करता। ख़बरी मुख से प्रजाप्रिय के घुँघराले काले बाल, सुनहले नाख़ूनों और चौड़े सीने का वर्णन सुनकर नगर की कुँवारी लड़कियाँ आहें भरतीं। वह कहता कि प्रजाप्रिय पर उम्र का कोई असर नहीं, दशकों पहले युवराज जब राजा बने थे अभी भी वैसे ही हैं, बाल बराबर अंतर नहीं आया। प्रजाप्रिय चरित्रवान भी थे। ख़बरी कहता कि राजमहल में एक से बढ़कर एक सुंदरियाँ और दासियाँ हैं जो हमेशा प्रजाप्रिय के लिए चंवर डुलाती रहती हैं, पर प्रजाप्रिय राजकाज में इतने व्यस्त रहते हैं कि वे उन सुंदरियों को आँख उठाकर भी नहीं देख पाते। यहाँ तक कि प्रजाप्रिय रनिवास में भी जाना भूल गए हैं। रानियाँ ही कभी-कभी उनका हालचाल लेने आ जाती हैं। इस पर प्रजाप्रिय नाराज़ भी होते हैं पर वे क्रूर नहीं। रानियों को उचित मान देते हैं। रानियाँ भी जानती थीं कि प्रजाप्रिय ना थकते थे न सोते थे। ये सारी बातें ख़बरी के ही मार्फ़त वर्तुल के नागरिक जान पाए थे। कोई चतुर नागरिक ख़बरी से कोई कूटनीतिक प्रश्न पूछता तो ख़बरी टाल जाता। मसखरा तो था ही, महल की और बातें करने लगता, फिर भी जनता में उसका बहुत मान था, वह लगे हाथों कुछ बड़ी राजकीय घोषणाओं का इशारा भी कर देता। अक्सर यह होता कि ख़बरी की इशारेवाली सूचना के तुरंत बाद राजकीय डुगडुगी की आवाज़ सुनी जाती और उसके ठीक अगले पहर प्रजाप्रिय की झाँकी निकलती। यह क्रम इतना सधा हुआ था कि लोग ख़बरी का बेसब्री से इंतज़ार करते। ख़बरी चुने हुए लोगों के बीच ही बैठता था पर एक पहर के भीतर उसकी ख़बरें पूरे नगर में जंगल की आग की तरह फैल जातीं। उसी ख़बरी की हत्या हो गई ?

प्रजाप्रिय शोक-संतप्त थे, पूरे राजमहल में सन्नाटा पसरा था। ऐसा इन दशकों में पहली बार हुआ है। वैसे दो दशक पहले भी किसी ने राजा के नाई की हत्या करने की कोशिश ज़रूर की थी, पर राजा इतने विचलित न हुए थे, ऐसा विचलन तो बस एक बार ही हुआ था वह भी बहुत पहले, जब नए पञ्चांग के अनुरूप चलने में वर्तुल के कुछ नागरिक असमर्थ हुए थे। उसमें से कुछ कालकवलित हो गए या कुछ ने स्वेच्छा से नगर छोड़ दिया। प्रजाप्रिय स्वतंत्रताप्रिय तो थे ही, उन्होंने उन नागरिकों को नगर-त्याग से नहीं रोका बल्कि जाते हुए कुछ शगुन भी दिया। नगर की प्रजा साक्षी है कि उन नागरिकों की विदाई के बाद प्रजाप्रिय फूट-फूट कर रोये थे। ठीक वैसी रुलाई ख़बरी की हत्या पर राजमहल में सुनी गई। राजमहल भीतर से हिला हुआ था।

महामंत्री, सेनापति, अंगरक्षक, गुप्तचर और तमाम कोतवाल यहाँ तक कि राजमहल के नर्तक, संगीतकार और भांड उस रुलाई को सुन रहे थे और डर के मारे पत्थर हुए जा रहे थे। ऐसा लगता था कि प्रजाप्रिय का क्रोध और दुख दोनों दिखाई नहीं देते थे, बस असर करते थे। बूढ़े महामंत्री अमात्यश्री दो बार मूर्च्छित होते-होते बचे। बहुत पहले अमात्य ने एक बात कही थी कि राजा की शक्तियाँ अमूर्तन के वर्चस्व जैसी होनी चाहिए जो दिखाई न दें पर अपने अस्तित्व का असर बनाए रहें। अमात्यश्री उसी वजूद को आज महसूस कर रहे थे और उदार प्रजाप्रिय के सामने बेवजह काँप भी रहे थे। अमात्य ही क्या सेनापति तक की दाईं कनपटी से एक हल्की पसीने की लकीर लगातार नीचे बह रही थी, जिसे देखकर वहाँ उपस्थित नगर के सभी कोतवालों की दोनों कनपटियाँ रह-रह कर चूने लगीं। राजा की दारुण अवस्था देखकर अरसे बाद राजभवन के समस्त कर्मचारी एक साथ पसीने में लथपथ हुए थे। ऐसे में प्रजाप्रिय को पसीना नहीं आता था, बस आँखों का रंग बैल के ताज़े खून की तरह लाल हो जाता था। यह भी विधि का क्रूर विधान ही था कि प्रजाप्रिय की आँखें जन्मना लाल थीं, फिर धीरे-धीरे वे सामान्य भी हो गईं, अब केवल दु:ख या क्रोध के समय में वे लाल हो जाती हैं, जबकि प्रजाप्रिय का व्यवहार सदा से विनीत रहा। शायद ही किसी ने प्रजाप्रिय को क्रोध में देखा हो। निश्चित रूप से यह दु:ख ही था। दुखी प्रजाप्रिय ने बस एक बार अपने निचले होंठ

को ऊपर के दाँतों से दबाया और अमात्य की ओर अपनी लाल आँखों से देख लिया। सभा विसर्जित हो गई।

~

कई पहरों तक राज्य के असंख्य भेदिये ख़बरी की हत्या के विषय में छानबीन करते रहे पर किसी को कुछ हाथ नहीं लगा। महादंड के अलावा कोई दंडविधान था नहीं पर महादंड का भागी मानें किसे ? नगर की प्रजा तो सहयोग ही कर रही थी। तभी राज्यादेश पर अचानक नगर के सारे भेदियों को दूसरे और तीसरे काम में लगा दिया गया और निर्देशित किया गया कि खबरी की हत्या के सिलसिले में अब कोई गुप्तचरी न हो, जिस भी भेदिये के पास हत्या से सम्बन्धित अब तक जो भी प्रमाण मिले हैं उन्हें सेनापति के हाथों सौंप कर भुला देने की ज़रूरत है। दरअसल इस आदेश की वजह एक पीपल का पेड़ था शायद। भेदियों को बस इतना पता था कि ख़बरी शापित हो गया था। वह जहाँ शापित हुआ वहाँ एक बूढ़ा पीपल का पेड़ है। उन्हें यह भी खबर थी कि इन दिनों उस पेड़ के नीचे एक बूढ़ा संत भी बैठने लगा था। शायद ख़बरी उससे उलझकर शापित हो गया था ?

वैसे सम्पन्न नगरों की एक ख़ूबी होती है कि वह हादसों को जल्दी भुला देते हैं, वर्तुल अब सम्पन्न नगर था, अत्यधिक सम्पन्न। पर प्रजाप्रिय की बेचैन पदचाप नगर के कानों में आती रहती थी। प्रजाप्रिय ने कई गुप्त बैठकें कीं और ख़बरी के सम्बन्ध में जो कहानी निकल कर आई वह बेहद चौंकाने वाली थी। सबसे विश्वसनीय भेदिये सुंग की बात पर प्रजाप्रिय भला कैसे न भरोसा करते!! सुंग ने बताया कि ख़बरी जब प्रजाप्रिय के कहने पर पश्चिमी द्वार का जायज़ा लेकर लौट रहा था तब बूढ़े पीपल की छाँह में एक संत को सोते हुए देखा। संत के कंधे पर निश्चिन्त भाव से बैठी एक गिलहरी शायद सीताफल के दाने कुतर रही थी। सोये हुए संत के पैर पगडंडियों के बीचोबीच पसरे हुए थे। ख़बरी बड़बोला होने के साथ-साथ थोड़ा उद्दंड भी था। उसने सोये संत के पैर जानबूझकर कुचल दिए और हँसते हुए माफ़ी माँगी, ''क्षमा करें महात्मन, आपके पैर दिखे नहीं।'' संत औचक जग गए पर कोई प्रतिवाद नहीं किया, उल्टे मुस्कुराकर जवाब दिया, ''कोई बात नहीं बच्चे, रात में अक्सर कुछ दिखाई

नहीं देता।'' ख़बरी जवाब सुनकर ठिठक गया, ''रात? तुम परदेशी हो क्या? कहाँ रात है? क्या तुम नहीं जानते महात्मन कि इस नगर में रात और दिन का भेद नहीं, क्या आसमान में उगे हुए ये सैकड़ों-हज़ारों सूर्य तुम्हें दिखाई नहीं दे रहे?'' सुंग ने राजा को बताया कि यही संवाद बाद में तीख़ी बहस में तब्दील हो गया और संत बार-बार बके जा रहा था कि यह रात है रात, कि बचे हुए पक्षी शोर नहीं कर रहे, कि बेआवाज़ पशु हिल-डुल नहीं रहे, कि तितलियाँ, भौंरे और सारे फूल शांत हैं, कि चींटियाँ बिलों में जा चुकी हैं और सर्प निकल आए हैं, कि सैकड़ों तथाकथित सूर्यों के बीच एक मद्धिम रोशनी का जो गोला दिख रहा है चाँद है, कि देखो पीपल से झींगुरों की आवाज़ आ रही है और यहाँ तक कि संत के कंधे पर बैठी हुई गिलहरी वस्तुत: सीताफल के दाने हाथ में लिए हुए, पर दाँत गड़ाए ऊँघ रही है। ख़बरी को ये सारे तर्क राजाज्ञा के विरुद्ध लगे और उसने आवाज़ देकर सिपाहियों को बुला लिया। ख़बरी और प्रजाप्रिय के रिश्ते किसी से छुपे न थे और ख़बरी के कहने पर सिपाहियों ने संत को ठोकरें मार-मार कर लहूलुहान कर दिया। क्रोधित संत ने ख़बरी को शाप दे दिया, ''हे मूर्ख: युष्माकं बुद्धि: लोभखंजरे समाविष्ट:।'' सुंग ने यह भी बताया कि उस संत ने और भी कुछ शाप दिए और शाप चूँकि वैदिक भाषा में दिए गए थे, इसलिए गंवार सिपाहियों को वे याद नहीं, उन्हें जितना याद था वह बताया जा चुका है।

प्रजाप्रिय सब कुछ नि:संग भाव से सुनते रहे, पर प्रजाप्रिय की भीतरी चिंता केवल इतनी भर न थी। सुंग ने सौगंध खाकर कहा कि इस घटना के सत्रहवें पहर ही ख़बरी मरा था और जिस पहर वह मरा था उसके डेढ़ पहर पहले वह बूढ़े अमात्य से मिला भी था। प्रजाप्रिय इसी बात से थोड़े विचलित हुए पर किसी को पता न चला। फिर बूढ़े अमात्य को बुलाया गया। बूढ़े अमात्य अब हाथ बाँधे प्रजाप्रिय के सामने खड़े रहे। प्रजाप्रिय बिना किसी संवाद के एक पहर तक राजमहल के परकोटे पर टहलते रहे और अमात्य वहीं परकोटे पर एक पहर तक खड़े रहे, उन्हें पता था कि प्रजाप्रिय न थकते हैं और न सोते हैं। फिर प्रजाप्रिय अचानक ठिठक गए। क्षणभर बाद धीरे से मुस्कुराते हुए महामंत्री को संबोधित किया, ''अमात्यश्री! आप मेरे जन्म से लेकर अब तक का सब कुछ

जानते हैं, राज्य के किसी भी भेदिये से ज़्यादा मुझे आप पर विश्वास है। मुझे यह सूचना मिली है कि ख़बरी अंतिम बार आपसे मिला था।''

अमात्य संभवत: इसी प्रश्न का उत्तर देने के लिए आये थे, वैसी ही जड़ मुद्रा में उत्तर दिया, ''जी प्रजाप्रिय, वह आया था, मैं आपको सूचित करने ही वाला था कि यह हादसा हो गया। वह आया था प्रजाप्रिय, वात-कफ़ और पित्त से जर्जर देह लेकर। उसने कहा कि वह शापित हो चुका है और शाप यह था कि कोई ऐसा सत्य जिसे वह जानता हो और जिसे वह किसी को भी बताने से डरता हो, वही सत्य उसकी आँत को तब तक छेदता रहेगा जब तक वह किसी ऐसे को वह सत्य न बता दे जो उस सत्य को नहीं जानता।'' प्रजाप्रिय की आँखें अमात्य पर टिकी रहीं, अमात्य बोलते गए, पर थोड़ी धीमी आवाज़ से, ''मैंने उसे कहा कि मैं राजधर्म से बँधा हूँ, कोई ऐसा सत्य न कहो जिसे सुनकर तुम और मैं महादंड के भागी बनें। फिर मैंने उसे कहा कि हो सके तो उस शाप देने वाले संत से क्षमा माँगो। संभवत: कोई निदान हो...कुल इतना ही संवाद हुआ था प्रजाप्रिय, आप विश्वास करें।'' इस बार प्रजाप्रिय पहले से ज़्यादा मुस्कुराए और अपने मन का बोझ हल्का करते हुए अमात्य को निश्चिन्त भाव से विदा कर दिया। वे पुन: टहलने लगे।

इस नगर में संतों को सज़ा देने का कोई प्रावधान न था, जबकि कई भेदियों का मानना था कि पीपल वाला संत कोई विदेशी भेदिया ही है, पर इसकी पुष्टि न हो पाई थी। वर्तुल के नागरिकों में यह बात फैल गई थी कि ख़बरी की मृत्यु की वजह संतनुमा वह अजनबी है और ख़बरी के चाहने वालों में इस बाबत रोष भी था। पर प्रजाप्रिय के हाथ नियमों से बँधे थे, महादंड के लिए अपराध की पुष्टि होनी चाहिए। सबसे बड़ी बात कि कोई साक्ष्य चाहिए था और वह मिल नहीं रहा था। इस घटना के बाद संत भी गुमसुम रहने लगे थे। इसकी एक वजह यह भी थी कि नागरिकों ने उस संत को भीख देना बंद कर दिया था और संत कई दिनों से भूखा था। यहाँ तक कि एक बुढ़िया और उसका बच्चा जो गाहेबगाहे संत के लिए भोजन लेकर आते थे, डर के मारे वहाँ आना-जाना बंद कर चुके थे। कई पहरों के बाद किसी एक पहर संत पानी-पानी की रट लगाने लगा, पर किसी ने उसे पानी नहीं पिलाया, अगले कई पहरों तक तड़पने के बाद

संत के रुँधे हुए गले और सूखे हुए होंठों से फिर एक श्लोक फूटा, ''गच्छत! गच्छत!! यद्रीतं खबरी गास्यति तदेव युष्माकं भविष्यति! गच्छत! गच्छत!'' अर्थात् जाओ! जो गति ख़बरी की हुई वही गति तुम लोगों की भी होगी।

~

लेकिन संत की मृत्यु में प्रजाप्रिय का क्या दोष ? वे तो देवता और विधि दोनों के सताए हुए पहले से ही हैं। प्रजा कल्याण के लिए उन्होंने अपना सब कुछ त्याग दिया था, नींद-चैन तक और इधर कुछ धृष्ट नागरिकों की लामबंदी से एक संत मर गया। उन कुछ 'धृष्ट' नागरिकों की पहचान भी तो मुश्किल थी, अब उनकी कीमत समूचा नगर और उसकी प्रजा तो चुकाएगी नहीं। प्रजाप्रिय की करुणा से भला कौन परिचित नहीं था। नगर के ऐश्वर्य को बनाये रखने के लिए प्रजाप्रिय फिर अथक परिश्रम करना चाहते थे, इसलिए ज़रूरी था कि ख़बरी प्रकरण का पूरी तरह से पटाक्षेप हो जाये, परन्तु यह मामला तूल पकड़ता जा रहा था। कुछ भेदियों ने सूचना दी कि पीपल के कोटर से एक अजीब आवाज़ आ रही है। प्रजाप्रिय ने तुरंत सुंग को तलब किया। सुंग कुछ ही पहर बाद आ धमका, उसके पीत-वर्णी चेहरे पर जैसे राख़ गिरी थी। वह प्रजाप्रिय को एकांत में ले गया और बताया कि यह सत्य है कि पीपल के कोटर से आवाज़ आ रही है, पर वह केवल अबूझ आवाज़ है, शायद कोई ध्वनि है जो किसी शब्द को बार-बार आकार देना चाह रही है। सुंग ने इन ध्वनियों को स्वयं सुना था। इतना सुनते ही प्रजाप्रिय का चेहरा कस गया। आँखों का रंग कुछ गुलाबी भी हो गया। प्रजाप्रिय ने सुंग की छोटी आँखों को घूरते हुए संयत भाव से पूछा, ''सुंग, उन ध्वनियों को यदि शांत मन से सावधानीपूर्वक जोड़ा जाये तो कौन-कौन से शब्द बनते हैं ? बता सकते हो ?'' सुंग जड़वत ही रहा पर उसकी साँसें फूल चुकी थीं, उसने हाथ जोड़ कर कहा, ''हे प्रजाप्रिय, मैंने बहुत जोड़ा पर कोई शब्द आकार नहीं ले रहा था, बस सिंग-सिंग-सिंग, घिन्न-घिन्न जैसे शब्द बने, जिनका कोई अर्थ ही नहीं।'' इतना सुनते ही प्रजाप्रिय लड़खड़ा गए। सुंग ने उन्हें सँभाला ज़रूर पर अधिपति की आँखों का बदला हुआ रंग देखकर सुंग जैसे साहसी गुप्तचर का भी कलेजा दहल गया। उसे विश्वसनीय भेदिया बने अभी दिन ही कितने हुए

थे। इधर प्रजाप्रिय की आँखें एकदम लाल हो चुकी थीं, जैसे उनमें किसी बैल का ताज़ा ख़ून हिलोर मार रहा हो। दहशत में डूबा हुआ सुंग अपने राजा से कुछ और कहना चाह रहा था पर प्रजाप्रिय अपना चेहरा घुमा कर परकोटे से बाहर आसमान निहारने लगे। थोड़े संयत होकर उन्होंने उसी मुद्रा में सुंग को संबोधित किया, ''कुछ और कहना है सुंग ?''

''जी प्रजाप्रिय।''

''कहो।''

''उस संत के संपर्क में एक गरीब बुढ़िया और उसका बालक रहते थे। वे ही संत को कभी-कभार भोजन इत्यादि देते थे। गहरी छानबीन के बाद मैंने बुढ़िया से कुछ सूचनाएँ प्राप्त कीं।''

''क्या मुझसे सम्बन्धित ?''

''नहीं, प्रजाप्रिय, ख़बरी से सम्बन्धित...उस रात ख़बरी अमात्यश्री से मिलने के बाद वहाँ संत के पास गया। बुढ़िया और उसका पुत्र दोनों वहीं पर संत को भोजन करा रहे थे। ख़बरी आते ही संत के चरणों में लोट गया और क्षमा माँगने लगा। वह पेटदर्द से कराह रहा था और एक पहर तक शापमुक्ति की मिन्नतें करता रहा। संत पहले मुस्कुराए फिर थोड़े गंभीर होकर बोले कि जो सत्य तुम जानते हो और जिसे दुनिया नहीं जानती है उसे किसी को कह डालो। इस पर ख़बरी दहाड़ मारकर रो पड़ा। वह बोला कि उस सत्य के खुलासे के बाद उसका समूल नाश हो जायेगा। तब संत ने कहा कि तो जाओ, इस पीपल के पीछे एक कोटर है, उस कोटर में मुँह डाल कर वह सत्य कह दो। बुढ़िया का कहना है कि ख़बरी ने कोटर में मुँह डाल कर कुछ अस्पष्ट ध्वनियाँ निकालीं, जिन्हें किसी ने नहीं सुना, संत ने भी नहीं और कुछ ही देर बाद ख़बरी पीड़ा से मुक्त होकर शांत हो गया। उसके चेहरे पर वही शरारती मुस्कान लौट आई थी। उसने संत की चरण-वंदना की और नगर की ओर चला गया, प्रजाप्रिय।''

''फिर क्या हुआ ?'' प्रजाप्रिय ने बड़ी कठोरता से पूछा।

सुंग चौंक गया, ''जी प्रजाप्रिय ?''

''अरे फिर क्या हुआ...''

''जी प्रजाप्रिय...।''

''सुंग तुम होश में तो हो ? फिर क्या हुआ मैं पूछ रहा हूँ।''

''जी''

''क्या हुआ फिर वहाँ ?''

''जी प्रजाप्रिय...आपने ही तो आ...''

सुंग के उत्तर के बीच में ही प्रजाप्रिय जबड़ा पीसकर चीख़ पड़े, ''मैं उस बुढ़िया के बारे में पूछ रहा हूँ मूर्ख ?''

अब जाकर सुंग की आवाज़ ठीक से निकली, ''जी प्रजाप्रिय...बुढ़िया बहुत डरी हुई थी प्रजाप्रिय। मैंने उसे आश्वासन दिया कि यदि वह सत्य की राह पर है तो प्रजाप्रिय उसे ईनाम देंगे। गरीब बुढ़िया जब निश्चिन्त हुई तो बताने लगी कि ख़बरी के जाने के एक ही पहर बाद वह पीपल का पेड़ आपादमस्तक तीन बार ज़ोर-ज़ोर से हिला और उसमें से उसी तरह की ध्वनियाँ आने लगीं जैसी ध्वनि ख़बरी ने कोटर में मुँह करके निकाली थी।'' यह सुनते ही प्रजाप्रिय किसी प्रस्तर की मूर्ति जैसे स्थिर हो गये। बस उनका अंगवस्त्र तेज़ हवा के झोंके से फड़फड़ाता रहा। पहरों वे वैसे ही जड़वत खड़े रहे और सुंग हाथ बाँधे नत-मस्तक उनके पीछे देर तक खड़ा रहा।

राजमहल से लौटता हुआ सुंग अब भी काँप रहा था। प्रजाप्रिय ने कठोर हिदायत दी थी कि उस बुढ़िया और उसके बच्चे की विशेष देखभाल हो और उनके साथ किसी तरह की अनहोनी न हो। प्रजाप्रिय संभवत: कुछ जागीरें भी दें उन्हें। प्रजाप्रिय मानते थे कि नगर के प्रत्येक छोटे-बड़े नागरिक में देवता का वास है। नागरिकों को कष्ट देना देवता को कष्ट देने के बराबर है। सुंग ने अपने अंगवस्त्र से माथे का पसीना पोंछा और तीन कोस तक फैली चाँदी की सीढ़ियों को नापता हुआ नगर में गुम हो गया।

~

इधर उसी पीपल के कोटर में गिलहरी के तीनों बच्चे उधमकूद मचाये हुए थे। उनकी माँ थी नहीं, सो उनकी लापरवाह धमाचौकड़ी अपने उफ़ान पर थी। गिलहरी का चौथा बच्चा अपंग था, उसके पिछले दोनों पैर किसी सूखे हुए तिनके जैसे थे पर उसके कान बहुत तेज़ थे। वह अपने भाइयों की बंदरकूद से

अलग कोटर के एक कोने में चुपचाप सीताफल के दाने कुतर रहा था। तभी उसने कोटर के बाहर से कुछ आवाज़ें आती हुई सुनीं पर भाइयों की उछलकूद के बीच वे आवाज़ें मंद पड़ गईं। शायद उसे भ्रम ही हुआ होगा। अपंग बच्चे ने सीताफल का दूसरा दाना उठाया जो एकदम ताज़ा था। सीताफल के दानों को शायद उनकी माँ ने कई दिनों के अथक परिश्रम से संग्रह करके रखा था। उस बच्चे ने अभी सीताफल के दाने में अपने नन्हे दाँत गड़ाए ही थे कि पीपल की जड़ों से तड़-तड़ की आवाज़ें आने लगीं और देखते-ही-देखते कोटर लाल धुएँ से भर गया। इससे पहले कि सारे बच्चे कुछ सोच पाते कोटर आग की लपटों से घिर गया। तीनों फुर्तीले भाइयों ने कोटर से छलाँग लगा दी पर चौथा चींचीं-किटकिट चीख़ता हुआ आग की लपटों से घिर गया। बच्चा देर तक चीखता रहा और ऐसे में उसकी माँ गिलहरी प्रकट हुई। वह बड़ी फुर्ती से अधजले बच्चे को अपने जबड़े में दबा कर कोटर से बाहर फाँद गई, उस बच्चे के हाथ में अभी भी सीताफल का वह दाना था, जिसे वह थोड़ा-सा कुतर गया था।

जलते पीपल से दूर किसी खेत में माँ गिलहरी ने अपने अधजले बच्चे को लिटाया और उसे नींद से जगाने की भरसक कोशिश करने लगी। माँ ने बार-बार प्यार से उस बच्चे में दाँत गड़ाए, बच्चे की देह को उलटा-पलटा पर बच्चा जगा ही नहीं, सीताफल के दाने को अपने दोनों हाथों से अपनी गोद में छिपाए वह ऐसे सो रहा था जैसे उसके छिन जाने का डर हो। थक कर गिलहरी ज़ार-ज़ार रोने लगी। उसके आँसुओं से बच्चे की सारी देह भीग गई पर बच्चा जगा नहीं। वह तब तक रोती रही जब तक बारिश न होने लगी। पानी की तेज़ बौछारों ने बच्चे की देह को धीरे-धीरे माटी में मिलाना शुरू कर दिया और देखते-ही-देखते बच्चा सीताफल के दाने अपनी गोद में छुपाए धरती में समा गया।

वर्तुल में सीताफल

वर्तुल नगर के खेतिहर कहीं से भी किसान नहीं लगते थे, यह बात सभी सभ्यताएँ जानती थीं। नदी का पानी नहरों से होता हुआ खेतों को सैकड़ों-हज़ारों पहर उपलब्ध रहता था। जो किसान कुछ विशिष्ट किस्मों के अनाज या फल-सब्ज़ियाँ उगाते थे, उन्हें प्रजाप्रिय सामूहिक रूप से पुरस्कृत करते थे। हल चलाते हुए किसी किसान को एक अजीब-सा सुनहरे रंग का पत्ता उसके

खेत में दिखा जो ठीक जले हुए पीपल से आधे कोस की दूरी पर था। किसान ने हल रोककर उस पौधे को छुआ और छूते ही वह पौधा थोड़ा और बड़ा हो गया, हैरत से किसान की आँखें चमक गईं, ''क्या यह सोने का कोई जादुई पौधा है?'' उसने बहुत सहेजकर उस पौधे को धरती से निकाला और मटके में रख दिया। मटके में रखने के साथ ही वह पौधा थोड़ा और बड़ा हो गया। अब किसान रहस्य, रोमांच और डर से भर गया, ''क्या बला है यह?'' किसान जब तक अपने घर पहुँचा वह पौधा मटका तोड़ते हुए बाहर आ गया था। पौधे में से अब सुनहले रंग का एक फूल निकल आया था, ''अरे ये तो सीताफल का पौधा है। पर इतना सुनहला कैसे?'' किसान यह सोचकर खुश हुआ कि उसके अच्छे दिन आ गए। राजभवन से पुरस्कृत होने का सपना लिए उसने आठवें पहर तीन कोस की चमकती पूँछ पर अपने कदम रख दिए।

अब वह सीधे राजभवन में था। प्रजाप्रिय सभा बुलाये बैठे थे। रास्ते भर लोग उस किसान को हैरत से देख रहे थे, जिसके हाथ में एक बहुत बड़ा सोने का सीताफल था। उत्साह और हड़बड़ाहट में किसान बिना इजाज़त सीताफल लिए सीधे सभा के बीचोंबीच जा पहुँचा और सभासदों का ध्यान राजकीय विमर्श से हटकर उस सोने के सीताफल पर जा टिका। प्रजाप्रिय भी सीताफल को ध्यान से देखने लगे तो किसान ने सीताफल को उन्हीं के सिंहासन के सामने जाकर रख दिया और प्रार्थना की मुद्रा में खड़ा हो गया।

प्रश्न अमात्यश्री ने ही किया, ''क्या यह सोने का है खेतिहर?''

''जी नहीं महामंत्री जी, मैं भी हैरान हूँ। यह चमकता तो बिलकुल सोने की तरह है, पर है यह असली सीताफल। पर यह मैंने नहीं उगाया है प्रभु, यह स्वयंभू है।'' किसान कैसा भी हो उसमें सच की मात्रा ज्यादा होती है। किसान प्रजाप्रिय की ओर मुड़ा, ''किन्तु हे प्रजाप्रिय! मैं डरा हुआ हूँ, यह पौधा कल ही धरती फोड़ कर उगा था और आठ पहर के भीतर इसमें से इतना बड़ा फल निकल आया। यह बहुत तेज़ी से बढ़ता है और इसे जितनी बार छुआ जाए उतनी बार बढ़ता है। इसका स्थान परिवर्तित करने पर तो यह दूनी गति से बढ़ता है।''

''इतनी तीव्र गति से... ?'' प्रजाप्रिय चकित थे।

प्रजाप्रिय के हैरान होते ही राजवैद्य समेत कई औषधि विज्ञानियों ने तुरंत

उसका निरीक्षण शुरू कर दिया। कुछ क्षण के बाद राजवैद्य ने प्रजाप्रिय को आश्वस्त किया कि कहीं कोई बीमारी नहीं है इसमें, किन्तु यह भी कहा कि इस सीताफल को एक बार बीचोंबीच से काट कर इसके बीजों के अनुसन्धान की आवश्यकता है।

काफ़ी देर से सितारवादक गन्धर्व कुमार यह सब देख रहे थे। उनकी आँखें चमक रही थीं और मन उस सीताफल को देखते ही पाने के लिए लालायित हो गया था, उनसे रहा न गया और वे अपनी जगह से उठकर प्रजाप्रिय के सामने आ खड़े हुए, ''हे प्रजाप्रिय! आपसे एक आग्रह है, इस सीताफल को अनुसन्धान के लिए मेरे घर पर ही मेरे हिसाब से काटा जाए। मैं इस सीताफल से अपने नए सितार के लिए तुम्बा बनाना चाहता हूँ। इस सीताफल का आकार वही है जैसा मैं कई सौ पहर से खोज रहा था, पर आज तक मिला नहीं था। प्रजाप्रिय की अनुमति से मैं चाहूँगा कि राजवैद्य और समस्त औषधि विज्ञानी अपने तमाम अनुसन्धान मेरे घर में अतिथि बनकर तब तक करें, जब तक उनका काम पूरा न हो।''

महामंत्री अमात्यश्री से सलाह-मशवरे के बाद प्रजाप्रिय ने इसकी आज्ञा तो दे दी किन्तु अगले कुछ पहरों में इस सीताफल पर अंतिम अनुसंधानिक निष्कर्ष प्रस्तुत करने के लिए भी कहा। सीताफल के वज़न के बराबर स्वर्ण-मुद्राएँ लेकर किसान भी विदा हुआ। यही तो विशेषता थी प्रजाप्रिय की, उनका प्रत्येक कार्य जनता में चर्चा का विषय बना रहता था। प्रजाप्रिय दीर्घायु हों।

गन्धर्व कुमार के आतिथ्य से समस्त विज्ञानी और राजवैद्य प्रसन्न थे, अनुसन्धान जारी रहा। हालाँकि सीताफल के सुनहले बीजों का जादुई रहस्य अब भी बना हुआ था। फिर भी राजवैद्य यह पता करने में सफल रहे कि सीताफल ज़हरीला नहीं है। चूहों, गिलहरियों और बकरियों को सबसे पहले सीताफल चखाया गया फिर गायों, उनके बछड़ों और भैंसों को। कई पहर तक उनका सूक्ष्म निरीक्षण हुआ और वे सामान्य पाए गए, उनके गोबरों में भी किसी प्रकार का संक्रमण नहीं पाया गया था, अलबत्ता उनके गोबर ज़रूर हल्के सुनहरे रंग के हो गए थे, जिनमें से सुगन्ध फूट रही थी। राजवैद्य का फ़िलहाल तो यह मानना था कि यह सीताफल तमाम औषधीय गुणों से भरा है, लेकिन इस मत

का कोई तार्किक साक्ष्य उन्हें नहीं मिल पा रहा था। एक औषधि विज्ञानी ने अपने निजी शोधपत्र में यह टिप्पणी ज़रूर लिख दी थी कि जिन जीव-जंतुओं को इसे खिलाया गया था, उन पर तत्काल कोई बुरा असर नहीं दिख रहा है; लेकिन इसके शायद कोई दूरगामी परिणाम दिखें जैसे कि सत्य के दिखते हैं, पर क्या, यह शोध का विषय है। वह विज्ञानी सबसे युवा था और उसके विशेष आग्रह पर प्रजाप्रिय ने निरीक्षण कार्य की अवधि कुछ पहर और बढ़ा दी।

इधर सीताफल का आधा हिस्सा गन्धर्व कुमार को दे दिया गया कि वे अपने नए सितार का तुम्बा बना लें। वैसे भी सितारवादक कुमार इसे पाने के लिए कुछ ज्यादा ही व्यग्र हो गए थे और अठाइस पहरों की कड़ी मेहनत के बाद एक सुनहला सितार तैयार हो गया। पर राजवैद्य और उनकी मंडली अभी तक सीताफल के सन्दर्भ में कोई विशेष जानकारी इकट्ठी नहीं कर पायी थी। विज्ञानियों ने तय किया कि इन बीजों को सभी विज्ञानी अपने-अपने घरों के आँगन में अब रोपें और अगले आठ पहर तक इसकी गतिविधियों पर नज़र बनाये रखें, फिर सब उस पर अपने स्वतंत्र प्रयोग करें एवं अपनी-अपनी टिप्पणी तैयार करके राजभवन में अंततः प्रस्तुत हों। निरीक्षण-कार्य की बढ़ी हुई अवधि अगले आठवें पहर को समाप्त हो रही थी।

राजभवन को उस पहर विशेष ढंग से सजाया गया। असंख्य रोशनियों की झालरों से राजदरबार देदीप्यमान हो उठा। राजमहल में रोशनी इतनी थी कि चींटियों तक को दूर से चलते हुए देखा जा सकता था। प्रजाप्रिय अभी-अभी नगर-भ्रमण करके लौटे थे और यह पहर सूर्योदय का पहर माना गया था। प्रसन्न प्रजाप्रिय सिंहासन पर बैठे और राजवैद्य ने सभी विज्ञानियों को प्रस्तुत किया। सबके हाथों में रंग-बिरंगे सीताफल थे, ज्यादातर के पास सुनहले रंग का सीताफल था। सबने सीताफल को लेकर अपने-अपने तर्क दिए—कि सीताफल के बीज पर यदि इत्र डालकर रोपा जाए तो फल पूरी तरह इत्र जैसा सुगन्धित हो जाता है और इसके अर्क की बिक्री से निश्चित रूप से व्यापार में वृद्धि होगी, कि जिस रंग में मिला कर इसके बीज को रोपा जाये सीताफल उसी रंग का हो जाता है। एक ने कहा कि हमने सीताफल को एक पहर मदिरा में डूबा कर रोपा और आठवें पहर जो सीताफल निकला, उसमें मदिरा ही मदिरा भरी हुई पाई।

एक स्तर पर यह एक बनी-बनाई मदिरा थी, बस इसे निचोड़ने की ज़रूरत थी। प्रजाप्रिय ने स्वयं उस विज्ञानी के गुलाबी सीताफल को सूँघा, जिससे स्वादिष्ट मदिरा की खुशबू आ रही थी। एक ने सीताफल के दानों को सेब के अर्क में डुबाया था और उन दानों को बीच से फाड़ कर उनमें सेब के दाने डाल दिए थे। जब वह बीज फल बना तो सेब का फल बना जिसका आकार हू-ब-हू सीताफल जितना ही बड़ा था किन्तु उससे सीताफल की नहीं सेब की ख़ुशबू आ रही थी। राजभवन ने ही नहीं बल्कि स्वयं प्रजाप्रिय ने सीताफल जितना बड़ा सेब जीवन में पहली बार देखा था। सारी सभा हैरान थी...लगभग दो दर्जन विज्ञानियों ने अपने-अपने प्रयोग बताए। एक से बढ़कर एक खोज सामने आती गई। नगर श्रेष्ठियों के तो चेहरे ख़ुशी के मारे सेब की तरह लाल हो गए थे। इन महान खोजों से होने वाली व्यापारिक उपलब्धियों के बारे में सोच कर उनकी आँखें हीरे की तरह चमक गई थीं। उस सभा में जो जहाँ भी उपस्थित था वह मौन भाव से 'साधु-साधु' कह रहा था। लेकिन प्रजाप्रिय अब भी गंभीर ही थे। उन्होंने राजवैद्य से प्रश्न किया, ''मात्र आठ पहर में बीज से फल बन जाने वाले इस पौधे का रहस्य बताएँ राजवैद्य ?''

सभा एकदम सन्न हो गई। राजवैद्य बस इसी रहस्य को नहीं सुलझा पाए थे। वे हाथ बाँधे नतमस्तक खड़े रहे। प्रजाप्रिय समझ गए। सभा में सन्नाटा पसर गया। सन्नाटा तब तक पसरा रहा जब तक प्रजाप्रिय मुस्कुराए नहीं। एक हल्की मुस्कान के साथ प्रजाप्रिय ने राजवैद्य को संबोधित किया, ''हमें विश्वास है राजवैद्य, कि आप और आपके वैज्ञानिक साथी इस रहस्य को ज़रूर उजागर करेंगे। आप पूरा समय लें। वैसे भी आपकी और आपके साथियों की शोध-उपलब्धियाँ कम नहीं। नगर के व्यापारिक उत्थान में आप लोगों का यह सहयोग इस पहर स्वर्णिम अक्षरों में दर्ज हुआ।'' सभा में उपस्थित श्रेष्ठियों के कंठ सामूहिक रूप से फूटे, ''साधु-साधु।'' फिर पूरी सभा प्रजाप्रिय को बधाइयाँ देने लगी। तमाम विज्ञानी ख़ुशी के मारे दोहरे हो गए।

ऐसे में गन्धर्व कुमार कहाँ शांत बैठने वाले थे। वे न जाने कब से अपने सुनहले रंग का सितार किसी नवजात शिशु की तरह गोद में दबाए बैठे थे। वे हाथ जोड़कर बड़ी शालीनता से खड़े हुए। प्रजाप्रिय ने आँखों से अनुमति दे

दी। देखते-ही-देखते स्वर्ण-चौकी दरबार में लाई गई, जिस पर मयूर-पंखों की चादर बिछी थी। मयूर-पंखी चादर पर गुलाब की पंखुड़ियों को पान के पत्ते के आकार में सजाया गया था। गन्धर्व कुमार ने सर्वप्रथम प्रजाप्रिय को प्रणाम किया, फिर शेष सभा को और सितार लेकर उस आसन पर विराजमान हो गए। सभा में एक आध्यात्मिक शांति फैल गई।

गन्धर्व कुमार ने सितार के तार कसे। हाथ जोड़कर कला की देवी की वंदना की और अपने गुरु का भी स्मरण किया। दोनों हाथ की उँगलियों ने सितार को ऊपर और नीचे से छेड़ना शुरू किया। किन्तु कोई ध्वनि नहीं फूटी। यह क्रम कुछ क्षणों तक चलता रहा, परन्तु ध्वनियों का आगमन नहीं हुआ।

कभी इतनी देरी तो नहीं की थी कुमार ने! कुमार थोड़े परेशान भी हो गए। महामंत्री के चेहरे पर कुछ शिकन आ गई। इधर गंधर्व कुमार ने सितार पर थोड़ी कठोरता बरती तो सितार ने अचानक ध्वनि फेंकी, 'सिंग्ग।' काफ़ी तीख़ी ध्वनि निकली, उस ध्वनि को राजमहल के तीन कोस लम्बी सीढ़ियों पर तैनात प्रहरियों तक ने सुना। गन्धर्व कुमार ख़ुद चकित थे, उन्होंने फिर ज़ोर लगाया। सितार ने फिर ध्वनि छोड़ी, ''सिंग्ग सिंग्ग सिंग्ग।'' महामंत्री ने तत्काल डपटा, ''क्या हुआ कुमार, कहीं तुम्हारे ऐश्वर्य ने तुम्हारी कला को गला तो नहीं दिया ?'' किन्तु यह हस्तक्षेप प्रजाप्रिय को अच्छा नहीं लगा, उन्होंने महामंत्री को चुप कराया, ''नहीं अमात्यश्री नहीं, कला के क्षेत्र में राजकीय हस्तक्षेप ठीक नहीं। कुमार बहुत पुराने कला साधक हैं, उनकी साधना में विघ्न न डालें।'' समूची सभा देख रही थी, बूढ़े महामंत्री कसमसाकर बैठ गए। गंधर्व कुमार फिर साधनारत हुए। इस बार फिर ज़ोर लगाया। सितार से एक तेज़ स्वर लहरी उठी, बहुत ऊँची, ''सिंग्ग-सिंग्ग-सिंग्ग-घिन्न-घिन्न-घिन्न।'' कुमार ने एक बार फिर उन ध्वनियों को साधना चाहा किन्तु ''सिंग-सिंग्ग-सिंग्ग।'' अमात्य का चेहरा स्याह होता चला गया। तब सभा में उपस्थित सुंग की सीधी भृकुटियों में भी मरोड़ आ गया। सितार से निकलने वाली उन अजीब ध्वनियों को रूपांतरित करके सुरबद्ध करने का एक और कठोर प्रयत्न किया गन्धर्व कुमार ने और सितार से। ''सिंग्ग-सिंग्ग-सिंग्ग'' की इतनी तीख़ी आवाज़ निकली कि प्रहरियों तक ने तलवारें फेंककर अपने कान ढँक लिए। अचानक महामंत्री

सितारवादक कुमार पर बहुत व्यग्रता से चिल्लाये, ''बंद कर इन घृणित ध्वनियों को। बंद कर मूर्ख-बंद कर।''

सेनापति, विशिष्ट मंत्री, सामान्य मंत्रियों और अधिकारियों का समूह, श्रेष्ठी, गणमान्य अतिथि, गुप्तचर, देशी-विदेशी भांड, नर्तक, संगीतकार, नगर के मुख्य कोतवाल और सम्मानित नागरिक समूह सब-के-सब सदमे में थे। ये क्या हो गया है कुमार और सितार को ? गन्धर्व कुमार की देह से पसीना और आँखों से आँसू मूसलाधार निकल रहे थे। प्रजाप्रिय इस पूरे प्रकरण में कुछ भी नहीं बोले। एकदम मौन। बस उनकी लाल आँखें उस भरी सभा में अपने सिंहासन की सबसे अंतिम सीढ़ी पर टिकी हुई थीं। शायद उनके कान में बहुत तेज़ दर्द हो रहा था। महामंत्री के आदेश पर सभा-प्रबंधक ने शंख फूँक दिया। सभा समाप्त हुई।

कुछ ही पहर बाद महामंत्री ने अपने निवास से सेनापति और सुंग को बुलावा भेजा। क्षणभर में दोनों उपस्थित थे। सेनापति हैरान था कि स्वयं प्रजाप्रिय महामंत्री के घर पधारे हुए थे। यह पहली बार हुआ कि कोई अधिपति अपने मातहत के घर आया हो। पर सेनापति बहुत गूढ़ बातें नहीं समझ पाता था। वह केवल आदेश लेता था और उनका अक्षरश: पालन करता था। महामंत्री ने सेनापति को संबोधित किया, ''नगर श्रेष्ठियों को तुरंत आदेश दो कि समूचे नगर को रंगने के लिए पिसी हुई हल्दी का भण्डारण करें, रातोरात।'' आदेश सुनकर सेनापति प्रजाप्रिय के इशारे की प्रतीक्षा करने लगा। जहाँ प्रजाप्रिय स्वयं उपस्थित हों वहाँ महामंत्री के आदेश का कोई मोल नहीं होता है, वह यह जानता था। प्रजाप्रिय ने मद्धिम स्वर में बात दुहरा दी, जिसका आशय था कि जैसा अमात्यश्री कह रहे हैं वैसा करो और अगले आदेश की प्रतीक्षा भी। बहुत जल्दी ही बहुत सारे कार्य करने होंगे, सेना को तैयार रखो पर ध्यान रहे प्रिय प्रजा को एक हल्की खरोंच न आये।

सेनापति की विदाई के बाद शांति पसर गई, कुछ क्षण ठहर कर सुंग ने अपनी शंका ज़ाहिर की, ''महामंत्री! मैं समझ नहीं पा रहा कि पीपल के पेड़ वाली ध्वनि सितार से कैसे उठी ?''

''ध्वनि सितार से नहीं बल्कि सीताफल से बने सितार के उस तुम्बे से उठी थी, सुंग।''

सुंग चकराया, ''किन्तु सीताफल में वह कैसे प्रवेश कर गई प्रभु।''

महामंत्री के केश केवल धूप में सफ़ेद नहीं हुए थे। उनके राजकीय अनुभव के आगे इस राज्य या कहें समस्त नगर के सभी कर्मचारी बालक थे, यहाँ तक कि प्रजाप्रिय भी। महामंत्री ने अपनी कल्पनाशक्ति से विस्तारपूर्वक सुंग को उन सारी संभावनाओं के बारे में बता डाला जो तर्क की कसौटी पर भी खरी उतर रही थीं।''सीताफल के बीज संभवत: पीपल की जड़ों या कोटर में किसी पक्षी या चूहे ने संरक्षित किये होंगे। जो ध्वनियाँ पीपल से निकल रही होंगी, उनका उन बीजों पर भी असर हुआ होगा। बहुत संभव है कि किसी पक्षी या चूहे ने उन बीजों को इधर-उधर ले जाकर खाया होगा। उनमें से ही कुछ दाने खेतों में बिखर गए होंगे।'' सुंग सुनता रहा। उसने फिर अपनी अगली शंका ज़ाहिर की, ''परन्तु उन ध्वनियों में ऐसा क्या है महामंत्री?'' यह प्रश्न सुंग के ओहदे से ऊपर का था, लेकिन ऐसे विश्वस्त भेदिये को यह बात बताई जा सकती थी। प्रजाप्रिय ने अपनी गर्दन सुंग के विपरीत खड़े अमात्य की ओर घुमा दी तो अमात्य ने शंका का निवारण किया, ''यह विरोधी राष्ट्रों के भयानक कूटनीतिक प्रयासों का फल है सुंग। वो ध्वनियाँ एक शाप को ढो रही हैं, ध्वनियाँ जैसे-जैसे नगर में फैलेंगी शाप-छाया इस नगर के समस्त ऐश्वर्य का नाश करती जाएगी। हमें इस बात के साक्ष्य मिले हैं कि वह संत एक तांत्रिक था जिसने शत्रु राष्ट्रों के कहने पर यह सारा काम किया।''

राष्ट्र-भक्त सुंग की भुजाएँ फड़कने लगीं, ''उनकी इतनी धृष्टता प्रभु?''

पर महामंत्री की चिंता केवल यहीं तक नहीं थी। वे जानते थे कि सीताफल के हज़ारों पौधे अब तक पूरे नगर में उग गए होंगे। उनसे निकलने वाले सीताफलों को न जाने कितने पशुओं और बचे हुए पक्षियों ने कहाँ-कहाँ फैलाया होगा। जिन-जिन जानवरों और पक्षियों ने उसे खाया होगा, उनसे वही ध्वनियाँ निकलनी शुरू हो चुकी होंगी, उनके मलों के माध्यम से न जाने कितने बीज इधर-उधर पुन: फैल गए होंगे। बहुत संभव है कि नगर के किसी नागरिक ने भी कोई सीताफल चखा हो। महामंत्री इसकी कल्पना कर सिहर उठे। पूरे नगर पर पिशाच छाया मँडराने लगी। उन फलों को अगले आठ पहरों में यदि नियंत्रित नहीं किया गया तो इस स्वर्ण-नगरी का विनाश निश्चित था।

सीताफल का अंतिम आखेट

एक बार फिर नगर और उसके नागरिकों की अग्निपरीक्षा की घड़ी आ गई थी। राजसभा में मंत्रि परिषद् ने एक स्वर में सीताफल को शत्रु राष्ट्रों के सामूहिक षड्यंत्र का घृणित हथियार घोषित किया। मंत्री परिषद् के दबाव में और राजवैद्य सहित समस्त वैज्ञानियों के आग्रह पर प्रजाप्रिय ने भी इस घोषणा पर अपनी अंतिम मुहर लगा दी। नगर के समस्त प्रतिनिधि नागरिकों की सहमति लेते हुए फिर चार बड़ी घोषणाएँ की गई।

पहली घोषणा के अनुरूप देखते-ही-देखते समूचे राजमहल और उसकी तीन कोस लम्बी सीढ़ियों को हल्दी के लेप से पाट दिया गया। नगर के प्रत्येक घर, दरवाज़े, सड़क, पगडण्डी और सीढ़ियों को भी नगर के डरे हुए नागरिकों ने हल्दी से रंग दिया। यह सब पूर्णत: राजकोषीय सहयोग से ही संभव हुआ। राजवैद्य ने नागरिकों के लिए एक पत्र जारी किया था कि हल्दी के लेप से इस शाप-छाया का कोई असर न होगा। नागरिक सदैव हल्दी की गाँठ कमर में कस कर चलें।

दूसरी घोषणा के मुताबिक सीताफल अब एक राष्ट्रद्रोही फल था। प्रजा इस खतरे को जान गई, उसे ज्ञात था कि किस तरह पिछले पहर ही गन्धर्व कुमार, राजवैद्य और समस्त विज्ञानियों से सीताफल देखते-ही-देखते तत्काल ज़ब्त कर लिया गया था और उनके घरों, आँगनों और घर के पिछवाड़े तक को खोद कर सेनापति सारे बीज और पौधे ले गए थे। यहाँ तक कि उनके घरों के समस्त पेड़ और पशु अब राजकीय नियंत्रण में जा चुके थे। दूसरी ही घोषणा के अनुसार उस शापग्रस्त फल या उसके बीज या उसके पौधे को यदि किसी नागरिक के पास पाया गया तो वह महादंड का भागी होगा। हाँ, उस फल या उसके पौधों या बीजों को जो भी नागरिक नगर प्रशासन को तत्काल भेंट करेगा, उसको स्वर्ण-मुद्राएँ और प्रशस्ति-पत्र दिए जायेंगे। बस इसकी अवधि केवल अगले आठ पहर तक निश्चित की गई थी। देखते-ही-देखते नागरिक सीताफल की खोज में दौड़ पड़े। अगले तीन पहर तक नगर कोलाहल से भरा रहा। जिसे जहाँ भी सीताफल दिखा, वह उसे वहाँ से उखाड़कर सीधे नगर-प्रशासक तक पहुँचाने लगा। आठवें पहर की समाप्ति से बहुत पहले शासन, प्रशासन और प्रजा

के सामूहिक प्रयासों से सीताफल के लगभग सारे पौधे, फल और दाने अपनी धरती से उखाड़कर राजकीय भंडार-गृह में ठूँस दिए गए और जल्दी ही उसमें आग लगा दी गई। आग की लपटें जब ऊँची उठीं तो नगर के नागरिकों ने एक स्वर में प्रजाप्रिय का जयघोष किया। प्रजाप्रिय ने भी तत्काल अपनी शोभायात्रा निकाली और नगर-भ्रमण किया। इस तरह सूर्योदय की घोषणा के साथ-साथ नगर का पहला पहर शुरू हुआ।

प्रजा जानती थी कि प्रजाप्रिय न थकते हैं-न सोते हैं। यह राजा न होता तो पता नहीं प्रजा को क्या-क्या दुःख झेलने पड़ते। नगर के वृद्ध नागरिक अभी तक नहीं भूले कि इस राज्य ने दरिद्रता के दौर में क्या-क्या दुःख झेले थे, दाने-दाने को लोग तरस गए थे। हाल फ़िलहाल में प्रजाप्रिय ने बड़ी मुश्किल से शनि को नगर-बदर किया था। भावुक प्रजा ने प्रजाप्रिय को उनकी इस बार की शोभायात्रा में जयजयकार के साथ घेर लिया। नागरिक उनके रथ के आगे-पीछे हाथ जोड़े खड़े हो गए। प्रजाप्रिय रथ से नीचे उतरे और उपस्थित नागरिकों में एक सबसे वृद्ध नागरिक का हाथ बड़े प्यार से अपने हाथ में थाम लिया। ख़ुशी के मारे उस वृद्ध की रुलाई छूट गई। नागरिकों ने एक बार फिर प्रजाप्रिय का जयघोष किया। प्रजाप्रिय ने प्रजा को शांत रहने का इशारा किया और उस वृद्ध नागरिक का हाथ थामे संबोधित किया, ''बाबा! मुझे आपके आँसुओं की नहीं आशीर्वाद की ज़रूरत है। मुझे आशीर्वाद दो कि मैं सत्य और अहिंसा के मार्ग पर चलूँ।'' इतना कहकर राजा रथ पर सवार हुए और आगे बढ़ गए।

शाकाहार अब राष्ट्रीय भोजन बन गया था। सब्ज़ियों में सीताफल और उसकी प्रजाति की तमाम सब्ज़ियों को अखाद्य और स्वास्थ्य-विरोधी माना गया। तीसरी राजकीय घोषणा के अनुसार पशु-वध को अपराध घोषित किया गया। किसी भी पशु को मारना, खाना और उसके चमड़े का व्यापार करना निषिद्ध हो गया। चमड़े से बनने वाली तमाम चीज़ें भी निषिद्ध कर दी गईं, यहाँ तक कि ढोलक भी। अहिंसा के मार्ग पर चलने में मांसाहार सबसे बड़ी बाधा थी, यह अब जाकर समझ में आया। ऐसा माना गया कि पशु-वध करते ही उसमें शाप-छाया बैठ सकती है और उस मृत-चर्म से बनने वाली हर चीज़ में घुस कर हमारे जीवन-राग को ख़राब कर सकती है।

इसी मान्यता पर चलते हुए सीताफल से बनने वाले तमाम यंत्रों पर पाबन्दी लग चुकी थी। यहाँ तक कि लकड़ी से बनने वाले तमाम वाद्य-यंत्रों पर फ़िलहाल रोक लगा दी गई, बाँसुरी तक पर भी। वर्तुल के नागरिकों से प्रजाप्रिय ने विशेष आग्रह किया था कि जहाँ कहीं से और जिस किसी से भी अर्थात् पशु-पक्षी, छोटे-बड़े जीव-जंतु, पेड़-फल-फूल-लकड़ी-मानव-दानव-देवता-वानर, धरती-आकाश से कोई भी अजीब ध्वनि उठे तो वह ज़रूर ही शापित-ध्वनि होगी; जिसकी सूचना अविलम्ब राजमहल को दी जाए। प्रजाप्रिय का यह भी मानना था कि इस शाप से निदान लम्बे समय के संगठित संघर्ष से ही संभव है। राष्ट्र को हमेशा से ही एक ईमानदार संघर्ष की ज़रूरत रहती है। जिस राज्य के नागरिक और प्रशासक चौकन्ने हों वहाँ का राजा समस्त भूमंडल की आसुरी शक्तियों से लोहा ले सकता है।

चौथी राजकीय घोषणा ने तो समस्त प्रजा का हृदय ही जीत लिया। यह घोषणा थी नि:शुल्क और अनिवार्य स्वास्थ्य-निरीक्षण की। नगर के सभी नागरिकों यथा बूढ़े, बीमार, युवा, नर, नारी, बच्चे और पशुओं तक का नि:शुल्क और अनिवार्य परीक्षण शुरू हुआ और 'आरोग्य-पत्र' भी दिए गए। जानवरों की लीद तक इकट्ठी की गई, जहाँ तत्काल प्रहरियों की तैनाती हो गई। नगर के दस ख़ाली मैदानों को लीद-संग्रह का केंद्र बनाया गया और अगले कई पहरों तक उनका सघन निरीक्षण किया गया। लीद में सीताफल के दानों के होने की प्रबल संभावना थी। एक विशेष औषधि के छिड़काव के बाद समस्त लीद जला दी गई। नगर के जितने भी चिड़िया-चुरुंग बच गए थे, उन्हें बहेलियों के कौशल पर छोड़ दिया गया। हालाँकि संगठित रूप से उनका कभी भी आखेट नहीं हुआ, लेकिन वे धीरे-धीरे लुप्त हो गए। इधर राजवैद्य को यह डर सता रहा था कि सीताफल वाली बीमारी से कहीं कोई नागरिक संक्रमित न हो। पर ईश्वर इस बार वर्तुल के साथ था। शनि के आशीर्वाद से पूरे राज्य में केवल इक्कीस ऐसे नागरिक पाए गए, जिनमें वह संक्रमण था। महामंत्री की विशेष देखरेख में उन्हें नगर से बहुत दूर दक्षिणी द्वार से थोड़ा हटकर बिलकुल एकांत में औषधि वैज्ञानियों के निरीक्षण में रखवाया गया था। भारी राजकोषीय सहयोग से वहाँ उन रोगियों के लम्बे समय तक स्वास्थ्य-लाभ लेने की व्यवस्था की गई। कुल

मिलाकर पुन: प्रजाप्रिय ने नगर को शापित होने से बचा लिया था।

लोग कहते हैं कि उस घटना के बाद वर्तुल नगर में धीरे-धीरे सब सामान्य हो गया। व्यापार अब भी बड़ी तेज़ी से फल-फूल रहा था। किन्तु प्रजा का संगीत से कुछ मोहभंग हो गया था। हाँ, स्थापत्य कला ने कारीगरी की नयी मीनारें छू ली थीं। इधर भांडों, नटों, नर्तकियों और मसखरों की संख्या नगर में और बढ़ गई थी, वे हर नए पहर कुछ नया लेकर आते। वैसे भी उनको अब करमुक्त नागरिकों की श्रेणी में रखा गया था। मसखरों को तो लोग लहालोट होकर सुनते और देखते। कहते हैं कि इस नगर के भांडों, मसखरों और नर्तकियों की चर्चा दूर-दूर के देश में होने लगी थी। कुछ भांड और नर्तकियाँ अक्सर देश-विदेश का भ्रमण करते रहते।

यह ठीक है कि प्रजा कुछ निश्चिन्त हो गई थी, लेकिन प्रजाप्रिय नहीं। वे न थकते थे, न सोते थे। उनके आदेश से अब भी परकोटों और सिंहद्वारों पर बहेलिये तैनात थे, नगरों में कई भेदिये अब भी उस ध्वनि की टोह लेते रहते। अब यह नगर एक ईमानदार और चौकस प्रशासनिक गतिविधि की मिसाल बन गया था। इधर नगर के भी कुछ कम कमाने वाले नागरिक ख़ाली समय में सीताफल के बीज ढूँढ़ते रहते। राजकाज से थोड़ी फुर्सत पाते ही प्रजाप्रिय फिर अपने राजमहल के परकोटों पर टहलते हुए देखे जाने लगे। एक बार तीसरे पहर जब वे टहल रहे थे तो दक्षिणी परकोटे के कोने की दीवार में लगे आईने के सामने ठहर गए। प्रजाप्रिय ने अपने प्रिय ख़बरी की मृत्यु के बाद केश संवारना छोड़ दिया था। उनकी दाढ़ी भी बहुत बढ़ गई थी। प्रजाप्रिय ने आहिस्ते-से अपना मुकुट उतारा तो उनके लम्बे केश उनके कंधे पर झूल गए। पता नहीं क्यों उनके सिर का पिछला हिस्सा अब ज्यादा टीस रहा था। उन्होंने उँगलियों से उस हिस्से को सहलाया। वहाँ दो छोटे-छोटे नुकीले उभार थे। वे उभार ही टीस मार रहे थे। प्रजाप्रिय ने आईने के सामने अपना सर झुकाकर ग़ौर से देखा तो वे दोनों उभार अब और बड़े हो चले थे। उन्हें याद आया कि ख़बरी शुरू-शुरू में उनके केश सँवारते समय इन्हीं नुकीले उभारों को देखकर डर गया था। तब प्रजाप्रिय को उसकी मूर्खता पर हँसी आ गई थी। प्रजाप्रिय ने हँसते हुए ही उसे कहा था, ''डर मत ख़बरी, यह जन्मना है। बस याद रख कि राजा और नाई का रिश्ता

बहुत भरोसे का होता है, गोपनीयता ही इसकी कुंजी है।'' तब ख़बरी ने हामी भरी थी। बहुत प्रिय था वह ख़बरी उन्हें।

हालाँकि सुंग के कुछ प्रतिद्वंद्वी गुप्तचरों ने यह हवा फैला रखी थी कि ख़बरी की हत्या सुंग ने ही की थी, जब ख़बरी उस पहर संत का मान-मनौव्वल और याचना करके लौट रहा था। पर प्रजाप्रिय को इन झूठी हवाओं पर भरोसा न हुआ। प्रजाप्रिय को इन अफ़वाहों से चिढ़ थी। ख़बरी की शरारती मुस्कान वाला चेहरा प्रजाप्रिय की आँखों के सामने नाच गया। प्रजाप्रिय की आँखें डबडबा गईं और उन्होंने अपने हाथ के नाख़ून अपने जबड़ों के मध्य कस लिए। प्रजाप्रिय ने महसूस किया कि इतने दिनों में उनके नाख़ून भी बहुत बढ़ गए हैं। जल्दी ही किसी नए नाई की व्यवस्था न हुई तो प्रजाप्रिय के नखशिख सौंदर्य की चर्चाएँ मंद पड़ जाएँगी। बूढ़े महामंत्री को उन्होंने इसी काम के लिए बुलाया था कि किसी नये हज्जाम की नियुक्ति हो पाए। बशर्ते वह विश्वसनीय और हँसमुख हो। प्रजाप्रिय महामंत्री के इंतज़ार में फिर टहलने लगे। वे टहलते हुए बीच-बीच में परकोटे से नीचे वर्तुल को झाँक भी लेते। परकोटों के नीचे पूरा का पूरा वर्तुल जगमग कर रहा था। वही वर्तुल जिसकी सुन्दरता के आगे इन्द्र और कुबेर के साम्राज्य फीके थे।

लोग कहते हैं कि तब भी राजा संतुष्ट नहीं था। वह न थकता था और न सोता था। बड़ा प्रतापी राजा था वह।

सहस्र-सूर्य पर अंतिम ग्रहण

प्रजाप्रिय को प्रजा देवतुल्य तो मानती ही थी किन्तु प्रजाप्रिय अपनी असाधारण क्षमताओं के बावजूद थे तो एक मनुष्य ही; मनुष्य योनि का एक असाधारण मनुष्य जिसने अपने नगर और नागरिकों के उत्थान के लिए प्रकृति से लड़कर रात-दिन का भेद ख़त्म किया। जिसने नागरिकों के ऐश्वर्य के लिए सोना और थकना छोड़ दिया। जिसने अपनी कामनाओं का ज़र्रा-ज़र्रा प्रजा-कल्याण के लिए होम कर दिया। किन्तु प्रजाप्रिय त्रिकाल को वश में करने की क्षमता प्राप्त नहीं कर सके। उनकी साधना में अभी कई रोड़े थे और यह प्रकृति भी तो मूलतः उनकी विरोधी ही थी; न जाने क्यों वह राग़ के साथ द्वेष को, महानता के साथ क्षुद्रता को, उजाले के साथ अँधेरे को और सत्य के साथ असत्य को जन्मती

है ? राग को धारण करने वाले और महानता की प्रतिमूर्ति प्रजाप्रिय के बारे में सभी जानते थे कि उनके सारे कर्म सत्य से संचालित होते हैं। किन्तु द्वेष, क्षुद्रता और असत्य जैसी अमानवीय प्राकृतिक संरचना का क्या ही उपाय है जिसका सामना आये दिन प्रजाप्रिय को करना पड़ता था। अभी उजाले और क्रूर अँधेरे के बीच की निर्णायक लड़ाई बाक़ी थी। कहते हैं कि प्रजाप्रिय धवलता के साक्षात् प्रतिरूप थे। परन्तु उसी प्रकृति ने राजा के साथ-साथ प्रजा को भी जन्मा था।

वैसे ऊपर से देखने पर वर्तुल का जीवन सहज रूप से वैसा ही था—दिव्य और प्रभावशाली। तिल बराबर भी उसके ऐश्वर्य और आनंद में कमी न आई थी, बल्कि अब तो कुछ नागरिक कहने लगे थे, ''ये स्वर्ग क्या होता है? जो है बस वर्तुल है।'' यह सब सुनकर प्रजाप्रिय का सीना चौड़ा हो जाता। किन्तु कुछ ऐसा घट रहा था वर्तुल में जो साफ़ दिख नहीं रहा था पर वह था ज़रूर।

इधर प्रजाप्रिय अब पहले से ज़्यादा कांतिमान दिखने लगे थे, उनके यौवन के तो क्या कहने। नए ख़बरी की नियुक्ति हो चुकी थी और वह प्रजाप्रिय की देह को माणिक जैसा चमका रहा था। बस पहले वाले ख़बरी से उसकी स्थिति थोड़ी भिन्न थी। उसका नाम कंधक था और उसे कोई ख़बरी नाम से नहीं पुकारता था। वह केवल राजमहल में ही रहता था। उसे तमाम सुविधाएँ प्राप्त थीं, लेकिन प्रजाप्रिय ने प्रेमवश उसे महल के बाहर जाने की मनाही कर रखी थी। उन्हें डर था कि कहीं इसके साथ भी कुछ बुरा न हो जाए। प्रजाप्रिय ने प्रण कर लिया था कि राजमहल हो या नगर, उसके किसी भी नागरिक को ख़रोंच भी लगने नहीं देंगे। इसीलिए प्रजाप्रिय ने उस बुढ़िया और उसके किशोर वय के पुत्र को नगर में विशेष संरक्षण दे रखा था। सुरक्षा-कारणों से एकाध सेवकों के अलावा केवल सुंग ही उनसे मिल सकता था। नहीं तो कोई नहीं। शेष प्रजा उस बुढ़िया और उसके बच्चे के अहोभाग्य पर जलती-भुनती रहती।

सुंग इस बार भी बुढ़िया से मिलने आया तो देखा कि बुढ़िया और उसका बालक बहुत उल्लास में नहीं थे। सुंग को हैरानी होती कि तमाम ऐश्वर्य और सुख-सुविधा भोगने के बाद भी कोई ऐसे कैसे रह सकता है? उसने बहुत दुलार से फिर जानना चाहा कि उन्हें कोई परेशानी तो नहीं। पर ऐसी कोई बात निकल नहीं रही थी। शायद बुढ़िया कुछ कहना चाह रही थी पर कुछ सोच

कर कहती-कहती रह जा रही थी। सुंग निराश भाव से लौट गया। भेदिये की ज़िन्दगी चौआई हवा की तरह होती है—कभी पूरब तो कभी पश्चिम तो कभी चारों दिशाओं में। विगत सौ पहरों में नगर के तमाम गुप्तचरों की सक्रियता बहुत बढ़ गई थी, सुंग को फ़ुर्सत कहाँ थी।

इस सक्रियता का परिणाम भी जल्दी सामने आ गया। आखिरकार सुंग ने एक नागरिक को रंगेहाथों पकड़ा। उसने औचक ही अंदाज़ा लगाया था कि यह नागरिक कुछ ज्यादा ही प्रसन्न दीखता था और पहले चार पहर के बाद दूसरे चार पहर गायब रहता था। कहीं खोजो पर नामोनिशान नहीं मिलता, फिर अचानक से अगले चार पहर तक चहकता हुआ मिलता। एक दिन सुंग चुपचाप उसके घर के पिछवाड़े से उसके स्नानगृह में जा छुपा जो कमर तक अपारदर्शी था। वहाँ एक बहुत बड़ी और गोल ताँबे की थाली दिखी तो उसे संदेह हुआ, उसने जैसे ही थाली हटाई तो एक सुरंग दिखी। वह उसमें प्रवेश कर गया। भीतर बहुत ठंड थी और घुप्प अँधेरा। सुंग ने अपनी चोर-बत्ती से रोशनी की तो पाया कि वह एक छोटा-सा कमरा था, जिसमें एक चारपाई और चादर-तकिया पड़ा हुआ था। बाहर का कोई शोर, कोई कोलाहल यहाँ नहीं आ रहा था, एक अजीब-सी शांति थी। वह देर तक निरीक्षण करता रहा पर एक पानी भरी सुराही के अलावा कुछ भी नहीं था वहाँ। धीरे-धीरे उस अजीब-सी शांति और शीतलता का प्रभाव सुंग पर बहुत साफ़ पड़ने लगा और उसकी आँखें भारी होने लगीं। किसी शाप-छाया ने मानो अचानक ही उसकी मति मार, उसे नींद के हवाले कर दिया। सहस्त्र पहरों का थका हुआ सुंग न चाहते हुए भी उसके आग़ोश में चला गया।

अभी एक पहर गुज़रा ही था कि थाली हटाने की आवाज़ से सुंग की नींद खुली और वह झट से कोने में जा छिपा। उसने देखा कि वह नागरिक जो चार-चार पहरों तक गायब रहता था, आया और चुपके से खाट को अंदाज़े में टटोलने लगा, फिर उसने ज़ोर की उबासियाँ लीं और खाट पर चादर तानकर सो गया। सुंग ने तुरंत चोर-बत्ती जला दी। नागरिक उचककर बैठ गया, नागरिक की धड़कनें उसका सीना फाड़कर बाहर आने लगीं। सुंग ने अपनी छोटी आँखों से घूरते हुए कहा, ''इस राज्य में सोने की मनाही नहीं नागरिक, लेकिन गुप्त-गृह

बनाना अवश्य दंडनीय है।'' नागरिक जानता था कि इस राज्य में बस एक ही दंड है। वह सुंग के पैरों में गिरकर बिलखने लगा, ''क्षमा प्रभु क्षमा! आगे से कभी नहीं होगा प्रभु क्षमा करें।'' गुप्तचर राज्यादेश के मारे होते हैं भावनाओं के नहीं, सुंग पर कोई असर नहीं पड़ा, उसने नागरिक को ठोकर मारते हुए कहा, ''यह प्रलाप प्रजाप्रिय के सामने करना मूर्ख, तूने वर्तुल के उत्थान में व्यवधान डाला है। तेरी इस शैतानी युक्ति का अंत ज़रूरी है।'' नागरिक ने उखड़ती हुई साँसों से फिर गुहार लगाई, ''अब कभी नहीं सोऊँगा यहाँ इस अँधेरे में, बस इस बार माफ़ कर दें...मेरे प्रभु...बस एक बार। रोशनियों और शोर के बीच मुझे नींद नहीं आने की बीमारी है प्रभु, बस अच्छी नींद के लिए ये सब किया था प्रभु, मुझे माफ़ करें। बस एक अवसर दें। मुझे माफ़ करें।'' उसने सुंग के पैर जकड़ लिए, पर सुंग सुंग था, वह सब कुछ बर्दाश्त कर सकता था पर राजद्रोह नहीं। उसने अपराधी को बालों से खींचकर खड़ा किया तो बेबस अपराधी ने अंतिम गुहार लगाई, ''प्रभु मैं अंतिम नहीं प्रभु, मैं अंतिम नहीं...मैं अकेला तो नहीं जो ऐसा करता हो।'' नागरिक के इस अंतिम वाक्य से सुंग ठिठक गया, ''क्या? क्या कहा तूने? क्या औरों ने भी ऐसे गर्भगृह बना रखे हैं?''

नागरिक थोड़ा चेता, ''यह बात सभी जानते हैं प्रभु, केवल मैं ही नहीं।''

''कौन-कौन हैं, नाम बता अपराधी, नाम बता उनके।''

नागरिक फफककर रोने लगा ''कितनों के नाम बताऊँ प्रभु, कितनों के नाम बताऊँ?''

सुंग सन्न रह गया। इतनी चौकसी के बाद भी इतने बड़े पैमाने पर यह अनहोनी हो रही है और उसे पता ही नहीं। अचानक से उसे नगर के सारे भेदियों से नफ़रत हो आई। सारा नगर जानता है कि सुंग ही इस नगर का अब प्रधान गुप्तचर था और सारे भेदिये उसके मातहत। वह प्रजाप्रिय को क्या जवाब देगा? भय और क्रोध से उसकी देह काँपने लगी। उसने एक मज़बूत ठोकर उस नागरिक के चेहरे पर मार दी और उस गर्भगृह से बाहर निकल आया। वह जाते-जाते उस विकास-विरोधी नागरिक को आदेश देकर निकला कि चुपके से बिना किसी को पता चले अगले दस पहर में यह गर्भगृह भूसे से भर जाना चाहिए।

सुंग जान गया था कि नगर में गर्भगृहों के निर्माण बड़े पैमाने पर हो चुके

थे। उसने अंदाज़ा लगाया कि ज़रूर इस निर्माण प्रक्रिया की सूचना 'कुछ' गुप्तचरों और कोतवालों को होगी। बस उन्हीं 'कुछ' का पता करना था। प्रजाप्रिय इधर चारों सिंहद्वारों का निरीक्षण करने निकले थे। उन्हें यह खबर जल्दी-से-जल्दी न दी गई तो अनहोनी होकर रहेगी। सुंग, प्रजाप्रिय का पीछा अगले दो पहरों तक करता रहा। उसे पता चला कि प्रजाप्रिय अभी दक्षिणी-द्वार पर हैं और तीसरे पहर उसने प्रजाप्रिय को पा लिया। उसने उनके कान में क्षणभर कुछ कहा और प्रजाप्रिय ने तुरंत महल चलने का आदेश दिया। उनकी भृकुटियाँ सुंग पर तन गई थीं। पता नहीं क्या होगा आज सुंग का।

महल के पश्चिमी परकोटे पर प्रजाप्रिय समेत केवल चार लोग थे। प्रजाप्रिय लगातार टहल रहे थे और अमात्यश्री, सेनापति और सुंग हाथ बाँधे खड़े थे। करुणानिधान ने अमात्यश्री के कहने पर सुंग को अभयदान दे दिया था, लेकिन उनकी बेचैनी बता रही थी कि नगर अद्वितीय संकट से घिर आया था। उन्हें भरोसा ही नहीं हो रहा था कि ऐसा हो गया। टहलते हुए प्रजाप्रिय अचानक रुके और सुंग की ओर मुड़े, कहा ''यह तो ध्यान ही रहे सुंग कि इस नगर में किसी भी नागरिक को सोने की मनाही नहीं, किन्तु प्रजा यह कैसे भूल सकती है कि जहाँ-जहाँ अँधेरा होगा वहाँ-वहाँ शाप-छाया के प्रवेश की आशंका है।'' शाप-छाया का नाम सुनते ही सुंग के रोंगटे खड़े हो गए। उसे वह अँधेरा गर्भगृह याद आ गया, जिसकी शापित शीतलता और शांति ने किस तरह सुंग की देह को सहला-सहला कर सुला दिया था। किन्तु सुंग ने प्रजाप्रिय को यह बात नहीं बतलाई। इधर सेनापति का मत था कि सामूहिक महादंड ही इसका एक मात्र उपाय है, किन्तु अमात्यश्री और प्रजाप्रिय इसके पक्ष में न थे, ''हम उन मुट्ठीभर दुष्ट नागरिकों पर भी महादंड लगाने के पक्ष में नहीं हैं...पर समाधान तो निकालना ही होगा सेनापति।''

पहरों मंत्रणा के बाद तय हुआ कि सूर्य के आकार की एक-एक आहत स्वर्ण मुद्रा नगर के प्रत्येक नागरिक को राजकीय खर्च पर भेंट-स्वरूप दी जाए और नई राजकीय घोषणा के द्वारा हर चौथे पहर उसकी आरती को अनिवार्य बनाया जाए। तय यह भी हुआ कि उन 'कुछ' भ्रष्ट नागरिकों और अधिकारियों की पहचान के लिए नए-नए प्रतिबद्ध गुप्तचर लगाये जाएँ जो गुप्तचरी की

पाठशाला से अभी-अभी निष्णात होकर निकले हैं। साथ-ही-साथ नगर के तमाम राज-अधिकारियों के वेतन में दोगुनी वृद्धि करने की सहमति भी बनी। नगर के सभी पुरोहितों की आमदनी को करमुक्त कर दिया गया और यज्ञ की सभी सामग्रियों की ख़रीद को आधा अवमूल्यित कर दिया गया। चीज़ें जब सस्ती होती हैं तो प्रजा की असहमतियाँ ज़्यादा देर टिकती नहीं। मन्त्रणा की समाप्ति पर अमात्य ने सुंग को बुलाकर कहा, ''सुंग, यह हमेशा याद रखना कि 'कुछ' ही लोग दुष्ट हैं सारी प्रजा नहीं। अत: बहुत सोच-विचार कर काम करना है, हर दूसरे पहर मुझसे मिला करो।'' सुंग सीढ़ियाँ नापते उतर गया। उसे इस बात पर बेहद कष्ट था कि अमात्यश्री को अब जनविद्रोह का डर सता रहा था। सुंग के होते हुए भला यह संभव है?

सारी घोषणाएँ अगले पहर लागू कर दी गईं और प्रजाप्रिय का नगर-भ्रमण भी लगातार होने लगा। वही ढोल-मंजीरे, वही चमक-दमक, वही जयघोष। कहीं से नहीं लग रहा था कि इन दिनों कुछ अवांछित हुआ है। प्रजाप्रिय को भी थोड़ा संतोष हुआ। वे अब नगर के प्रत्येक चौराहे पर उतरकर नागरिकों का अभिवादन लेते और हालचाल पूछते। प्रजा तो उनकी इस प्रजाप्रियता से बावली होती जा रही थी। प्रजाप्रिय आप दीर्घायु हों।

पर यह निष्ठुर प्रकृति? इसकी कुंडली में ही हादसा लिखा हुआ है। हुआ कुछ विशेष न था। वर्तुल का ही एक बच्चा खुले मैदान में पतंग उड़ा रहा था। उसकी डोर अप्रत्याशित ढंग से लम्बी थी। उसकी पतंग आसमान में बहुत ऊपर खिंची चली गई और सूरज के एक गोले में जा अटकी। बच्चे ने धागे को ज़रा ज़ोर से खींचा तो वह सूरज धरती की ओर थोड़ा सरक आया। बालक को हैरानी हुई। वैसे नागरिकों ने ध्यान नहीं दिया था कि सूरज का यह गोला पिछले कुछ पहरों से बाकी सूरज के गोलों से थोड़ा नीचे सरक आया था। पतंग तो पहले भी उड़ाई जाती थीं, बहुत ऊँची-ऊँची। लेकिन यह गोला इधर कुछ ज़्यादा ही सरक आया था और अब वह बच्चे की पतंग से जा अटका। बच्चे ने नासमझी में अपने धागे को कुछ और ज़ोर से खींचा तो वह गोला बिलकुल लुढ़कता हुआ ज़मीन पर आ गिरा और एक भीषण ध्वनि के साथ विस्फोट हुआ। एक सूरज धरती पर चकनाचूर पड़ा था। मैदान में अँधेरा छा गया। कहते हैं कि यहीं से

वर्तुल में शाप-छाया का प्रवेश हो गया। लोग यह भी कहते हैं कि उस मैदान में अँधेरा छाते ही झींगुरों का शोर इस कदर बढ़ गया जैसा पहले कभी नहीं सुना गया था। झींगुर अजीब किस्म की ध्वनियाँ निकाल रहे थे।

इधर सुंग अब हर पहर राजमहल जाने लगा, किन्तु समाधान लेकर नहीं, समस्याएँ लेकर। नगर को शाप-छाया ने धीरे-धीरे निगलना शुरू कर दिया था। नगर के पूर्वी हिस्से में कुछ गर्भगृहों की पहचान के बाद उनमें ताले जड़ दिए गए थे और उनके मालिकों को नए राजकीय आवास भी उपलब्ध करवाए गए थे। लेकिन कहते हैं कि इसके तीसरे पहर ही उसी इलाक़े में कौवों का एक जोड़ा विचित्र प्रकार की ध्वनि निकालता हुआ सुना गया। क्या यह किसी क्रिया की प्रतिक्रिया थी? कुछ जानवरों में फिर से सीताफल खाने के बाद के लक्षण दिखने की सूचना बार-बार राजमहल को दी जाने लगी। किन्तु सीताफल कहीं मिला न था। हो सकता है कि किसी दुष्ट नागरिक ने यह अफ़वाह फैलाई हो, किन्तु इसी बीच उस पतंगवाले बालक की घटना घट गई। कुलगुरु वान्दीक की जगह आये नए कुलगुरु ने तुरंत ही उस मैदान का भ्रमण किया और सूर्य-उपासना की। शाप-छाया से मुक्ति के लिए वहाँ हज़ारों मशालें जलाई गईं। कुलगुरु को इस बात की ज्यादा हैरानी थी कि प्रजा को इस अँधेरे का कोई डर शायद सता नहीं रहा था, बल्कि उनकी आँखें अन्यमनस्क भाव से कुलगुरु के सारे कर्मकांड को देख रही थीं। क्या पूर्वी छोर को सचमुच शाप-छाया ने ग्रस लिया है, पूरी तरह? फिर भी नगर के हालात इतने बिगड़े न थे, प्रशासन पहले से और ज्यादा मुस्तैद था और घोषणा की गई कि किसी भी तरह की झूठी अफ़वाह को फैलाने पर महादंड का सामना करना पड़ेगा।

नगर की इस उठा-पटक से परे वह बुढ़िया और उसका बालक गुमसुम अपने छोटे-से राजकीय आवास में बैठे थे। बुढ़िया की उम्र बहुत ज्यादा ढल गई थी और बच्चा कुछ और बड़ा हो रहा था। वह अक्सर गिलहरियों के झुंड से घिरा रहता, उसने सैकड़ों गिलहरियों को अपना मित्र बना रखा था। उनमें वह गिलहरी और उसके तीनों बच्चे भी शामिल थे जो पीपल के पेड़ के समय से बालक को जानते थे। वे अक्सर बालक के कपड़ों के भीतर घुसकर ऊँघते रहते। सेवकों को आश्चर्य होता? तभी बालक ने एक सेवक से कहा कि इन

गिलहरियों को खाने के लिए कुछ दाने दे दें लेकिन सेवक ने बेरुखी दिखाई। वह सेवक नहीं भेदिया था, यह बात बस बुढ़िया जानती थी। बालक को पता नहीं क्या याद आया और वह अपने शयन-कक्ष से एक पुरानी पोटली ले आया। पोटली खोलते ही सारी गिलहरियाँ उस पोटली पर टूट पड़ीं और देखते-ही-देखते सैकड़ों सीताफल के दाने वहाँ उपस्थित दर्जनों गिलहरियाँ चट कर गईं। यह वही दाने थे जो कभी पीपल के कोटर में से बालक ने निकाले थे।

अगले ही कुछ पहरों में समूचे नगर में हाहाकार मच गया। सीताफल के सैकड़ों पौधे पूरे वर्तुल में पुन: उग आये थे। वही सुनहला रंग और वही उत्थान और तेज़ी। प्रशासन जब तक चेतता तब तक कई पशु-पक्षी उस फल को अपना चारा बना चुके थे। नगर 'सिंग्ग-सिंग्ग-सिंग्ग' के अजीब शोर को चुपचाप सुनता रहा। कुछ पढ़े-लिखे विद्रोही किस्म के नागरिक तो उन ध्वनियों का अर्थ-संधान करने में लग गए थे। सुंग ने जब यह सारी सूचना दी तो प्रजाप्रिय उसी पर भड़क उठे, ''तो नागरिकों में ऐलान करवाओ कि एक-एक सीताफल के बदले उसके वज़न के बराबर स्वर्ण-मुद्राएँ दी जायेंगी।''

सुंग अब कैसे समझाता कि इस ऐलान के बावजूद भी 'कुछ' को छोड़ बाकी नागरिक कोई पहल नहीं कर रहे हैं। वह प्रजाप्रिय को यह भी नहीं बतला पाया कि शाप-छाया को लेकर वर्तुल के नागरिक तरह-तरह की अफ़वाहों के शिकार हो चुके हैं। वे एक भयानक भ्रम में हैं और सीताफल को उखाड़ने से डरने लगे हैं। सुंग ने यह भी अफ़वाह सुन रखी थी कि कुछ नागरिक यह भरोसा करने लगे हैं कि वह संत जी उठा है और उसकी सफ़ेद छाया कई जगह देखी गई है। इधर पूर्वी छोर के कुछ नागरिकों ने उस जादुई सीताफल को चख लिया था और उनके मुँह से 'सिंग्ग-सिंग्ग' की ध्वनियाँ फूट रही थीं। इससे पहले स्थिति कुछ और बिगड़ती, अमात्यश्री ने आपातकाल की घोषणा कर दी और समस्त सेना और कर्मचारियों को शस्त्र धारण करवा दिए। किन्तु नगर के अनुपात में समस्त राज-कर्मचारी बहुत थोड़े से थे। जनता के सहयोग के बिना यह लड़ाई जीतनी मुश्किल हो रही थी। बड़े व्यापारियों, श्रेष्ठियों और सम्मानित नागरिक समूहों से प्रजाप्रिय व्यक्तिगत रूप से मिले। कुछ विश्वसनीय नागरिकों की भी फ़ौजें बनाई गईं।

प्रजाप्रिय एक निर्णायक लड़ाई लड़ने ही जा रहे थे कि पता चला कि सुंग ने आत्महत्या कर ली। समूचा राजमहल स्तब्ध हो गया। ऐसी अनहोनी कैसे हो गई? वह भी ऐसे मौके पर? प्रजाप्रिय की आँखें छलछला कर रह गईं। सबसे पहले उन्होंने इस घटनाक्रम को साफ़-साफ़ समझने के लिए अमात्य को भेजा। एक पहर बाद ही अमात्य ने जो सूचना दी, उसने प्रजाप्रिय का सारा मनोबल तोड़ दिया। अमात्य ने बताया कि सुंग को गुप्तचरों के हवाले से यह पता चला था कि सीताफल के दाने उस बुढ़िया के बच्चे ने ही गिलहरियों को खिलाए थे। राष्ट्रभक्त सुंग की भुजाएँ फड़क उठीं। उसने सैकड़ों सिपाहियों के साथ सीधे बुढ़िया के घर पर धावा बोला। वह बच्चा उस समय भी गिलहरियों के साथ खेल रहा था। सुंग के क्रोध की कोई सीमा न रही। उसने तुरंत उस बच्चे पर भाला चला दिया। भाला बच्चे की छाती चीर कर पार हो गया। बुढ़िया चीखती हुई बच्चे की ओर दौड़ी, ''अरे सुंग...अरे सुंग...ये क्या कर दिया सुंग...अरे सुंग ये क्या कर दिया...'' बुढ़िया ज़ार-ज़ार रोने लगी। उसके आँसुओं से, दर्द से छटपटाते बच्चे का चेहरा भीग गया। बच्चा बेहद हल्की-हल्की साँसें ले रहा था। ये उसकी अंतिम साँसें थीं। बच्चे के गुलाबी होंठ सूखकर कत्थई हो चले थे और पुतलियाँ तिरछी होकर पलट गई थीं। बूढ़ी माँ का रुदन सुनकर उस बच्चे ने धीरे-से आँख खोलने का जतन किया और अपनी रोती हुई बूढ़ी माँ को पुकारा, ''माँ-माँ।'' बुढ़िया बच्चे को चूमने लगी तो बच्चे ने बहुत करुण आवाज़ में कहा, ''माँ...खबरी ने पीपल के कोटर में जो बात कही थी वो मैंने सुनी थी माँ।'' बूढ़ी माँ और फफककर रोने लगी, ''मत बोल मेरे बच्चे मत बोल...तेरी शक्ति क्षीण हो रही है...कोई मेरे बच्चे को बचाओ...कोई...'' बुढ़िया होश खोने लगी पर सुंग होश में था। वह अपनी पत्थर हो चुकी छोटी आँखों से बच्चे को अपलक निहारे जा रहा था। किसी ने बच्चे को पानी पिलाया तो बालक के कंठ फिर फूटे। उसके होंठ के कोर से रक्त की एक पतली धारा निकल रही थी, वह उससे बेपरवाह सुंग की ओर पलटा, ''सुंग...सुंग...खबरी ने कोटर में कहा था कि...'' उसकी साँस अब उखड़ रही थी। अब वह धीरे-धीरे फुसफुसा रहा था ''कि...कि...कि प्रजाप्रिय के सर पर सींग है सींग...सुंग...सींग है...सुंग, सींग है...वे मानव नहीं...'' और बच्चे ने एक कारुणिक हिचकी के साथ अपनी देह

छोड़ दी। बात आधी रह गई पर समझा सबने।

सैकड़ों सिपाहियों ने देखा कि इस घटना के बाद बुढ़िया दहाड़ मार कर रोई, ''अरे सुंग पहले मुझे मारते...अरे, अरे सुंग पहले मुझे मारते...हे सुंग।'' उसकी चीख़ और ऊँची होती चली गई। चीखते-चीखते उसने अपने बच्चे को एक अंतिम पुकार दी। बहुत ऊँची पुकार और बूढ़ी बेबस माँ ने अपने प्राण त्याग दिए। सिपाहियों और प्रजा ने देखा कि सुंग कुछ क्षण पत्थर बन गया। एकदम प्रस्तर मूर्ति। फिर अचानक ही बिलख-बिलख कर रोने लगा, ''ये मैंने क्या किया...ये मैंने क्या किया...ओह वर्तुल...ओह वर्तुल...ये मुझसे क्या हो गया।'' उसकी सारी देह में कँपकँपी छूट गई। मृत बुढ़िया और उसके किशोर होते बच्चे के चेहरे के बीच ख़बरी का चेहरा सुंग की आँखों में बिजली की तरह कौंध गया। प्रजा और प्रजाप्रिय के बारे में क्या नहीं जानता था सुंग। हर बात। हर हरकत। पर इस सच्चाई को छोड़कर। 'सिंग्ग-सिंग्ग' की उस रहस्यमयी ध्वनि का रहस्य खुल चुका था। एक भीतरी पीड़ा से सुंग की देह ऐंठने लगी, ''ओह! ओह वर्तुल! मैं किसके लिए लड़ रहा था?'' और देखते-ही-देखते सुंग ने अपनी कमर से चमकती हुई कटार निकालकर एक ज़ोर की चीख़ मारी, ''प्रजाप्रिय मनुष्य नहीं है...हमारा राजा मानव नहीं, दान...'' बस इतना कहकर उसने अपने सीने में वह कटार उतार ली। वहाँ उपस्थित सैकड़ों सिपाही स्तब्ध हो गए और कुछ मूर्च्छित। अमात्य का कहा सुनकर प्रजाप्रिय की आँखों में खून उतर आया। अब किससे लड़ेंगे प्रजाप्रिय? एक कमज़ोर और मंदबुद्धि गुप्तचर ने नगर को संकट में डाल दिया था। ओह शाप-छाया, तुम वर्तुल का नाश करके ही मानोगी!!

अब शापित वर्तुल से लोमहर्षक ध्वनियाँ उठ-उठ कर राजमहल में आने लगी थीं। प्रजाप्रिय की आँखों में वही लाल रंग उतर आया और वे शोर सुनकर राजमहल के परकोटे पर आ धमके। अमात्यश्री और सेनापति भी साथ में थे। उन्होंने देखा कि समूचे वर्तुल में कोलाहल हो रहा है। नगर के कुछ हिस्सों में अँधेरा अपना पैर फैला रहा है। लगता है कि प्रजा रोशनियों की तमाम झालरें नोच-नोच कर फेंक रही है। उधर वर्तुल के सैकड़ों-हज़ारों सूर्यों पर तीर-भाले और पत्थर फेंके जा रहे हैं तो इधर राजमहल से तीन कोस नीचे चाँदी की अंतिम

सीढ़ियों पर कुछ शापग्रस्त नागरिक सिक्के जैसी कोई चीज़ उछाल कर फेंक रहे हैं, कहीं ये नई आहत स्वर्ण-मुद्राएँ तो नहीं ? क्या ये सचमुच झूठी अफ़वाहों पर भरोसा करने लगे ?

प्रजाप्रिय का मन घृणा से भर गया। देखते-ही-देखते उनकी आँखों के सामने प्रजा अँधेरे की उपासक हो रही थी। क्या नहीं किया था उन्होंने इस प्रजा के लिए। समस्त भूमंडल जानता है कि वो न थकते हैं न सोते हैं, उन्होंने अपनी नींद और थकान तक की बलि चढ़ा दी, लेकिन उन्हें मिला क्या; ये अँधेरे के उपासक ? उन्होंने महसूस किया कि परकोटे से नीचे दिखने वाला वह लावा अब दागदार काले धब्बे में बदल रहा है। वर्तुल में चलने वाली आँधी से धूल का गुबार उठकर वर्तुल के सारे सूर्यों पर ग्रहण लगा रहा है। उन सूर्यों की रोशनियाँ मंद पड़ रही थीं। वे शायद जल्दी ही बुझा दी जाएँ। उजाले और अँधेरे की निर्णायक लड़ाई में वर्तुल की प्रजा अँधेरे के साथ थी ? ''ओह! ये क्या देख रहा हूँ मैं ?'' प्रजाप्रिय ने अपने निचले होंठ पर अपने ऊपर के दाँत गड़ा दिए और लाल आँखों से सेनापति को घूरा। सबने देखा कि प्रजाप्रिय ने बेहद मज़बूती से अपना दाहिना पैर परकोटे की गज भर दीवार पर रख दिया और वर्तुल को अंतिम बार झाँकते हुए अपना राजमुकुट हवा में उछाल दिया।

हाफ़ पैंट

तब स्कूली कपड़े सादे ही होते थे। शायद अब भी सादे ही हों वहाँ। लड़कियाँ अलग बैठती थीं और लड़के अलग। किसी भी क्लास की पाँच क़तारों में से पहले की एक या डेढ़ क़तारें लड़कियों की ही होती थी। आरक्षित या सुरक्षित—इसे जो समझें। पर संजू उनमें नहीं बैठती थी कभी। कभी नहीं बैठी। कहने के बाद भी नहीं। तीसरी से छठी कक्षा तक तो टीचर्स ने भी उतना नहीं टोका। एकाध बार किसी ने कहा भी हो तो वह मानी नहीं। इसे बालपन मानकर दुबारा नहीं टोका किसी ने। लंच टाइम में उसे अक्सर फ़ुटबॉल खेलते या रेस लगाते देखा जा सकता था। मैं आज तक नहीं समझ पाया कि वह अपने लंच को हमेशा क्लास टाइम में ही चट क्यों कर जाती थी? वैसे हम लोग भी कम चटोरे नहीं थे। उसका लंच तीसरे पीरियड के आस-पास संस्कृत की क्लास में बँटना शुरू हो जाता था। एकदम चुप्पे से। उधर उमाशंकर मास्टर रटवाते ''ति:-त:-न्ति-; सि-थ-थ:; आमि -आव: आम:'' और हम लोग? हमलोग ''आव: आव: आव:'' कहते हुए संजू के पराँठे निगल जाते। इस तरह हम लोग उससे काफ़ी हिले-मिले थे। उसकी एक बड़ी वजह कोई हमारा चटोरपन भले ही माने पर सच है कि संजू मिस्री की तरह हम सब में घुली हुई थी। उसका कोई एक बेस्ट फ्रेंड नहीं था। हम सब उसके बेस्ट फ्रेंड ही थे।

महीने में एक बार प्रेयर टाइम में हमारे बाल, नाख़ून, कपड़े और जूते पी.टी. टीचर की कड़ी निगरानी से होकर गुज़रते। वह हमारी ही तरह महीने में एक बार बाल कटवाती और साफ़-सुथरे ख़ूब धँसाकर काटे गए नाख़ून टीचर के आगे कर देती। टीचर संजू की तारीफ़ करते और हमारी ओर इशारा करते, ''अपने इन जाहिल दोस्तों को भी सिखाओ कुछ।'' हम थोड़े झेंप

जाते। वैसे साफ़-सुथरे तो हम भी रहते थे पर संजू की तुलना में हम कुछ मलिन दिखते थे। उसकी नेवी ब्लू हाफ़ पैंट हमारी नेवी ब्लू हाफ़ पैंट से ज़्यादा नेवी ब्लू थी।

याद है कि ज़िन्दगी अच्छी कट रही थी। यदि छठी कक्षा तक की ज़िन्दगी को ज़िन्दगी माना जाए तो! हम सभी लोग पास होकर सातवीं कक्षा में आ गए थे। संजू फ़र्स्ट डिवीज़न से और हम लोग भी उसी को छूते हुए सेकेण्ड डिवीज़न से पास हुए। मुझे अपने सेकेण्ड डिवीज़न का आज तक मलाल नहीं हुआ। प्रथम श्रेणी से पास होने की ख़ुशी क्या होती है, इसका एहसास दोस्तों को होगा तो होगा। मैं आज तक अनजान ही रहा। तब तो और ही अनजान था। मन बस इतना ही कहता, ''अबे पास हो गए। बात ख़त्म।''

जलजला आया सातवीं कक्षा में। बिलकुल ठीक याद है मुझे। सातवीं कक्षा की ही बात है। हममें से कइयों की मसें भींगने लगी थीं। पर हममें से ज़्यादातर अनजान ही थे या बहुत ध्यान नहीं जा रहा होगा। ज़िन्दगी जिधर खिंच रही थी, वह या तो खेलकूद का मैदान था या फिर चटोरपने का इंतज़ाम। ज़िन्दगी में सिनेमा की एन्ट्री तो हो गई थी पर उसके लिए सनकी आकर्षण आठवीं कक्षा में शुरू हुआ था। पर अभी बात सातवीं की ही। उस जलजले का नाम था प्रिंसिपल मैम। वह सातवीं कक्षा वाले साल आई थीं। जुलाई में ही। पुराने प्रिंसिपल सर रिटायर हो गए और मैम ने उनकी जगह ले ली। पूरा स्कूल उनसे और वे स्कूल से एकदम अनजान। मैम का चेहरा याद नहीं मुझे। घनी भौंहें थीं। बस इतना ही याद है। भौंहें हमेशा तनी हुई! एक पतली छड़ी भी रखती थीं। बहुत पतली, ख़ूब मज़बूत और एकदम चमकती हुई। जाने किस चीज़ से बनी थी। वह जब उसे घुमातीं तो हवा काटने की आवाज़ आती। वैसी छड़ी तो आज तक नहीं देखी मैंने। हालाँकि उस छड़ी का स्वाद मैं कभी भूला भी नहीं। उसकी मार से पहले तो चमड़ी लाल हो जाती थी, लम्बी लाल जैसे दो समानान्तर लाल रेखाएँ कुछ दूर चल कर रुक गईं और फिर कुछ दिन में वे स्याह हो जातीं। इसकी गवाही मेरे पापा के कमरे में सजे ड्रेसिंग टेबल का आईना देता था। एक यह आईना ही था जो अकेले मन का मददगार था। ख़ुद की आँख से तो वह निशान कोई नहीं देख सकता; न अपनी पीठ न अपना बम। एक बार तो मैम

की कृपा से उन इलाकों में कुछ तिर्यक रेखाएँ भी बनी थीं। लाल तिर्यक रेखाएँ। बहरहाल।

प्रिंसिपल मैम ने शायद सबसे पहले पी.टी. टीचर को ठीक किया। तमाम सुविधाओं के बावजूद सालाना स्पोर्ट्स-डे में ज़्यादातर हम जैसे फ़िसड्डी लोग चुने जाते जो ज़िले स्तर तक की ट्रॉफ़ियाँ भी नहीं ला पाते। हम योग्य थे पर हमारा कोई ख़ास मकसद नहीं था। ट्रॉफ़ी वगैरह जीतने के सपने भी नहीं आते थे। इधर मैम ने और भी बहुत कुछ बदल दिया स्कूल में, लेकिन क्या-क्या बदला, यह डिटेल में याद नहीं। बस इतना याद है कि उनकी निगाह स्कूल के पेड़ों, पत्तियों, फूलों और पंखुड़ियों तक पर थी। सख़्तियाँ इतनी बढ़ गईं कि फूलों की चोरियाँ यकायक रुक गईं। मौसमी फलों से लदे पेड़ों के आस-पास किसी की फटकने की हिम्मत नहीं होती थी अब। कुछ का मानना था कि स्कूल पहले से ज़्यादा सुन्दर और अनुशासित दिखने लगा था। पर हमें नहीं लगता था। अब ऐसा लगने लगा था कि हमारी आज़ादी ही छिन गई। लंच-टाइम की घंटी बजते ही हममें से कई तीर की तरह चारदीवारी से घिरे मैदान की ओर दौड़ते। सीधा-सा लक्ष्य था, 'आज सबसे पहले मैदान पार की दीवार को कौन छुएगा?' यह एक ऐसी प्रतियोगिता थी जिसका कहीं कोई लिखित ज़िक्र नहीं मिलेगा। इस खेल का शुरुआती पुरखा कौन रहा होगा, कोई नहीं जानता था। सदियों से सातवीं के बच्चे यह सब करते आ रहे थे। यह प्रतियोगिता रोज़ होती थी। पर प्रिंसिपल मैम के बेंत से जब प्रतियोगी सटासट पीटे जाने लगे तो मजबूर होकर सदियों की इस परंपरा का हमने त्याग कर दिया। दुःख तो बहुत हुआ पर मस्ती के तमाम रास्ते अब भी खुले हुए थे। लंच टाइम में खेलने से भला कौन रोक सकता था?

यह बात या तो भाषा-विज्ञानी बता पाएँगे या फिर मनोवैज्ञानिक कि तमाम वांछनीय अथवा अवांछनीय चीज़ों के अजीबोग़रीब नामकरण की शुरुआत सातवीं कक्षा के बच्चों के दिमागों से ही क्यों होती है? 'खग जाने खग ही की भाषा', का प्रारम्भिक स्वाद इसी उम्र में हमने चखा। तमाम भले-बुरे अनुभव और चीज़ों के नामकरणों का दौर शुरू हो चुका था। हमारे जीवन में नए-नए शब्द लगातार जगह बना रहे थे। ये शब्द किताबों से, समाज से, घर-परिवार से

इतनी मात्रा में प्रवेश कर रहे थे कि हमारे लाख सँभाले सँभल नहीं पा रहे थे। माली काका का नाम शाकाल पड़ा, क्योंकि वे गंजे थे। चपरासी काका का कद बेहद छोटा था, इसलिए चार्ली नाम रखा गया। चार्ली इसलिए भी कि उनकी छोटी मूँछ थी। तीन शिक्षकों के नाम क्रमशः पादू, पेठा और परांठा रखा गया। इन तीनों नामकरण के पीछे कोई-न-कोई वास्तविक या काल्पनिक क़िस्सा सक्रिय था। कुछ नाम तो सातवीं कक्षा के पुरखों की वजह से शाश्वत थे। पर उनमें भी सन्दर्भ-प्रसंग सहित नई व्याख्याएँ गढ़ी जा रही थीं। इन नामकरणों पर फिर कभी चर्चा होगी। पर सबसे दिलचस्प नामकरण प्रिंसिपल मैम का हुआ—पीटन देवी! हालाँकि यह नामकरण इतना आसान नहीं था। काफ़ी हो-हल्ला हुआ सदन में। शिबू 'छड़ीबाई' नाम पर अड़ गया था और मैं पीटन देवी पर। सौरभ ने प्रस्ताव रखा कि वह हमेशा बेंत लेकर चलती हैं इसलिए बेतवा नदी की तर्ज पर बेंतवा नाम रखें। इससे फ़ायदा यह था कि कभी पकड़े जाने पर बचने की संभावना भरपूर थी। और भी कई क़िस्म के नामकरण हुए। कइयों ने ज़ोर आज़माइश की। पर हमें उपयुक्त शब्द के चुनाव की भी जल्दी थी। सभा देर तक बैठी रही। थोड़ी देर की ऊब और चिल्ल-पों के बाद जीत मेरी हुई। सीना जितना भी था, जैसा भी था उस वक्त, वह चौड़ा हो गया। पीटन देवी!!

स्कूल दो ब्लॉकों में बँटा हुआ था। ब्लॉक वन की शिक्षा पहली से सातवीं कक्षा तक की थी, जिसे मीडिल स्कूल कहा जाता था। सड़क पार ब्लॉक टू था, जिसे हाई स्कूल कहा जाता था। वहाँ आठवीं से बारहवीं तक की शिक्षा होती थी। एक ही स्कूल के दो ब्लॉक थे पर एक-दूसरे से बिलकुल कटे हुए। प्रिंसिपल भी अलग-अलग और टीचर्स भी। हाँ हाई-स्कूल और मीडिल स्कूल की यूनिफ़ॉर्म में रंगों का कोई फ़र्क न था। फ़र्क केवल हाफ़ पैंट और फुल पैंट का था। सीनियर होने का अपना ताप होता है, यह बात हम सातवीं में आकर जान पाए। हमसे ऊपर यहाँ कोई नहीं था। जब चार दिन तक पीटन देवी स्कूल नहीं आईं तो शिबू ने छठी क्लास में जाकर चैलेंज दे दिया कि आज लंच टाइम में मैदान के पार की दीवार जो सबसे पहले छू देगा उसे पॉपिंस मिलेगी। छठी और सातवीं में आज हो ही जाए! छठी वालों ने भी चैलेंज स्वीकार कर लिया। चार्ली काका ने लंच टाइम की घंटी बजाई और छठी कक्षा के बच्चे दौड़ पड़े

दीवार छूने। पर हम टस-से-मस नहीं हुए। हम जाँचने के लिए बैठे रहे कि इस हरकत पर ये छठी वाले पिटते हैं कि नहीं। छठी का सबसे लम्बा लड़का नवीन था। उसी ने दीवार सबसे पहले छुई। फिर वह अकड़ता हुआ हम लोगों के पास आया और बहुत गुरूर के साथ शिबू से पॉपिंस लेकर चला गया। किसी को कोई मार नहीं पड़ी। मतलब मैदान साफ़ था। हमने नवीन से अगले दिन का चैलेंज रखा—पाँच पॉपिंस का। अगला दिन भी आया और लंच की घंटी बजी। उम्र, अनुभव और तेवर में हम कम नहीं थे। शिबू ने दीवार को सबसे पहले छुआ। सौरभ दूसरे नंबर पर। तीसरे नंबर पर संजू और चौथे पर मैं था। पाँचवें नंबर पर छठी कक्षा का नवीन। उसने अच्छी चुनौती दी थी। दीवार छूकर हम विजयी योद्धा लौट रहे थे और गलियारे में पीटन देवी हमारा इंतज़ार कर रही थीं। जाने कहाँ से आ गईं ? सुबह तो नहीं दिखी थीं! कहना न होगा कि ईश्वर, मंत्र और चालीसा हमें यकायक याद आने लगे। प्रिंसिपल मैम औरों से अलग थीं। मुझे तो याद नहीं कि किसी बच्चे को उन्होंने कभी सार्वजनिक रूप से धोया हो। वह अक्सर गलती करने वालों को अपने चैंबर में ले जातीं। फिर धोतीं-निचोड़तीं और गलियारे में सूखने के लिए कुछ देर छोड़ देतीं। हम गलियारे में पहुँचे तो उन्होंने इशारे से हम पाँचों को प्रिंसिपल चैंबर की ओर चलने को कहा। हम भेड़चाल में बढ़ गए उधर। बहुत सुस्त और भारी क़दमों से। साफ़-साफ़ लग रहा था कि वह चैंबर नहीं कत्लगाह है कोई, जहाँ से ज़िन्दा नहीं आना है।

हमारे पहुँचते ही देवी आसन पर विराजमान हुईं, अंग्रेज़ी में पूछा, ''सो ?''

हम चुप।

''नहीं बोलने पर हर एक को दस-दस और बोलने पर केवल पाँच-पाँच,'' देवी ने खनकती हुई आवाज़ में प्रतिव्यक्ति बेंत की गणना का इशारा किया। फिर भी हम चुप ही रहे। पर जब देवी बिजली की रफ़्तार से बेंत के साथ उठीं तो नवीन टूट गया। वह बिलखने लगा, ''मैम भईया लोगों ने ही चैलेंज दिया था। पाँच पॉपिंस की शर्त थी मैम। मैम, इनके ही कहने पर मैं दौड़ा।''

देवी ने उसे ध्यान से देखा, फिर कुछ सोचते हुए बोलीं, ''इट मीन्स यू आर फ्रॉम द जूनियर क्लास ?''

''येस मैम। सिक्स्थ स्टैण्डर्ड।''

देवी ने उससे विवरण लेना चाहा और वह हम सबकी पोल खोलता गया। उसने यह भी बता दिया कि हम लोग उन्हें पीटन देवी कहते हैं। अब हमने मान लिया था कि मामला बहुत बिगड़ गया है। चेहरे पर हवाइयाँ उड़ रही थीं। पर हम यह नहीं जान पाए कि मामला और ज़्यादा तब बिगड़ा जब नवीन हमारे नाम के साथ भईया लगा रहा था और उसी बीच उसने संजू के नाम के साथ दीदी लगा दिया।

नवीन कम पिटा। केवल दो बेंत और फिर तीतर की तरह चैंबर से वह भागा। लगभग रोते हुए। शिबू और सौरभ को आठ-आठ छड़ी पड़ीं। पर देवी मेरे पास आकर ठहर गईं। शायद यह नामकरण करने वाले पुरोहित के प्रति उनका आकर्षण ही रहा होगा। उन्होंने गौर से मुझे देखा और अंग्रेज़ी में पूछा, ''सो ? हाऊ यू गेट सच टाइप ऑफ़ आइडिया ? डिड आई एवर बीट यू ? एवर ?'' भौंहें चढ़ चुकी थीं।

''नो मैम...नेवर,'' बस इतना ही निकल पाया हलक से।

''देन ? व्हाई ?''

इससे पहले कि मैं कुछ रचनात्मक सोचता, देवी उखड़ चुकी थीं। और फिर शुरू हुआ देवी का महिषासुर मर्दन। वह बार-बार फुत्कारते हुए एक ही सवाल पूछतीं, ''व्हाई...व्हाई ?'' और मैं हर बेंत पर ''सॉरी मैम सॉरी'' कह रहा था। उसी दौरान मैंने देखा संजू को। उसकी डबडबाई आँखें तो मैंने कई बार देखी थीं, लेकिन फ़ुटबॉल खेलते हुए चोट लगने पर या रेस में फिसलने के बाद घुटने छिलने पर। पर उसे रोते हुए कभी नहीं देखा था। आज वह रो रही थी। बिना बोले। उसके होंठ फड़क रहे थे। मुझे तो लगता था कि संजू कभी नहीं डर सकती। किसी से नहीं। पर वह किसी और चीज़ से डर गई थी। पता नहीं क्या डर था।

इधर देवी का प्रकोप थमा तो मुझे नज़रों से दूर चले जाने का आदेश दिया। जिन्होंने धाराप्रवाह छड़ी खायी हों केवल वही जानते हैं कि मुसलसल छड़ी पड़ने के बाद शुरू के पाँच मिनट देह से अदृश्य चिंगारियाँ फूटती हैं। कुछ समझ में नहीं आता है तत्काल। उसके बाद ज़ोरों की प्यास लगती है। और पानी पीते ही सू-सू। कत्लगाह से निकलने के बाद मैंने दोनों काम किए और फिर

सीधे अपनी क्लास में। कनपट्टी से पसीना चू रहा था, लेकिन शिबू और सौरभ हँसे जा रहे थे। मेरे घुसते ही एक साथ पूछा, ''क्या बे ? कितनी पड़ी ?'' मैंने जवाब दिया, ''बस दो ही।'' दस बेंत मैं पचा गया। पर वे भी माहिर खिलाड़ी थे। उन्होंने पकड़ लिया, ''चल झूठे,'' और हँसने लगे। मुझे भी दर्द में हँसी आ रही थी पर हम तीनों के माथे से चू रहा पसीना बता रहा था कि मार कुछ ज़्यादा पड़ गई है। वैसे भी उस उम्र की देह निकलती-निखरती हुई देह होती है। कुछ ही देर में हमारी देह ने उस दर्द को सोख लिया। हम अब बेसब्री से संजू का इंतज़ार करने लगे। लंच टाइम पचास मिनट का होता था। पर संजू काफ़ी देर बाद भी उस वध-स्थल से नहीं आई। हमारी चिंता बढ़ने लगी। जब चार्ली काका ने लंच टाइम ख़त्म होने का घंटा बजाया तब वह वध-स्थल से निकलती हुई दिखी।

वह आई तो काँप रही थी। पर वह डर वाली कँपकँपी नहीं थी शायद। उसका चेहरा गुस्से से लाल था और अमूमन शांत रहने वाले होंठ फड़फड़ा रहे थे। उसकी आँखें शायद जल रही थीं पर वह रुमाल से लगातार आँसू भी पोंछ रही थी। ऐसा करते हुए कभी नहीं देखा था हमने उसे। सौरभ कुछ समझदार था। उसने ही पूछा, ''अरे कितना मार दिया उसने ?'' संजू का रोना हिचकियों में बदल गया। वह हिचकियाँ भरती हुई बोली, ''म्मारा नहीं मुझे।''

हम तीनों के होंठ खिंच गए, ''हें... ?'' अब मारा नहीं तो रो क्यों रही है। हम उसे मार न पड़ने और फिर भी उसके रोने पर अचरज भरे भाव से लगातार निहारने लगे। अगर मारा नहीं तो इतनी देर वहाँ हो क्या रहा था ? पर वह थी कि लगातार सिसके जा रही थी। उसके पास किसी भी सवाल का एक ही जवाब था—सिसकी। यह मैथ्स का पीरियड था। सिन्हा सर थे। चक्रवृद्धि ब्याज समझाने लगे। सर ब्लैक बोर्ड पर लगातार लिखे जा रहे थे और मुझे कुछ समझ में नहीं आ रहा था। वैसे आज तक नहीं समझ पाया कि चक्रवृद्धि ब्याज क्या बला है। समझ में तो खैर संजू की सिसकी भी नहीं आई थी उस वक़्त।

अगले दिन संजू प्रेयर में मिली। वह लेट नहीं होती थी पर इस बार सीधे प्रेयर में भेंट हुई। चमकती और चहकती हुई। जैसे बीते हुए कल का कुछ भी याद न हो उसे। याद तो हमें भी कुछ नहीं था अब। प्रेयर के बाद हम चींटियों की तरह एक कतार में रेंगते हुए क्लास में जाने लगे। पी.टी. टीचर ने संजू को

रोका। हम चारों रुक गए। टीचर ने हमें झिड़का, ''तुम लोग जाओ...और संजू तुम...तुम्हें प्रिंसिपल मैम बुला रही हैं।'' हम फिर अचरज में पड़ गए, ''अब क्यों ?'' क्लास में घुसने से पहले हम तीनों ने संजू को पलटकर देखा। जैसे कोई बछड़ा अपनी बिछड़ रही माँ को देखता है, लगभग वैसे ही वह डबडबाई आँखों से हमें देख रही थी। हमने देखा कि वह हिल भी नहीं रही थी और पी. टी. टीचर बार-बार गरजते हुए उसे कत्लगाह की ओर जाने का इशारा कर रहे थे। फिर उन्होंने संजू की बाँह पकड़ी और खींचते हुए चैंबर में ले गए।

पहला पीरियड ख़त्म हुआ तब वह लौटी। वह वैसे ही लौटी जैसे बीते कल लौटी थी। सिसकती-हिचकती और आँसू पोंछती। वह आई और शिबू के साथ बैंच पर बैठ गई। मैं ठीक उसके पीछे था। उसकी पूरी देह काँप रही थी। शायद सौरभ ने वाटर-बॉटल दी। वह एक साँस में सारा पानी गटक गई। पूरी क्लास ने देखा कि उसकी सिसकियाँ धीरे-धीरे ख़त्म हो गईं और विज्ञान का दूसरा पीरियड भी। तीसरा पीरियड वही संस्कृत का था। पर उमा सर उस दिन नहीं आये थे। हमने एक अलिखित नियम बनाया था कि जब भी कोई टीचर क्लास में न आये तो बिना शोर किए मस्ती करनी है। अब कॉपियों से पन्ने तड़ातड़ फटने लगे और देखते-ही-देखते काग़ज़ के बीस-पच्चीस हवाई जहाज़ सातवीं कक्षा के आसमान में उड़ने लगे। उसमें भी एक प्रतियोगिता थी। क्लास की पिछली दीवार से अगली दीवार में टँगे ब्लैक बोर्ड में बनाया गया सर्कल लक्ष्य था; कि किसकी फ़्लाईट सबसे पहले लैंड करती है। लेकिन यह पहली ऐसी प्रतियोगिता थी जिसमें हम चार शामिल न थे। हम संजू को घेर कर बैठ गए। पर वह जैसे वहाँ थी ही नहीं। मैंने ही कंधे पर हाथ मार कर पूछा, ''अब बोलो भी ?'' उसने कुछ बोलने की जगह अपने बस्ते से लंच-बॉक्स निकाला। मज़ा आ गया। मेथी के परांठे और दही। कुछ देर पहले हम जो उम्रदराज होने की कोशिश कर रहे थे, संजू ने हमें फिर बच्चा बना दिया था। परांठों की धज्जियाँ उड़ने लगीं। फिर हमने नोटिस कर लिया कि वह नहीं खा रही है। हम रुक गए। शिबू ने अनुनय किया, ''तू नहीं खाएगी तो कोई नहीं खायेगा।'' सबने लंच-बॉक्स से हाथ खींच लिया। उस पर इसका तत्काल असर हुआ। उसने एक छोटा टुकड़ा उठाया और बिना दही में डुबोए चबाने लगी। टुकड़ा चबाते

हुए उसकी आँखें फिर डबडबाईं। इस बार फिर मैंने ही पूछा, ''हो क्या रहा है? क्यों बुला रही है वह बार-बार? वह भी इतनी देर तक?'' जवाब में उसके होंठ फड़-फड़ करने लगे। आँखें जलने लगीं और चेहरा अचानक से तमतमाकर लाल हो गया। वह अपनी काँपती हुई रूह का ज़ोर लगाकर बहुत ऊँचा चीखी, ''गन्दी औरत है वो।'' वह चीख़ इतनी ऊँची थी कि क्लास में उड़ने वाले सारे हवाई जहाज़ एक साथ फ़र्श पर गिर गए। जो जहाँ था वहीं थम गया। सन्नाटा पसर गया था। बगल वाली क्लास से सिन्हा सर भागते हुए आ धमके, ''क्या हो रहा है? कौन है?'' पर हम ज्यादा ही फुर्तीले निकले। क्लास में केवल हवाई जहाज़ ही थे जो इधर-उधर बिखरे पड़े थे। बाकी सब कुछ व्यवस्थित था। जिसकी जो सीट थी वहीं पाया गया। एकदम शांत और अपनी-अपनी किताबों में गंभीरता से चेहरा धँसाए हुए। बस शिबू, सौरभ और मैं, ये तीन जने ही थे जो एक साथ एक सिसकी सुन रहे थे। पर समझ कुछ भी नहीं पा रहे थे।

बँटवारा करना हम जानते थे। ब्रेड, परांठे या मैगी या कुछ भी-आँखों से नापकर बराबर-बराबर बाँट लेते थे। हम टीम भी बाँटते थे और पॉपिंस भी। पर एकदम बराबर। पॉपिंस का ग्यारहवाँ टुकड़ा दाँतों से चार भाग में टूटता था। इस हद तक हम अटूट थे। पर टूटना क्या होता है यह हमें प्रिंसिपल मैम ने सिखाया। आये दिन संजू की परेशानियाँ बढ़ने लगीं। पर अब उसकी बाँह पर बेंत के निशान भी होते। वह बिलखकर रोती। पर अकेले में। उसका व्यवहार भी कुछ बदलने लगा। उसने साफ़-साफ़ कह दिया था कि उसकी रोने की वजह अब किसी ने पूछी तो वह उससे कुट्टी कर लेगी। कट्टिस और मेलिस का खेल हम खूब खेलते थे पर यह वाली धमकी बहुत सीरियस थी। अंतिम बार पूछने पर हमसे इतना ही बोल पाई कि कुछ ऐसी बात है कि वह बता नहीं सकती। यह कैसी बात थी हम समझ नहीं पाए। यह हमारे बीच का पहला बँटवारा था। बिना हमारी सहमति के। ऐसी कौन-सी बात हो सकती है भला? हम सोचते रहे पर कहाँ तक सोचते? इतना याद है कि एक बार संजू ने मुझसे धीरे से पूछा था, ''क्या औरत गन्दी होती है?'' मुझे तो अजीब ही लगा यह सवाल। मैंने ख़ूब सोचा। यही सोचा कि माँ और दीदी तो साफ़ रहने के लिए मुझे अक्सर कूटती रहती हैं। वे भला कैसे गन्दी हो सकती हैं? मेरे मुँह से जवाब में बस इतना ही

निकला, ''भक।'' फिर वह पानी पीने चली गई। मैं उसे देखता रह गया। वैसे भी हम बस अब देख रहे थे। चुपचाप। हम यह भी देख रहे थे कि उसका लंच-बॉक्स तीसरे पीरियड में बिला नागा खुलता तो ज़रूर था पर उसे ख़ुद के खाने को लेकर कोई रुचि नहीं रह गई थी। एकाध बार तो हम भी नहीं समझ पाए। लेकिन जल्दी ही हम उसके हिस्से का एक या आधा परांठा उसके लंच-बॉक्स में उसके लिए छोड़ने लगे। पता नहीं वह खाती भी होगी कि नहीं। वह खेल-कूद में लगातार पिछड़ने लगी। रेसिंग में अब वह बहुत पीछे रह जाती। फुटबॉल पर लगने वाली उसकी किक भी बहुत कमज़ोर हो गई थी। वह धीरे-धीरे फ्रंट की जगह बैक से खेलने लगी। कभी-कभी गोलकीपर भी बन जाती। जबकि गोलकीपर कोई नहीं बनना चाहता था। एक पूरा सेमेस्टर ऐसे ही निकला।

दूसरे सेमेस्टर के बिलकुल शुरुआती दिन थे। ऐसे में पीटन देवी एक दिन संस्कृत की क्लास में आ धमकी। संजू का लंच-बॉक्स खुला था और हम चारों के मुँह में ब्रेड और जैम ठुँसे पड़े थे। देवी को देखते ही हमारा मुँह तेज़ी से चलने लगा। हम बैक-बैंचर्स कभी नहीं रहे। तीसरी कतार का तीसरा और चौथा बैंच हम चारों का था। देवी ने हमें चिन्हित किया और सधी हुई आवाज़ में बोली, ''गेट अप।'' हम चारों उठ गए। देवी ने फिर सुधार कर कहा, ''नो... ऑनली संजू।'' हम तीन बैठ गए। संजू खड़ी रही।

''आई हैव टोल्ड यू सो मेनी टाइम्स...डू यू रिमेम्बर?''

संजू चुप।

''आई एम आस्किंग समथिंग...'' देवी की आवाज़ कठोर हो गई थी। पर संजू तो जैसे कुछ सुन ही नहीं रही थी। मैं उसके पीछे बैठा देख रहा था कि संजू की देह अकड़ गई थी और उसने रीडिंग डेस्क को बहुत ज़ोर से पकड़ लिया था। उसकी आँख डेस्क पर अपलक कुछ निहार रही थी। उसकी चुप्पी ने देवी का पारा और चढ़ा दिया। ''आर यू लिसनिंग?'' कहते हुए वह हमारे पास आ गई और ज़ोर से संजू पर चीखी, ''तू बहरी है? सुनती नहीं क्या?'' संजू की अपलक आँखों से आँसू टपाटप चू रहे थे। हवा चीरती हुई पतली बेंत उसके दाएँ कंधे पर सटासट करके दो बार गिरी। पर जैसे संजू को कुछ हुआ ही नहीं। वह वैसे ही पत्थर बनी रही। देवी ने उसकी बाँह पकड़ी और वहाँ से

घसीटना चाहा। पर वह संजू थी। बैंच से चिपक गई थी। हार-थककर देवी ने रौद्र रूप धर लिया। मुझे तो याद नहीं कि कितने बेंत गिरे और न ही याद करना चाहता हूँ। पर इतना याद है कि उमा सर बीच में आ धमके, ''बस मैम...बस भी कीजिए।'' उन्होंने विशेषाधिकार का प्रयोग किया और सब कुछ थम गया। देवी जाने लगी तो अंतिम धमकी देकर गई, ''उमा सर...कॉल हर पेरेंट्स...आई विल टॉक टू देम...एंड येस...शी इज़ नॉट गोइंग टू सीट देयर अगेन...बेशर्म!'' देवी ने अंतिम शब्द दाँत पीसते हुए उछाले थे। जो भी हो पर जलजला चला गया। उमा सर ने संजू को पुचकारा। हमें हैरानी हो रही थी कि संजू के आँसू अब बिलकुल सूख चुके थे। एकदम शांत होकर वह बैठ गई। पूरी क्लास में मातम जैसा पसर गया। मेरे मन में आया था कि इन्स्टूमेंट-बॉक्स से डिवाइडर निकालकर देवी जी के माथे में भोंक दूँ। पर उनके रौद्र रूप के आगे सब धरा का धरा रह गया। सबको यही लगा और पहली बार लगा कि हमारे बीच का कोई मर रहा है और हम उसे बचा नहीं सकते। पर कोई क्यों मर रहा है? संजू से अलग हमने निष्कर्ष निकाला कि प्रिंसिपल मैम संजू को हमारे साथ नहीं देखना चाहतीं। पर हम यह निष्कर्ष नहीं निकाल पाए कि हमने किया क्या है?

यह घटना मंगलवार को घटी और शनिवार तक संजू स्कूल नहीं आई। मुझे डर लगा। वह उस दिन स्कूल-वैन में बैठते-बैठते मुझसे बोल चुकी थी कि अब उसे इस घटिया स्कूल में नहीं पढ़ना। कहीं और एडमिशन ले लेगी। हम इतने बड़े भी नहीं थे कि उसके घर जा सकें। हमें तो अपने-अपने मोहल्ले के बाहर का रास्ता भी ठीक से पता नहीं था। हम सबकी स्कूल-वैन भी अलग-अलग थीं। उसके वैन वाले बच्चों को भी ठीक से पता नहीं था कि वह क्यों नहीं आ रही। सोमवार को प्रेयर के दौरान हमने देखा कि वह अपने मम्मी-पापा के साथ वध-स्थल के सामने खड़ी है। पर उसने स्कूल यूनिफ़ॉर्म नहीं पहनी थी। हम क्लास में आ गए और इंतज़ार करने लगे। वह नहीं आई। लंच-टाइम की घंटी बजी तो हम भागकर वध-स्थल पर गए पर वहाँ कोई नहीं था। अलबत्ता देवी जी बाहर निकलीं। अचानक ही। हमारी तो सिट्टी-पिट्टी गुम! उन्होंने हमें घूरा ''व्हाट?'' भौंहें वैसी ही चढ़ी हुई।

मैंने छूटते ही झूठ बोला, ''लाइब्रेरी मैम।'' लाइब्रेरी कत्लगाह के ठीक

पीछे थी। पर देवी अंतर्यामी ठहरीं। व्यंग्य में हँसी, ''ओ...अच्छा ?'' पर वह हँसी हम समझते तब न ? मेरे बौड़म मन का साहस थोड़ा बढ़ा और ''येस मैम'' कहते हुए मैंने अपनी आँखें और फैला दीं। उन्होंने उसी दिन वाले अंदाज़ से मुझे घूरा, ''डोंट मेक मी...समझे ?''

अब हम क्या ही बोलते ! पर देवी की तनी भौंहें कुछ सोचते हुए ढीली पड़ने लगीं और बेंत उठाकर हमें वहीं रुकने का इशारा किया, ''यू पिपल वेट हियर...आई एम जस्ट कमिंग।'' देवी एक बार फिर घुसीं तो उसी कत्लगाह में ही पर अन्दर से प्रसाद ले बाहर लौटीं। बेंत वधस्थल के टेबल पर ही छूट गया था। उनके हाथ में अब दो सेब और चार केले थे। शायद पहली बार मुस्कुराई होंगी, ''ये लो...आपस में बाँटकर खा लेना।'' बस इतना ही कहा और स्टाफ़ रूम की ओर बढ़ गईं। हम हक्के-बक्के वहीं के वहीं खड़े रह गए। हमें कुछ समझ में नहीं आया। वैसे तो उस उम्र में हम ब्रह्माण्ड समझने का दावा कर रहे थे, पर सचाई यह थी कि हम केवल अपनी पसंद और नापसंदगी की ही लिस्ट बना रहे थे। और उस लिस्ट को देवी ने अब गड़बड़ाकर रख दिया।

सातवीं के बच्चे दिन नहीं गिनते। दिन उन्हें गिनता या दर्ज करता रहता है। हमें दिनों की परवाह नहीं थी। यह दिन पर था, कि वह हमारी परवाह करे या न करे। हम अगले तीन दिन तक मसरूफ़ थे। खेलने और चटोरपने में गिरफ़्त। पर कोई भीतर का एक तार था जो बीच-बीच में हमारी बिना जानकारी के टीसता-खिंचता रहता था। खासकर संस्कृत के पीरियड में। खेलते-कूदते हुए भी वह टीसता। पर उसका ठीक से एहसास नहीं हो पाता। दर्द का चेतना से एक नाता होता है, हम बहुत बाद में यह जान पाए।

कुछ दिन और बीते। ठीक से याद नहीं पर अब जोड़कर सोचता हूँ तो शायद वह पतझड़ का ही मौसम था। बहुत सारे पत्ते हमारी क्लास में उड़कर चले आते थे। उनमें एक तरह की खुशबू होती थी। ज्यादातर अशोक और आम के पेड़ के पत्ते होते थे। उन सूखे हुए पत्तों को हम हथेलियों पर मलकर ख़ूब बारीक़ कर लेते थे और एक-दूसरे के सर पर गुपचुप झाड़ देते थे। और उन्हीं पतझड़ों के मौसम में एक दिन ख़ुशी की लहर दौड़ गई। हम प्रेयर में कतारबद्ध खड़े थे। संजू हौले से आई और पीछे से मेरी खोपड़ी पर नॉक किया—ठकठक

कौन है? मैं मुड़ा तो ख़ुशी का ठिकाना नहीं रहा। हम सबने उसे घेर लिया। हम इतने गद्गद थे कि हम बस रोए नहीं।

क्लास में हम चारों वहीं बैठे जहाँ बैठते थे। संजू के चेहरे से कहीं नहीं लग रहा था कि बीते महीनों में उसके साथ कुछ बुरा भी हुआ है। वह बुरा क्या था केवल वह जानती थी। हम बेवक़ूफ़ नहीं ही जान पाए। हमने बस यही देखा कि वह फुल पैंट और फुल शर्ट में आई थी। शर्ट की बाँह उसने मोड़ कर कोहनी के ऊपर तक चढ़ा रखी थी। मुझसे रहा नहीं गया और पूछ बैठा, ''तू हाई स्कूल की यूनिफ़ॉर्म में क्यों आई है?''

वह तपाक़ से बोली, ''मेरी मर्ज़ी।'' मैं समझा नहीं। मैंने फिर पूछा, ''और पीटन देवी का क्या?'' संजू ने जैसे जवाब पहले से ही तैयार करके रख लिया था, ''अब मैम को शायद कोई दिक्क़त नहीं होगी।'' क्या? हम पहेली में उलझ रहे थे।

''तो आखिर उसे दिक्क़त क्या थी?'' यह सवाल मैंने नहीं शिबू ने पूछा। संजू कुछ देर के लिए चुप हो गई। वह शायद उस 'दिक्क़त' का जवाब सोचने लगी थी। तब तक हम सबकी आँखें संजू पर गड़ी रहीं। वह कुछ कहना भी चाह रही थी और छुपाना भी। मैं थोड़ा झल्लाया, ''अरे बोलेगी कुछ? क्या दिक्क़त है देवी को?'' तब वह थोड़ी हँसी। अजीब ढंग की हँसी। एक या दो सेकेण्ड की हँसी थी। वह हँसी और धीरे-से बुदबुदाई, ''हाफ़ पैंट।''

ओ! हमने अब ध्यान दिया। उसकी फुल पैंट उसकी हाफ़ पैंट जैसी ही नेवी-ब्लू थी। पर वह नेवी-ब्लू पैंट पहले ही की तरह हमारी नेवी-ब्लू हाफ़ पैंट से ज्यादा नेवी-ब्लू थी। बस हमने इतना ही समझा उस वक़्त।

पवन जी का प्रेम और प्रज़ेंट टेन्स

कुछ लोगों के लिए यह मामूली बात होगी पर मेरे जैसे वेल्ले क़िस्सेबाज़ के लिए यह एक बड़ी परिघटना है। यह कोई क़िस्सा-कहानी नहीं है, जिसे मैं झटपट लिख दूँ या सुना दूँ। यह उनके लिए तो बिलकुल ही कोई क़िस्सा नहीं है जो ख़ुद को समाजशास्त्री समझते हैं। बल्कि उनके लिए यह एक केस-सैम्पल है। पवन जी एक हक़ीकत हैं। चलती-फिरती हक़ीकत। वे मेरे पड़ोसी हैं यह कहने का साहस नहीं है मुझमें। मेरे मोहल्ले के या मेरे शहर के हैं यह भी नहीं बता पाऊँगा। पर वे हैं और उनके होने से वह हुआ जो ज़िला तो छोड़िए पूरे प्रदेश में कहीं देखा-सुना नहीं गया। पड़ोस के प्रदेशों तक में इस बात की चर्चा है और बहुत संभव है कि एक दिन पवन जी पर कोई फ़िल्म बन जाए। पर ध्यान रहे कि पवन जी; पवन जी हैं, कोई सिनेमा नहीं।

उनकी उम्र ही अभी क्या है? बस हाल ही में इक्कीसवाँ साल पार किया है। उनको प्रेम हो गया। यह कोई बड़ी बात नहीं। प्रेम अन्तर्जातीय हुआ। यह भी अब कोई बड़ी बात नहीं है। उन्होंने बी.ए. करके एम.ए. में एडमिशन नहीं लिया, बल्कि बी.एस.सी. करके प्रतियोगी परीक्षाओं के फ़ॉर्म दनादन भरने शुरू कर दिए। आई.ए.एस. से लेकर बैंक पी.ओ. तक साला जो पोस्ट मिल जाए ले लेना है। पर ठहरिएगा ज़रा। मैंने अभी-अभी 'दनादन' शब्द का प्रयोग किया, यही बड़ी बात है। अजी यही तो चाबी है।

पवन जी 'दनादन' शब्द से परिचित ही नहीं थे। पवन जी क्या छोटे शहरों में काँईयाँ लालाओं और ब्लैकियों को छोड़कर इस शब्द से कोई परिचित नहीं होता। छोटे शहरों की अपनी एक चाल होती है। जिन्हें वह चाल सुस्त लगती है वे मूर्ख हैं ससुरे। अरे आप चलती ट्रेन से बाहर देखते हो तो दुनिया भागती हुई

दिखती है। पर दुनिया भागती है भला ? आप भाग रहे होते हैं!

पवन जी भागमभाग नहीं जानते थे। वे और वह लड़की दोनों साथ-साथ ट्यूशन पढ़ते थे। पर आठवीं तक ही। तब तक वह चीज़ अंकुरित नहीं हुई थी। बस यहीं उनका आरंभिक परिचय हुआ था। लड़की के पिता इसी ज़िले के थे, लेकिन बैंक पी.ओ. होने के नाते पूरे प्रदेश में ट्रांसफ़र के बहाने चक्कर लगाते रहते थे। जब वे बैंक मैनेजर हुए और रिटायरमेंट के तीन साल बचे तो अपने शहर में आ गए। बल्कि इसी मोहल्ले में आ गए। मोहल्ले में कोई दो सौ गज की उनकी ज़मीन थी जो बेटी की शादी के लिए बचा रखी थी। ज़मीन बेटी के ही नाम थी। उसी के सामने वाले मकान में किराएदार हो गए। यह मकान पवन जी के मकान की तरफ़ एक मकान छोड़कर था। मकान मालिक को लड़की के पिता ने दो बार लोन दिलवाया था तो उसने वाज़िब किराए पर लड़की के पिता को तीसरी मंज़िल देकर ख़ुद को अनुग्रहित किया। लड़की फ़र्स्ट ईयर में थी और पवन जी थर्ड ईयर में। लड़की दो बार बाप के ट्रांसफ़र की वजह से फ़ेल हुई थी नहीं तो वह भी थर्ड ईयर में रहती। रहन-सहन के हिसाब से लड़की साइंस की ही लगती थी और पवन जी आर्ट्स के। फिर भी वह चीज़ पैदा नहीं हुई थी जिस पर करोड़ों इन्सानों ने अब तक अरबों कविताएँ लिखी हैं। पवन जी मेहनती थे, शरीफ़ थे और चुप्पे से केवल खैनी खाते थे—जिसमें पवन जी का कोई कुसूर नहीं था। इस लत की वजह उनके दादा जी थे। दादा जी पेशे से इंजीनियर थे और 'अग्रसोची सदा सुखी' में यकीन करते थे। वे खैनी तक को मलकर अपनी पीतल की डिबिया में अगले दिन के लिए रख लेते थे ताकि तलब लगने पर चूने के साथ उसे रगड़ने के झंझट से बचा जा सके। वे पवन जी को साइंस और मैथ्स में पक्का कर चुके थे। दादा जी पढ़ाते वक़्त पहले खैनी खा लेते थे और जब शुगर का शौच परेशान करता तो दो मिनट के निपटान के लिए चले जाते थे। ठीक उसी वक़्त पवन जी को लगता कि साइंस या मैथ्स का फलाँ फ़ॉर्मूला दादा जी को समझ में आता है और मुझे नहीं, इसके मूल में ज़रूर इस डिबिया का चूर्ण ही है। सो वे भी एक दिन उस डिबिया के छुपे सेवक बन गए। हाल ही में दादा जी की मृत्यु हो गई और पवन जी उनको याद कर-करके ख़ूब रोते थे। पवन जी

अक्सर अकेले में रोते थे और खैनी खाते थे—बाकी हर लिहाज़ से वे नशा-मुक्त थे। पवन जी शहर की परिचित गति से धीमे-धीमे पढ़ते रहते थे पर अब भी उनके यहाँ 'दनादन' शब्द ने एंट्री नहीं मारी थी।

यह दनादन शब्द पहली बार बारिश की बूँदों से बना होगा या पता नहीं कब बना, पर उस दिन जो बरसात हुई दनादन, पहले पहल वह शब्द पवन जी के जीवन में उतर आया। हुआ यह कि जुलाई की अट्ठारह तारीख बीत गई थी। मौसम विज्ञानियों की भविष्यवाणी एक बार फिर गलत साबित हुई। पर इंतज़ार सभी कर रहे थे मानव-दानव, पशु-पखेरू सब। उस शाम ठंडी हवा चली, ऐन बरसात के पहले वाली हवा। पवन जी अपने दोमाले छत पर आ गए। वहाँ एक ही कमरा था जिसमें वे अक्सर साधनारत पाए जाते थे। गर्मियों में नीचे चले जाते थे, दादा जी वाले कमरे में। छत पर आते ही जेठ की झुलसी हुई देह को हवाओं ने वह ठंडक दी कि पवन जी के रोयें खिल गए। तभी उन्होंने देखा कि वह लड़की अपनी छत पर टहल रही है। टहल क्या रही थी अपने कान में ईयर फ़ोन लगा कर किसी से हँस-हँसकर गप्पें मार रही थी। तभी दनादन बरसात शुरू हो गई। पवन जी पहले तो भागे कमरे में ताकी भीगें न पर उन्होंने देखा कि वह लड़की फ़ोन पर बतियाना छोड़कर झूम-झूम कर घूम रही है और मज़े से भीग रही है। 'देखना, इसको पक्कावाला जुकाम होगा,' पवन जी ने मन में यह सोचा और कुर्सी पर बैठ गए। पवन जी ने जब यह सोचा, जुकाम वाली बात, तभी बरसात दनादन से हौले-हौले हो गई और फिर अचानक रुक गई।

पवन जी कमरे से बाहर आए और अन्यमनस्क ही ऊपर तीसरे माले की उस लड़की को देखा। वह अधभीगी आसमान को घूर रही थी। शायद कुछ नाराज़ भी थी बादलों से। तब भी पवन जी के मन में कुछ नहीं हुआ। सद्यःस्नाता ने कोई असर नहीं डाला। तभी बादलों और किरणों ने मिलकर एक साज़िश को अंजाम दिया। आसमान के काले-काले बादलों में दो जगह सुराख़ हुए। एक सुराख़ से किरणें लड़की की छत पर गिरीं तो दूसरे से पवन जी की देह पर। कोई तीसरा होता और घोर आस्तिक होता तो बता देता कि यह नियति का कोई सन्देश था—दोनों के लिए। खैर, पवन जी ने भी इस चीज़ को नोटिस में लिया। इधर अल्हड़ लड़की की निग़ाह पवन जी पर पड़ी और उसके क़दम

थम गए। उसने छत की बाउंड्री पर अपनी दोनों कोहनियाँ रख दीं और पवन जी को घूरने लगी। पवन की सिट्टी-पिट्टी गुम, 'ये ऐसे क्यों देख रही है?' तभी लड़की मुस्कुराई और पहचानने की मुद्रा में हाथ हिलाकर आवाज़ दी, ''पवन जी? हाय पवन!''

ओ! तो यह अब भी मुझे पहचानती है? ये प्रेज़ेंट टेंस फ़्यूचर इनडेफ़िनिट!! आठवीं की कोई बात थी, ट्यूशन की कोई ग्रामर वाली, पवन जी को वह बात याद आ गई और वे मुस्कुरा उठे। लड़की को लगा कि पवन उसको देखकर मुस्कुराए। वह और तेज़ी से हाथ हिलाने लगी, चार साल राजधानी में रह कर आई थी, उसमें कोई गँवारू संकोच नहीं था। निर्दोष पवन उसके निश्छल व्यवहार पर मुदित हुए और अभिवादन में अपना हाथ हिला दिया। लड़की को बल मिला, ''हाऊ आर यू पवन जी''

''आई एम गुड। ऐंड यू?''

''आई एम डूइंग वेल...पर तुम पानी से अब भी डरते हो?''

''क्या मतलब?''

''क्या मतलब क्या? अब भी तुम पानी से डरते हो। बरसात हुई नहीं कि भाग कर छुप गए।''

कहकर लड़की खिलखिलाकर हँसी। पर पवन जी इन सबसे परे याद करने की कोशिश करने में लीन थे कि बचपन में ऐसी कौन-सी घटना घटी थी, जो इस लड़की को अब भी याद है और पवन जी को नहीं।

उन्होंने पूछा, ''अब भी डरते हो से क्या मतलब है तुम्हारा?''

बादल घुमड़ रहे थे, आवाज़ साफ़ नहीं सुन पाई वह लड़की, ''क्या? क्या पूछ रहे हो?''

पवन जी भी साफ़ नहीं सुन पाए और उधर फिर 'दनादन' शुरू हो गई। बादलों का पानी मोटी-मोटी बूँदों में पलक झपकते ही बदल गया और इधर पवन जी फिर भाग कर कमरे में। लड़की ज़ोर से चीखी, ''डरपोक जी'' और हँसने लगी। लड़की की खिलखिलाहट उस तेज़ बरसात में भी साफ़ सुनी जा सकती थी। वह कुछ झूमती हुई फिर टहलने लगी। वह दिल खोलकर भीग रही थी और मोहल्ले की दरों-दीवारें और छत सब, साँस रोके कुछ देख-सुन रहे थे।

यह कोई क़िस्साबाज़ी नहीं है कि मैं झूठ-मूठ का बताता रहूँ कि इसके बाद क्या-क्या हुआ। क्यों हुआ और कहाँ-कहाँ हुआ। मेरी कल्पनाशक्ति तो यहाँ काम ही नहीं कर रही है, या कहूँ कि मेरी निगाह उस परिघटना पर है जिसे इस जोड़े ने जन्म दिया है। न तो ये मरे न घर छोड़कर भागे, न आत्महत्या ही की, न किसी ने हत्या की या हत्या करने की धमकी ही दी। वे दूरदराज के दबंग रिश्तेदारों से भी बेखौफ़ हैं। और इधर शहर ही नहीं समाज भी और समाज ही क्या हर एक व्यक्ति समझना चाह रहा है कि इस परिघटना का अगला पड़ाव क्या होना चाहिए। प्रतिक्रियावादी तक हैरान हैं कि साला कुछ हो क्यों नहीं रहा है?

यह बताने की ज़रूरत नहीं कि छत से लौटने के बाद पवन जी के मन में बचे हुए बरसाती बादल घुमड़ने शुरू हो चुके थे। यह भी कहने की ज़रूरत नहीं कि पवन जी डेस्पेरेटली अपने बचपन की एक-एक घटना याद करने लगे जो उस लड़की के साथ बिता चुके थे। वैसे पवन जी को आठवीं कक्षा की अंतिम दिनों में घटी वह घटना तो याद ही थी कि जब एक दिन लड़की ट्यूशन की क्लास में कुछ देरी से आई तो टीचर-आंटी ने देरी का कारण जानना चाहा। लड़की ने उदास स्वर में बताया कि आज मम्मी-पापा की सुबह से ही लड़ाई चल रही है। मोहल्ले की टीचर-आंटी ने जानना चाहा कि अब क्या हालात हैं तो लड़की ने भौंहें चढ़ाकर मासूमियत से कहा, ''टीचर-आंटी जी! प्रेज़ेंट टेंस फ़्यूचर इनडेफ़िनिट।''

लोग इस बात को भी क़िस्सा मानने लगेंगे कि उस बरसात के अगले दिन मैनेजराइन (लड़की की माँ) पवन जी के घर आईं और बोलीं, ''बेटा, छुटकी को कल रात से ही बुखार हो गया है। लाख मना करने पर भी कल शाम छत पर भीग गई। कोई है नहीं घर पर, उसी ने कहा है कि तुम घर पर होगे और तुम बाज़ार जाकर दवा ला सकते हो।'' पवन जी को ख़ुशी हुई कि उनकी भविष्यवाणी सच हुई और लड़की को पक्कावाला नज़ला-ज़ुकाम हो गया है। बड़ी आई मुझे डरपोक कहने वाली! ये बातें लोगों को क़िस्सा लगेंगी, इसलिए नहीं बता रहा कि पवन जी दवा लेकर लड़की के घर गए और फ़ोन नंबर के आदान-प्रदान के बाद वे अक्सर साथ-साथ कॉफ़ी पीने लगे। कभी घर में तो

कभी घर के बाहर। पर यह बताना ज़रूर चाहूँगा कि पवन जी 'दनादन' हो गए। लोगों ने नोटिस करना शुरू किया कि जो पवन जी धीरे-धीरे चलते-फिरते और टहलते थे, उनमें बिजली-सी रफ़्तार आ गई। ये वही पवन जी थे जो कभी अपने घर की छत पर भी गर्भवती महिला की तरह चढ़ते थे और आज अर्श और फ़र्श तो छोड़िए मोहल्ला क्या शहर, मिनटों में नाप लेते हैं। उसी हिसाब से उनका पढ़ना भी तेज़ हो गया और वे ग्रेजुएट होते-होते दुनियाभर में निकलने वाली तमाम नौकरियों के फ़ॉर्म दनादन भरने लगे। लड़की के आने के बाद क्या अच्छा हो रहा है और क्या बुरा इस पर वे नहीं सोचते। बस दनादन रहते हैं। उन्हें दनादन हुए दो साल हो गए थे।

इस दनादन की एक और हालिया वजह थी। अग्रसोची सदा सुखी वाले फ़ॉर्मूले के तहत पवन जी के दादा जी ने मरने के पहले जो वसीयत तैयार की थी, उसमें सैंतीस लाख रुपए पवन जी के नाम कर गए थे। वसीयत में साफ़ लिखा था कि इक्कीस साल के होते ही पवन जी के अलावा इस पर किसी का हक़ नहीं होगा और पवन जी जैसे चाहें इस पैसे का इस्तेमाल कर सकते हैं। पवन जी के निकम्मे पिता को वसीयत में केवल घर ही हाथ लगा था। हाल ही में जब बैंक का काग़ज़ पवन जी के नाम आया तो उन्हें पता चला कि उसी बैंक में लड़की के पिता भी मैनेजर हैं। यह बात मैनेजर साहब भी जान गए। पूरे मोहल्ले को पता चल गया कि ये वही पवन शुकुल हैं जो अब सैंतीस लाख रुपए के मालिक हैं और जो बैंक मैनेजर वर्मा जी की लड़की से शादी करना चाहते हैं। उधर वर्मा जी की लड़की भी दो सौ ग़ज की कीमती ज़मीन की मालकिन थी। यह बात मोहल्ला बहुत पहले से जानता था। जब तक वर्मा जी को लड़की के प्यार और शादी के लिए इकरार का पता चलता, तब तक देर हो चुकी थी। दो साल तक दोनों घरों के अन्दर लड़का-लड़की चुपचाप मार खाते रहे और चुप्पा प्लान बनाते रहे। मोहल्ला भी चुप्पी साधे सुनता रहा। और जब समय थोड़ा गुज़रा तो अब वह लड़की ज़मीन के कागज़ात पर पालथी मारे बैठ गई थी और लड़का सैंतीस लाख पर।

मोहल्ले के कुछ लोगों ने सुना कि दोनों कह रहे हैं कि ''अरे पैसे- प्रॉपर्टी के ही दम पर ही न आज तक गार्जियन लोग अपना लड़का लड़की को बंधक

बना कर रखे हुए थे जी ? आज हमारे नाम पर पैसा-प्रोपर्टी है तो हम क्यों नहीं करें फ़ैसला ? जिस पूँजी ने कई जैनरेशन को बंधक बनाये रखा और हम एक पुरानी पीढ़ी को मजबूर कर रहे हैं तो क्या गलत कर रहे हैं ? अरे माँ-बाप को मार तो नहीं रहे हैं, सड़क पर छोड़ नहीं रहे! सेवा करने से भाग नहीं रहे। मनचाहा विवाह पूरी दुनिया में हो रहे हैं तो हम क्यों न करें ?'' पर यह गप्प भी हो सकती है। इस परिघटना को क़िस्सा बनाने से रोकना होगा। किसी को इस बात में दिलचस्पी नहीं लेनी चाहिए कि शहर के डिस्ट्रिक्ट जज, डी.एम और कप्तान से ये जोड़ा गुपचुप मिलकर अपनी राम कहानी को एक लिखित बयान में तब्दील कर आया है, जिसकी रिसीविंग लिए आये दिन दारोगा जी मोहल्ले में गश्त मारते हैं। पर छोड़िए इन बातों को।

पर अब रह गई उस परिघटना वाली बात।

तो एक साँझ पवन जी के बेरोज़गार पिता और उस लड़की के पिता लड़की के घर पर ही मंत्रणा कर रहे थे। दोनों यह निष्कर्ष निकाल कर बैठ गए थे कि अंतर्जातीय विवाह एक निकृष्ट तो है ही, एक ही मोहल्ले में विवाह करना तो महापाप है। समाज थू-थू करके छोड़ देगा। पर निदान क्या निकालें ? दोनों घरों की ये अकेली संतानें मर्यादा की सारी सीमाएँ लाँघ गई हैं। बस वे इसी में उलझे थे तभी वहाँ पवन जी प्रवेश करते हैं। फिर लड़की भी पीछे से आ गई और हौले-से पवन जी का हाथ पकड़ कर अडिग खड़ी हो गई। कोई अपनी जगह से टस-से-मस नहीं हो रहा है। सबकी धड़कनें बहुत ज्यादा बढ़ी हुई हैं और सारा वातावरण नि:शब्द है। यह मामला केवल शुकुल जी और वर्मा जी के घर का नहीं रह गया था अब। कोई है जो मानव व्यवहार या समाज व्यवहार की भविष्यवाणी कर सकता है ? यदि हाँ तो फिर कर लीजिए या फिर साँस रोककर सुनने का इंतज़ार कीजिये कि किसके मुँह से यहाँ से कौन-सी बात निकलेगी। साँसें सबकी रुकी हुई हैं, घरों की, मोहल्लों की, शहर क्या पूरे प्रदेश की। चिड़िया-चुरुंग, पेड़-पौधे तक चुप्पी मार कर सुनना चाहते हैं कि हो क्या रहा है। इस इंतज़ार में प्रेज़ेंट इतना टेंस हो गया है कि लगता है कि पृथ्वी ही अपने अक्ष पर थम गई है। घूर्णनहीन।

बस्ई-दारापुर की संतानें

चौराहे से वह लौटे तो ठीक ही थे पर अब एहसास हुआ कि गलत टर्न ले लिया था उन्होंने। वहाँ से बाएँ मुड़कर बड़े जौहड़ की ओर जाना था उन्हें। उनकी थोड़ी-सी ज़मीन थी उधर। उस ज़मीन को पहले वह भी खेत ही कहते थे, जिसके किनारे पर एक झरबेरी का घना पेड़ है। वह भी अब सूखने जैसा हो रखा है। पर सोचने वाली बात यह थी कि उन्होंने गलत टर्न कैसे ले लिया! जब से ये अपार्टमेंट बने हैं न, ख़ासकर ये डी.डी.ए. वाले पार्क तब से सब कुछ एक जैसा ही हो गया है इधर। अपार्टमेंटों की नक्काशियों और रंगों को ध्यान में न रखा होता तो लगभग गुम ही हो गए थे वे। नाम भी तो याद रखने होते हैं इनके! पर पार्क तो सब एक जैसे ही हैं ससुरे! ज़रूर इन्हीं की वजह से दिशा-भ्रम हुआ है। अब सुबह-सुबह कोई पार्क और हरियाली का आनंद ले कि नाम पढ़ता चले? हरियाली तो कम ही हो गई है पर जब कोयलें बोलती हैं तो बॉर्डर की याद आ जाती है उन्हें।

वैसे भी अपने गाँव में गुम होकर जाएँगे कहाँ? कुछ-कुछ ऐसा ही सोचते हुए वे गुम होते चले गए। पार्क के बाद पार्क, अपार्टमेंट-दर-अपार्टमेंट पार करते चले गए। वह और आगे बढ़े तो एक खुला मैदान मिला। बहुत बड़ा। मैदान को कई जगहों से टूटी हुई चारदीवारियों ने अपने घेरे में ले रखा था। वहाँ बहुत सारे बच्चे क्रिकेट खेल रहे थे। बच्चों को निहारते हुए उन्होंने महसूस किया कि आज कुछ ज्यादा ही चल लिए वह। इस एहसास ने उनकी थकान और बढ़ा दी। बच्चों को खेलते देखते हुए चारदीवारी से लगकर सुस्ताने लगे। यह उम्र सुस्ताने की ही थी। वह जहाँ सुस्ता रहे थे वहाँ झरबेरी की घनी छाया पड़ रही थी। उनका पोता कुछ बड़ा हो जाए तो यहीं इन बच्चों के बीच लाकर

उसे छोड़ देंगे और उसका खेलना देखेंगे। कुछ ही देर बाद एक उड़ती हुई गेंद ठीक उनके पैरों के पास गिरी और बच्चे उन्हें पुकारने लगे, ''अंकल जी बॉल फेंक दो।'' अभी उनका सुस्ताना पूरा नहीं हुआ था फिर भी बॉल को घुमाकर बच्चों की ओर फेंक दिया। बच्चे उन्हें अचरज से निहारने लगे। बॉल सीधे उनकी गिल्लियों से टकराई थी।

गिल्ली उड़ाकर उन्होंने लंबी साँस ली और चारदीवारी से वैसे ही देह टिकाए रहे। बॉल उठाते-फेंकते जो मिट्टी हाथ में आ गई थी उसे झाड़ा भी। वह सर्र से सरक गई। बिना रुके। मिट्टी की इस हरकत से या न जाने क्यों वह कुछ सोचते हुए घुटनों के बल झुके। जैसे पृथ्वी का मुआयना करना हो। उन्होंने धरती को ध्यान से देखना शुरू किया और माथे पर शिकन डालते हुए एक मुट्ठी धूल उठा ली। जैसे-जैसे धूल को उन्होंने अपनी दोनों हथेलियों के बीच मलना शुरू किया, वैसे-वैसे उनके माथे की शिकन गहरी होती चली गई। मिट्टी कुछ-कुछ रेतनुमा थी। फिर जैसे मिट्टी से ही उन्होंने सवाल किया, ''रै तू तो बांगर सै ? तू कद तै यहाँ आगी ?''

मिट्टी इससे पहले कि अपने खादर से बांगर होने का जवाब देती, बुजुर्ग ने जवाब का इंतज़ार किए बगैर उसे झट से अपनी जेब में डाल लिया और बिलकुल वैसे ही लौट गए, खोए-खोए से। कुछ ग़मगीन, कुछ गुमसुम से। उधर बच्चों का खेलना जारी रहा।

2

दबाव न बनाओ तो यहाँ काम नहीं होता। बहुत हो-हल्ला हुआ। मेट्रो-रेल ने तब जाकर गाँव का नाम जोड़ा। नहीं तो ये क्या नाम हुआ भला ? ई.एस.आई. हॉस्पिटल ? मेट्रो स्टेशन का नाम अब सही लग रहा है—बसई दारापुर ई.एस. आई. मेट्रो स्टेशन। जिस गाँव की ज़मीन, उसका नाम। ज़मीन न देते तो बन जाना था स्टेशन ?

''और के ? तू किस भैम मै है ? सरकार नै कौण रोक सकैगा भाई ?''

दुकानवाले का यह प्रतिवाद लड़के को बिलकुल ही अच्छ नहीं लगा। उसके मन में आया कि साले प्रतिवादी को अभी पटक कर धूल चटा दे, पर उसे थोड़ी जल्दी थी। अखाड़े में गुरु जी ने दस बजे का टाइम दे रखा था। वह दुकान

से उठा और दौड़ते हुए एक बस में कूद गया। यहाँ की सारी बसें अखाड़ा-सड़क होकर ही जाती थीं। किसी भी बस में कूद जाओ। लड़के को उछलकर बस में चढ़ते हुए दुकान में बैठे सभी लोगों ने देखा। दुकान तो मिठाइयों की थी पर दूध, लस्सी और छाछ के अलावा कुछ भी नहीं बिकता था। यह बसई-दारापुर की सबसे पुरानी दुकान थी। यहीं से गाँव शुरू होता था। दुकान के दूसरी तरफ़ के मेट्रो स्टेशन से एक खद्दरधारी दुकान की ओर लपका और दुकानदार से पूछ, ''रे यो जो लौंडा बस मैं चढ़्या सै। यो तै खेत्तरपाल का छोरा सै न, जगवीर ?''

''हाँ चौधरी, जगवीर ए सै यौ।''

''अरैं यार...इसै नै तो ढूँढूँ सूँ कद तै !''

दुकानदार हँसा और हँसते हुए ही बोला, ''ज़मीन बिक्कन तै रही चौधरी। सूबेदार खेत्तरपाल मर जोवेगा पर ज़मीन न बेच्चेगा कदे।''

''के बात कर दी तन्ने सुरेश ? इब गाँव के गाँव बिक गए, यो खेत्तरपाल चीज़ के सै ?'' कहकर खद्दरधारी ने आँख मारी और हँस पड़ा। दुकान में बैठे सभी ने एक साथ ठहाके लगाए। दुआ-सलाम करके खद्दरधारी दुकान में बैठ गया। वह बैठा तो इसलिए भी था, क्योंकि उन ठहाकों के बीच एक जन ऐसा भी था जिसे हँसी नहीं आई थी चौधरी की बात पर। न हँसने वाला अधेड़ था और अखबार में डूबा हुआ था। खद्दरधारी ने उसको संकेत करते हुए सुरेश को संबोधित किया, ''सूबेदार खेत्तरपाल मिला था आज। बड़े जौहड़ की ओर अपनी ज़मीन कै पास। जैसे उसका कुछ गुम-सा हो गया हो। मैंने राम-राम कही और अपनी स्कूटी से उसके घर छोड़ आया। भला आदमी है पर कुछ बावला-सा हो रखा है। अपनी जेब में मिट्टी भर रखी थी उनने। लगता है जिवेगा नहीं ज़्यादा दिन बेचारा।''

''क्या बात कर दी चौधरी ? मिलिट्री का रिटायर है। इब्बे तो लम्बी पारी खेल्लेगा,'' सुरेश ने फिर जवाब दिया।

पर खद्दरधारी जैसे सूबेदार की उम्र नाप कर बैठा था। तपाक् से बोला, ''अरें...रिटायर हुए भी तो दस-बारह साल हो गए भाई।''

अख़बार पढ़ रहा वह अधेड़ अब हरकत में आया। उसने अख़बार को पटका और दो बीड़ियाँ इकट्ठी सुलगाईं। एक सुरेश को दी और दूसरी ख़ुद फूँकने लगा। उसने धुएँ को कुछ इस तरह साध कर फेंका कि खद्दरधारी की पूरी

देह धुएँ से भर गई। खद्दरधारी ने उसको टोका, ''यौ के बत्तमीजी है भाई ?'' पर बीड़ीवाले पर कोई असर नहीं हुआ। उसने बीड़ी पीते हुए फिर उसी तरह साधकर धुएँ को खद्दरधारी की देह पर फेंका। अब चौधरी को बर्दाश्त नहीं हुआ। उसने दाँत पीसकर चेतावनी दी, ''रे तंवर, इब ज्यादा न कर तू।'' पर बीड़ी फूँकनेवाला कुछ तय करके ही बैठा था। वह उठा और खद्दरधारी के चेहरे से अपना चेहरा लगा दिया—''देख भाई चौधरी। राजनीति और ब्योपार ने एक साथ न मिला। सूबेदार खेत्तरपाल की ज़मीन पर मेरी नज़र है। उस ज़मीन ना इब तू भूल ही जा।'' यह कहकर तंवर ने एक बार फिर बीड़ी का ज़ोरदार कश लिया और धुआँ फेंका। इस बार भी चौधरी पर ही। चौधरी कुर्सी पर वैसे ही धँसा रहा। पर चौधरी में भी डर का कोई नामोनिशान नहीं था। वह अपलक तंवर को घूरे जा रहा था। उसने तंवर को तब तक घूरा जब तक तंवर ने बीड़ी का अंतिम कश न ले लिया और उसे फेंककर अपनी ऑडी में बैठ कर चला न गया।

तंवर के जाने के बाद सुरेश कुर्सी पर धँसे चौधरी के पास आया, ''यौ खेत्तरपाल के छोरे जगवीर का विज़िटिंग-कारड सै।'' कारड देते वक्त इस बार सुरेश ने चौधरी को आँख मारी और कहा, ''योअर नयु कम्पैटीटर।''

चौधरी ने बड़ी दिलचस्पी से कार्ड लिया और उलटने-पलटने लगा। फिर ऊँची आवाज़ में उसे पढ़ना शुरू किया। सबसे ऊपर मोटे-मोटे अक्षरों में लिखा था, 'जय खाटू जी महाराज।' फिर उससे नीचे कुछ छोटे अक्षरों में लाल रंग से लिखा था, 'यहाँ पिछवाड़े में हाथ डालकर काम कराया जाता है।' सबसे बाद में लिखा था, 'दुकान, मकान, कोठी या ज़मीन। कब्ज़ा लेना हो या खाली करवाना हो। संपर्क करें। काम न हो तो पैसे वापस। भरोसा हो तभी आएँ। जगवीर चौधरी। बसई-दारापुर वाले।'

चौधरी आँखें बंद कर अब कुछ सोचने लगा।

3

पत्ते खेलते और हुक्का गुड़गुड़ाते दोपहर के तीन बज गए थे। घर की मालकिन निम्मो की नाराज़गी भाँपकर धीरे-धीरे चौधरियों का सारा कुनबा खिसकने लगा था। अब दो ही चौधरी बच गए। सूबेदार खेत्तरपाल और बलवान। हमउम्र और

बचपन के साथी। बात बलवान ने ही छेड़ी, ''ओमवीर आता है न?''

''हाँ, इतवार कै इतवार।''

''देख सूबेदार! मैं तो ख़ुद ही हालात का मारा हूँ। मैं क्या सलाह दूँगा? पर ओमवीर दस दफा फ़ोन कर चुका कि बापू ने समझाओ। अब बाँट दे। कब तक रोकेगा। निबट ले इब। जगवीर भी ब्याहने को आया। कोई काम-धंधा शुरू करा दे। एक बार और मदद कर खड़ा कर दे।''

''मदद तो की थी ससुरे की...पहले ख़ुद की बेचो फिर दूसरों की बिकवा दो। यही धंधा उसे भाया?''

''इब पूरी दिल्ली ही ख़रीदी-बेकी जा रही है। वो अजूबा है? जिधर दुनिया उधर वह भी,'' बलवान ने सफ़ाई दी।

''हाँजी, बड़ा वाला गया न दुनिया के साथ कि छोटे वाले को भी जाने दूँ!'' सूबेदार ने तंजिया बयान दिया। फिर ठहरकर कहा, ''तू निम्मो से ज़रा पूछ ले बलवान। पोते के लिए छह-छह दिन मचलती है तब सातवें दिन कलेजा ठंडा होता है उसका। दो किलोमीटर की भी दूरी न है गाँव से गोल्डन अपार्टमेंट की। कौन-सा कल्चर सुधारेगा ओमवीर इब पोते का?'' सूबेदार की आँखें कुछ सुर्ख हो आईं।

''सभी जा रहे हैं। इसी दो किलोमीटर में गाँव और शहर का अंतर है। पोता पढ़-लिखकर अच्छा ही करेगा आगे।'' बलवान ने सूबेदार का मनोबल बढ़ाया पर सूबेदार की आँखें भर आईं, ''तब हम न होंगे बलवान। तब हम न होंगे।''

निम्मो दो थाली लेकर आ गई। बलवान ने मना किया पर निम्मो की ज़िद के आगे सूबेदार की नहीं चलती तो बलवान क्या थे। खाने के दौरान किसी ने किसी से बात नहीं की। दोनों जब जीम लिए और हुक्का गुड़गुड़ाने लगे तो निम्मो सूबेदार के लिए दोपहर की दवाइयाँ लेकर आई और सूबेदार की हथेली पर रखकर बगल में बैठ गई। चुप्पियों के बीच निम्मो ने बात उछाली, ''बलवान भाई साहब, मैं कहन लाग री सूं कै आप सुबह-सुबह सूबेदार के साथ ही टहलने जाओ।'' सूबेदार ने पत्नी को घूरा। पर कोई फ़ायदा नहीं था। निम्मो डटी रही, ''आज टहलते हुए गुम हो गए थे तुम्हारे सूबेदार।''

सूबेदार कुछ उखड़े, ''गुम नहीं हुआ था...टहलते हुए दूर निकल गया था।''

''नहीं बलवान भाई जी...सूबेदार बुढ़ापे में अब झूठ भी बोलने लगा है। भूपिंदर चौधरी अपनी स्कूटी से छोड़ गया आज।'' निम्मो ने बेधड़क सारा हाल सुना दिया। सूबेदार सुर्ख होते गए पर निम्मो की उम्र डाँट खाने या घुड़की सहने की नहीं थी। सच्चाई यह थी कि यहाँ शिकायत करने वाला, शिकायत सुनने वाला और जिसकी शिकायत हो रही थी वह सब के सब सत्तर पार के थे। बूढ़े, थके और बेहद उदास।

तभी जगवीर अखाड़े से लौटा। कुछ ख़ुश जान पड़ रहा था। पर वह आया तो एक तेज़ गंध भी लेकर आया था। सब कुछ जानते हुए भी सब चुप रहे। निम्मो ने खाना दिया। उसने डटकर खाया और छत पर सोने चला गया। इस बीच बिलकुल सन्नाटा रहा। बीच-बीच में गुड़गुड़ की आवाज़ आती और थम जाती।

''देख रहे हो बलवान?'' सूबेदार ने रंज होकर कहा। पर बलवान को अब क्या देखना-सुनना था। बलवान क्या नहीं जानते। निम्मो चौके में घुस गई। बर्तनों की खड़बड़-खड़बड़ शुरू हुई तो सूबेदार ने टोका, ''काम वाली आती ही होगी। क्यों मरी जा रही है?'' निम्मो ने भीतर से उसी अंदाज़ में जवाब दिया, ''आज नहीं आना उसे। दस दिन के लिए अपने गाँव गई।'' बर्तनों के माँजने-धोने की आवाज़ वैसी ही बनी रही। बलवान ने इजाज़त चाही, ''सूबेदार, सोच ले। ऐसे कब तक चलेगा? बेच-बाँटकर छुट्टी पा।'' सूबेदार कुछ नहीं बोला। बलवान लाठी टेकता चला गया। इधर बर्तनों की आवाज़ थम गई। सन्नाटे ने एक बार फिर बुज़ुर्ग दम्पति को घेर लिया। साँझ होने वाली थी।

निम्मो ने अपनी खाट बरामदे में डाल दी और मटर छीलने बैठ गई। सूबेदार का हुक्का गुड़गुड़ाना जारी रहा। पत्नी कभी मटर छीलती तो कभी सूबेदार को कनखियों से देखती। सूबेदार भाँप गए पर कुछ बोले नहीं।

''कुर्ते की जेब में इतनी मिट्टी कहाँ से आ गई?'' निम्मो ने मुस्कुराकर ही पूछा।

सूबेदार का मूड आज सुधरने वाला नहीं था। उसी उदासी से जवाब दिया,

''दिल्ली की मिट्टी बदल रही है निम्मो। यौ अपशकुन सै!''

निम्मो जवाब सुनकर चुप हो गई। शायद कुछ कहना चाह रही हो पर कहा कुछ नहीं। बस काँपती हुई उँगलियों से मटर अलग-थलग करती रही। एकदम चुपचाप। फिर ज़रा रुककर सूबेदार से पूछा, ''आज तो बुधवार हो लिया ?'' सूबेदार ने वैसे ही हुक्का गुड़गुड़ाते हुए जवाब दिया, ''हाँ।'' निम्मो को अब तक लगता था कि सूबेदार सुबह-सुबह टहलते हुए बड़े बेटे ओमवीर के अपार्टमेंट की ओर जानबूझकर जाता है। शायद एक नज़र देख ले पोते को। शुरू-शुरू में तो रोज़ ही देख-सुन आता था। सूबेदार की वजह से पोते की कई बार स्कूल-बस छूट जाती। पर हालात बदलते चले गए। अब तो इतवार ही सहारा था। वैसे भी इस उम्र में चार किलोमीटर की रोज़ की दौड़ होती भी नहीं सूबेदार से। बेटे-बहू और पोते के यूँ चले जाने से सूबेदार से ज़्यादा निम्मो पर असर हो रहा था। सब कुछ तो ठीक ही था अब तक। किसी चीज़ की कमी न थी पर देखते-ही-देखते डोर ही उलझ गई। पर कैसे, यह कोई नहीं समझ पा रहा था।

हाँ जगवीर को कद्र थी। वह उस डोर का ख़याल रखना जानता था। सेब-संतरे, केले और नारियल पानी से घर को भरकर रखता था। निम्मो और सूबेदार की रूटीन जाँच करवाता और बढ़िया-से-बढ़िया डॉक्टरों की सलाह लेता। बड़े भाई ने जब से परिवार का साथ छोड़ा है तब से वह और ज़्यादा ख़याल रखने लगा है। बड़ा भाई होस्टलों में रहा और ऊँची पढ़ाई की। पर जगवीर कहीं नहीं गया। सूबेदार और निम्मो के साथ-साथ ही रहा। सूबेदार का ट्रांसफ़र जहाँ-जहाँ हुआ वह उनके साथ ही रहा। अंतिम के चार साल तो मेरठ कैंट में ही रहे तीनों। तब तक ओमवीर की नौकरी लग गई बढ़िया कंपनी में। सूबेदार का तो ख़ुशी का ठिकाना ही न रहा। रिटायर्ड सूबेदार ने अपने गाँव में नई पारी की शुरुआत की। पर गाँव, गाँव नहीं रह गया था अब। यह दिल्ली के बीचोंबीच था और दिल्ली इसके बहुत भीतर घुस चुकी थी। सूबेदार जब पूरी तरह लौटे तो कई चीज़ें ज़मीन से उखड़ चुकी थीं। सबसे पहले चौपाल गायब हुए। फिर सैकड़ों आम और नीम के पेड़। झरबेरियों का एक पूरा जंगल हुआ करता था पास में। उसे तो मेट्रो ही निगल गई। जोहड़ों को भरकर अपार्टमेंट बनाए जा चुके थे।

लोग ज़मीन का मुआवज़ा लेकर गाँव छोड़ते गए। बहुत कुछ तो प्राइवेट बिल्डरों ने ख़रीदा। इस बदलाव का असर इतना तेज़ रहा कि दो साल पहले ओमवीर भी बीवी-बच्चे के साथ उधर शिफ्ट हो गया। बसई-दारापुर गाँव उसे खलता था।

ऐसा नहीं था कि बदलती हुई दिल्ली की सूबेदार को भनक न थी। रिटायरमेंट के पहले भी जब वह छुट्टियों में आते थे तो इस बदलाव को देखते रहते थे। पर चीज़ें अब ज़्यादा समझ में आने लगी थीं। वह गाँव खोजते रहे और इसी बीच गाँव-के-गाँव शहर होते गए। एक दिन बलवान और सूबेदार रिश्तेदारी घूमने तिहाड़ गाँव जा रहे थे। बस पर चढ़ते ही कंडक्टर ने पूछा, ''कहाँ की टिकट फाड़ दूँ ताऊ।'' बलवान ने बहुत सहज ही कहा, ''तिहाड़ की भाई।'' कंडक्टर को हँसी आ गई। ''इस उमर में तिहाड़ जाओगे ताऊ?'' बस की कुछ सवारियाँ भी हँसने लगीं तब सूबेदार को समझ आया कि कंडक्टर तिहाड़ गाँव की नहीं, तिहाड़ जेल की बात कर रहा है। सूबेदार के माथे की नसें एकदम से फूल गईं, ''के मतबल है भाई तेरा...तू हँसा क्यों?'' कंडक्टर हक्का-बक्का रह गया। तब तक बलवान ने उसका गिरेबान पकड़ लिया, ''साले...तिहाड़ गाँव पहले बसा कि तिहाड़ जेल? बता! बता तू? गाँव की इज़्ज़त होती है कि नहीं? उसके नाम पर जेल बना कर उसकी इज़्ज़त खा गए और हँसते हो तुम लोग?'' सवाल सुनकर कुछ मुसाफ़िर चौंके तो कुछ सन्न हो गए। गाँव की ठेठ बोली ने मुसाफ़िरों के प्राण सुखा दिए। कंडक्टर की धड़कन रुक रही थी। वह जानता था कि गाँव अपनी पर उतर जाए तो दिल्ली हाँफने लगती है। वह गिड़गिड़ाने लगा, ''ताऊ गलती हो गई...मैंने बात मज़ाक में कही थी।'' पर बलवान नाम का शख्स चोटिल हो चुका था। कंडक्टर को एक ज़ोरदार तमाचा जड़ दिया और उसका कॉलर छोड़ने से पहले अपने भीतर के संचित लावे को भभाके से निकाला बलवान ने, ''साढ़े सात सौ गाँव खा गई तेरी ये दिल्ली। बहत्तर पंचायतें। दस हज़ार कुएँ और हज़ारों जौहड़। लाखों पेड़। तब बनी है तेरी यौ डायन दिल्ली। समझा ससुरे। हमें खाकर बनी है आज की दिल्ली।'' बलवान को रक्तचाप की शिकायत थी। वह हाँफने लगे। रक्तचाप की शिकायत तो सूबेदार को भी थी। बल्कि बलवान से ज़्यादा थी पर उन्होंने भनक न लगने दी और उल्टे बलवान को शांत करने की कोशिश करने

लगे। दोनों बुजुर्गों की साँसें तेज़ होकर फिर सामान्य होने लगी। थोड़ी देर बाद सूबेदार बस की खिड़की से बाहर देखने लगे। जाम लगा पड़ा था। शायद कोई ओवरब्रिज बन रहा था। उन्हें याद आया कि बचपन में इसी इलाक़े के आस-पास मेला लगता था। एक बहुत बड़ा जौहड़ भी था यहाँ। वाह री दिल्ली! तू तो ख़ूब बदली!! एकदम अजनबी ही हो गई। ज़िन्दगी भर जिस देश की रक्षा करते रहे, वह भीतर से इतना बदल जाएगा, कभी सोचा ही नहीं था सूबेदार ने। बस में तब तक सन्नाटा पसरा रहा, जब तक तिहाड़ का बस स्टॉप न आ गया। दोनों बुजुर्ग उतर गए।

4

बसई-दारापुर की ज़िन्दगी यहाँ के लड़कों से गुलज़ार रहती है। पढ़ाई-लिखाई तो अपनी जगह है ही पर उनके लिए यहाँ आकर्षण का बड़ा केंद्र बजरंग-अखाड़ा ही था। अखाड़ा पहलवान बनाने की एकमात्र फ़ैक्ट्री थी, इस इलाक़े में। जब कुछ समझ में न आता तो लड़के अखाड़े की शरण लेते थे। कुछ चतुर लोगों ने जिम भी खोली है पर गाँववाले वहाँ जाने वालों पर हँसते ही हैं। उनकी मान्यता है कि जिम देह फुलाने की मशीन है, जबकि अखाड़ा जिगरा पैदा करता है। अखाड़े का बढ़िया कनेक्शन दिल्ली और आस-पास के होटलों और नाईट-क्लबों से था। होटलों-क्लबों के लिए यह अखाड़ा पहलवानों की सप्लाई करता रहता था। आजकल इन पहलवानों को नए नाम से जाना जाता है—बाउंसर। जगवीर की नज़र इधर कई सालों से इन्हीं पहलवानों पर थी। खासकर उन पहलवानों पर जो गरीब घरों के थे और जिनकी खुराक उनका घर नहीं सँभाल सकता था। शोर था कि सारे सूरमा धरे-के-धरे रह गए और जगवीर अखाड़े के गुरु जी को पचास-पचास की पार्टनरशिप पर सेट कर ले गया था। खलबली मची हुई थी इलाक़े के डीलरों में। कुछ पहलवान तो जगवीर के आगे-पीछे भी चलने को तैयार थे। पर जगवीर ने ही रोक रखा था। अब वह एक भी गलती नहीं करना चाहता था।

इतवार के दिन सूबेदार का घर गुलज़ार रहता है। इस इतवार भी ओमवीर अपनी पत्नी और पाँच साल के बेटे के साथ आ गया था। निम्मो पोते को कलेजे

से लगाए घूम रही थी। उसकी देह थक जाती पर रूह नहीं। पोते का नाम पुचू था। पुचू भी दादी से चिपटा रहता। ओमवीर ने नयी गाड़ी ली थी क़िस्तों पर। लेकिन हालात ठीक न थे उसके। गाढ़ी कमाई का बड़ा हिस्सा क़िस्तें निगल रही थीं और पुचू का स्कूल-ख़र्च उम्र के साथ-साथ बढ़ता ही जा रहा था। आज उसने बलवान ताऊ को भी बुला रखा है। बात तो करनी ही होगी। कब तक ऐसे चलेगा ? जगवीर अपने बड़े भाई के सारे पैतरे समझता था, पर उसने ओमवीर से बात करनी कबकी छोड़ रखी थी। दो साल तो हो ही गए थे। वैसे जगवीर किसी को टोकता भी तो किस मुँह से ? सात लाख का झटका वह पहले ही दे चुका था पिता को। वह अब ख़ुद भी चाहता था कि हो ही जाए अब जो होना है।

बलवान दो बजे दोपहर को आकर जम गए। थोड़े चिंतित थे। सूबेदार ने भाँप लिया, ''इब बोलेगा भी कुछ ?'' सूबेदार को लग रहा था कि ओमवीर का ही मामला है पर यहाँ बात तो कुछ और ही निकली।

''खेती करने से तो कोई रहा सूबेदार। ज़मीन भी वैसी नहीं रही।'' बलवान ने लम्बी साँस खींचकर यह बात कही।

जवाब में सूबेदार ने बस ''हूँ'' कहा। बलवान चुप हो गए। हुक्का गुड़गुड़ाते सूबेदार को बलवान की चुप्पी चुभ रही थी, ''इब आगे भी बोल्लेगा।''

''बोला उसे जाता है जो जानता न हो, समझे सूबेदार खेतरपाल ?'' बलवान अब मूड में आ रहे थे। बहुत ढिठाई से उन्होंने यह बात कही। सूबेदार हैरत से बलवान को देखने लगे।

सूबेदार की तीख़ी नज़रों से बचते हुए बलवान ने बात बदली, ''एक और समस्या सै, पर मैं पहले सुमेर को बुला लाता हूँ, फिर बात होगी।''

सुमेर नाम सुनते ही निम्मो वहाँ चली आई, ''आखिर बात क्या है ?''

सुमेर गाँव का ही लड़का था। दिल्ली पुलिस का कांस्टेबल। किसी को मामला समझ में नहीं आ रहा था। बलवान ने बार-बार इतना ही कहा, ''सुमेर को आ जाने दो पहले।'' और फ़ोन किया उसे, ''हाँ भई सुमेर! चल आजा भाग के पाँच मिनट में।'' सुमेर जैसे इसी ताक में था। बुलेट भड़भड़ाता हुआ आ धमका। उसके साथ खद्दरधारी भूपिंदर चौधरी भी था। आते ही उन दोनों ने बलवान, सूबेदार और निम्मो के पाँव छुए। सुमेर ख़ाकी वर्दी में ही आया था।

भूपिंदर खाट पर बैठा और सुमेर कुर्सी पर।

कुछ देर के लिए कोई चीज़ हरकत में न थी। जो जहाँ था वहीं चुप था। सन्नाटे को तोड़ते हुए सुमेर ने अपनी शर्ट की अगली जेब से एक विज़िटिंग कार्ड निकाला और ओमवीर को दिया, ''भाई जी, ज़रा पढ़ना इसे। ज़ोर से पढ़ना।'' ओमवीर ने पहले अपना चश्मा ढूँढ़ना चाहा पर चश्मा तो अपार्टमेंट में ही छूट गया था। बिना चश्मे के उसने कार्ड के बड़े अक्षरों को पढ़ने की कोशिश की। सबसे ऊपर लिखा था, 'जय खाटू जी महाराज।' फिर उसके नीचे बड़े-बड़े अक्षरों में लिखा पढ़ने लगा ओमवीर। पढ़ते वक़्त उसकी आवाज़ ऊँची थी पर एक-एक अक्षर को सावधानी से और चबा-चबाकर पढ़ता गया, ''यहाँ पिछवाड़े में हाथ डालकर काम कराया जाता है।'' सबने सुना। सूबेदार ने शायद ठीक से नहीं सुना। उन्होंने फिर पढ़ने को कहा। ओमवीर ने उसी तरह फिर पढ़ा। पर आगे का लिखा नहीं पढ़ पाया। अक्षर छोटे थे और चश्मा था नहीं। भूपिंदर ने वह कार्ड अपने हाथ में लिया, ''लाओ ओम भाई मैं पढ़ देता हूँ पूरा।'' उसने शुरू से पढ़ना शुरू किया, ''जय खाटू जी महाराज।'' और फिर पूरा का पूरा पढ़ गया 'जगवीर चौधरी बसई-दारापुर वाले' तक।

सूबेदार की बूढ़ी देह काँपने लगी। और फिर काँपते हुए बहुत ज़ोर से आवाज़ मारी, ''जगवीर...ओ जगवीर।'' जगवीर छत पर पड़ा था। दौड़ते हुए नीचे आया। सुमेर और भूपिंदर को देखकर उसे हैरानी तो हुई पर सँभल गया, ''क्या बात हो गई?'' सूबेदार ने बलवान की लाठी उठा ली और किसी के भी रोकने-सँभालने से पहले दो मज़बूत लाठी जगवीर के बाएँ कंधे पर दे मारीं, ''इब तू माफ़िया भी बणेगा!'' लाठी की चोट से जगवीर वहीं का वहीं नाचकर बैठ गया। चोट बहुत तेज़ पड़ी थी उसे। एक साथ सब लड़खड़ा गए।

''राम राम...यो के सूबेदार?'' कहते हुए बलवान ने अपनी लाठी छीन ली। निम्मो बिलखकर जगवीर से लिपट गई, ''यो बुड्ढा पागल हो लिया। इब के मार कै छोड़ेगा बालक ने?'' निम्मो की दहाड़ सुनकर उधर पुचू भी रोने लगा।

भूपिंदर कुछ संजीदा हो गया। पर सुमेर को तो काठ मार गया था। वह तो बस समझाने आया था एस.एच.ओ. के आदेश पर। जाँच-पड़ताल कर मामूली रिपोर्ट ही देनी थी। ऐसे विज़िटिंग-कार्ड तो आए दिन छपते रहते हैं। किसी

छुपे क्षोभ से सुमेर ने जैसे हवा को संबोधित करके सफ़ाई दी, ''गाँव-घर का मामला था इसलिए आ गया। एस.एच.ओ. की नज़र थी। मुझे भी तो नौकरी करनी होती है।''

बूढ़ी निम्मो का बिलखना ख़त्म नहीं हो रहा था। जगवीर के अपराध पर निम्मो के आँसू भारी पड़ते जा रहे थे और सूबेदार उस भार से दबते चले गए। सुमेर अपनी बात कह चुका था। वह उठा और अपनी बुलेट को किक मारनी चाही तो जगवीर खड़ा हो गया। जैसे उसे किसी की परवाह नहीं थी अब। उसने बड़ों की उपस्थिति को नज़रअंदाज़ करके ऊँची आवाज़ में सुमेर को संबोधित किया, ''ओ सुमेर...एस.एच.ओ. ने कहिए कि हिस्सा बराबर पहुँचता रहेगा। चिंता न करिए।''

सबने देखा कि सुमेर का चेहरा कुछ खिला। शायद वह यही सुनने आया था। बुलेट को किक मारते हुए सुमेर ने जवाब दिया, ''ठीक है भाई जी।''

बलवान को काटो खून नहीं। वह तो भलमनसाहत में सुमेर को ले आया था कि सूबेदार का बेटा कहीं फँस-फँसा न जाए। बलवान को यह सलाह भूपिंदर ने ही दी थी। पर भूपिंदर की नेतागिरी भी धरी-की-धरी रह गई। एक डील हो चुकी थी सबके सामने!! भूपिंदर तक को यह उम्मीद न थी। देखते-ही-देखते एक ठुल्ला आँख से काजल चुरा ले गया। दिल्ली-पुलिस को समझना इतना भी आसान नहीं।

सूबेदार एकदम भौचक थे पर निम्मो अब भी सिसक रही थी। पुचू की माँ पुचू को लेकर भीतर जा चुकी थी। ओमवीर को तो कुछ ठीक से समझ में नहीं आ रहा था। यहाँ जगवीर का नये तरह का मज़बूत व्यापार हर पुरानी चीज़ को हिला-खिसकाकर रख देने पर आमादा था। जगवीर अपने बाएँ कंधे को अब बिना कुछ बोले लगातार सहला रहा था। मार खाकर जगवीर रोया नहीं और न ही पिता पर क्रुद्ध हुआ। ज़िन्दगीभर वह सूबेदार के साथ रहा है। वह बाप की पसंद-नापसंद ख़ूब समझता है। उसकी हर हरकत पर उसके बाप की क्या प्रतिक्रिया होनी है उसे वह अपने माथे पर बहुत पहले दर्ज कर लेता था। उसे पता था कि विज़िटिंग-कार्ड छपवाने के बाद कुछ ऐसा ही होगा। पर बात थोड़ी पहले खुल गई। बिना प्लानिंग के। उसके ऐलान से ठीक पहले ही। फिर

भी गनीमत थी कि उसके कंधे टूटे न थे। वैसे उसने इससे ज्यादा की उम्मीद की थी। उसे अपने पिता के बुढ़ापे और कमज़ोर हो रहे शरीर पर बहुत दु:ख भी हो रहा था। पिता की देह में ताक़त होती तो कंधे टूट चुके होते।

इधर शांत हो चुके सूबेदार ख़ुद को नए तरह के बॉर्डर पर पा रहे थे। एकदम अलग-थलग और अकेले। जैसे कोई सिपाही ठंडे अँधेरे में चुपचाप बॉर्डर पर खड़ा हो और धुंध की वजह से अचानक उसका दिशा-बोध लड़खड़ा जाए; वह तय ही न कर पाए कि देश किधर है। अब वह किस चीज़ की रक्षा कर रहा है।

माहौल थोड़ा और ठंडा हुआ तो भूपिंदर चलने को हुआ। पर लोमड़ी की खोपड़ी ने चलने से पहले निम्मो और बलवान के पैर छुए। फिर सूबेदार के पैर छूकर एक बात कह दी, ''बेचकर सबको बचा लो ताऊ।'' जैसे भूपिंदर ने सबके मन की बात कह दी हो। सबने सुना। सबने। और सब चुप भी रहे। सूबेदार को भूपिंदर से ज्यादा गुस्सा वहाँ मौजूद अपनों की चुप्पी पर आया। जैसे लोहा अपने आप ही लाल हो जाए और वह भी बिना वक़्त लिए। ठीक वैसे ही सूबेदार का चेहरा पलक झपकते लाल हो गया। रक्ताभ। तमतमाए सूबेदार का गुस्सा एक विष्फोट के साथ बहा, ''किस नै भूपिंदर किस नै? किस नै? बता मन्ने किस नै?'' सूबेदार की बूढ़ी और थकी देह पीपल के पत्ते की तरह काँपने लगी। उनकी ''किस नै किस नै'' की आवाज़ आवृत्ति के साथ ऊपर और ऊपर गूँजती चली गई। लगा कि चेहरा लाल होकर फट जाएगा। वह भी अभी के अभी। सबके सब उन्हें सँभालने दौड़ पड़े। एक साथ।

रामलाल फ़रार है

मेरी कहानी का एक पात्र परसों रात से फ़रार है। उस रात जब कहानी पूरी हो रही थी, तब मैंने उसे बुलाया। काम कोई बड़ा नहीं था फिर भी कुछ बुझा-बुझा-सा दिख रहा था वह। मैंने जान-बूझकर वजह नहीं जाननी चाही, क्योंकि मानव स्वभाव जानता हूँ मैं। मन वैसे ही कभी-कभी उदास हो जाता है इन्सान का। पर मैंने उससे यह उम्मीद न की थी। कत्तई नहीं। देर रात तक तो वह था ही कहानी में। लगभग ढाई बजे तक। लेकिन कल सुबह जब लैपटॉप खोला तो देखा कि एकदम से गायब! मतलब, अचानक ही फ़रार। अब दिक्क़त यह है कि जहाँ-जहाँ उसके विवरण थे, उन्हें वह लेकर भाग गया है। कुछ भी नहीं छोड़ा। कहानी के पूरे प्लॉट का लगभग सत्यानाश कर गया है वह।

कल दिन-भर खोजता रहा। पर कोई फ़ायदा नहीं। कोई ख़ास कष्ट भी नहीं दिया था मैंने उसे। वह हौले-से आया था कहानी में, जैसे कि सामान्य आदमी आता है। दुनिया जानती है कि मैं आम लोगों के लिए ही लिखता हूँ। ये औसत और सामान्य कहे जाने वाले लोग ही मेरी ताक़त हैं। उसी ताक़त का एक हिस्सा था वह भगोड़ा। क्या वह अपनी स्थिति नहीं सँभाल सकता था? जबकि उसकी एक निश्चित और प्रतिबद्ध भूमिका थी। वैसे मैंने हमेशा की तरह कहानी में चरित्रों के ऑर्गैनिक विकास का स्पेस दे रखा था। चरित्र चाहे तो परिस्थिति-विशेष में न केवल अपना व्यक्तित्वान्तरण कर सकते हैं, बल्कि अपनी भूमिका भी बदल सकते हैं। मैं तो किसी पात्र को इतनी छूट देता रहा हूँ कि उसे यदि कोई दिक्क़त है तो बात कर ले मुझसे। पर यह क्या बात हुई कि बात भी न करो और यकायक बिन बताए फ़रार हो जाओ? श्रम क्या होता है,

इसका अंदाज़ा भी है कि नहीं ऐसे लोगों को? हद ही हो गई यह तो!!

आशंका हुई कि किसी और लेखक से कुछ साँठ-गाँठ हुई होगी उसकी। नहीं तो कोई ऐसे नहीं जाता! आखिर कमी ही क्या थी मेरे यहाँ? न भूखा रखा न यंत्रणा दी। हाँ, एक बार पिटवाते-पिटवाते बचा लिया मैंने। पर यह भी पुरानी बात हो गई। मुझे लगा था कि नहीं-नहीं, मनुष्य का स्वाभिमान उसकी मजबूरियों से ऊँचा ही होना चाहिए। इतनी परवाह कौन लेखक करता है भाई? पर मैंने की। कई सारे ऊबड़-खाबड़ पड़ाव आए, पर क्या मजाल कि कोई हाथ लगा दे रामलाल को। जीवन हो या कहानी, मनुष्य का स्वत्व बचा रहना चाहिए। कितने लेखक सोचते हैं ऐसे? पर मैं सोचता हूँ। फिर भी यह हाल हुआ मेरा!!

कल की दिन-भर की खोजबीन से थोड़ी थकान-सी हो रही थी। शाम होते ही यूँ ही ज़रा टहलने निकल गया। लौटा तो थोड़ी मछली लेता आया। बहुत दिन हो भी गए थे। कहानी के चक्कर में ढंग से कुछ खाना-पीना नहीं हो पा रहा था। शाम सुहानी थी। बिना बरसात ही हवा ठंडी थी। ऐसा होता नहीं है अक्सर। पर कल शाम की हवा ठंडी थी। मछली अच्छी तली थी मेड ने। स्वाद भी शानदार रहा। इधर-उधर का मेल-बॉक्स चेक किया और फ़ेसबुक पर निपटने लगा। साले ये विरोधी! ये नहीं मानने वाले। व्यंजना में ऐसे-ऐसे तीर चलाते हैं एफ.बी. पर कि मत पूछिए। मैंने भी ठोक दिया। तीन ही तो पंक्तियाँ लिखीं वहाँ, और ऐसी कि बिलबिला गए होंगे साले। मैंने लिखा, 'भाषा के भस्मासुरो! सुधर जाओ। पुराने प्लॉट के नए खेतीहर!' बस, इतना ही लिखा। मज़ा आ गया था। लॉगआउट करके निकल भी आया कि अब सुबह देखूँगा लाइक्स और कमेंट्स। तीन सौ से नीचे का हिट तो होना नहीं था उस पोस्ट पर। फिर मैं टहलते हुए बदली हुई हवाओं का आनंद लेने लगा। तभी पता नहीं क्यों उस भगोड़े रामलाल की याद आ गई। एकदम जब मूड बन रहा था तभी। सुहाने मौसम में किरकिरी फैल गई एकदम से।

मन मारकर एक बार फिर लैपटॉप खोला। उस कहानी वाली फ़ाइल को खोलने का कोई इरादा न था। पर लिखने वाले के अधलिखे के मोह का अंदाज़ा तो होगा ही आपको! यह बात बहुत आसानी से समझी जा सकती है

कि एक लेखक क्यों अपनी किसी पूरी हो चुकी रचना को उतना नहीं निहारता जितना कि अधूरी रचनाओं को। तो उँगलियाँ बरबस उस कहानी वाली फ़ाइल को क्लिक कर गईं। कहानी खुल गई। पर यह क्या!! जहाँ शीर्षक लिखा था न उस कहानी का, अब बिलकुल उसके ऊपर किसी ने लिख मारा था, 'सेठ जी राम राम—आपका रामलाल।' मैं तो चौंक गया! घर में कोई है नहीं। पत्नी अपने मैके गई हैं बच्चों के साथ। केवल मेड सुबह-शाम आती रहती है। वह भी बज्र देहाती। यह बीच में लैपटॉप खोलकर कौन लिख गया, भाई? मैं लैपटॉप पर उंगलियाँ नचाने लगा और हैरानी से मेरा चेहरा चकोर होता चला गया। उस भगोड़े रामलाल के विवरण जहाँ-जहाँ थे, उसने सबके सब गायब कर दिए थे और ठीक वहीं-वहीं कुछ-न-कुछ लिख मारा था। कहीं 'ठाकुर साहब की जय' तो कहीं 'पाय लागी पंडी जी' तो कहीं इसी तरह के मिलते-जुलते व्यंग्य-वाक्य। हर वाक्य के नीचे 'आपका रामलाल' ज़रूर लिखा था। पूरी कहानी का जायज़ा लेकर मैं निष्कर्ष पर पहुँच चुका था कि भगोड़ा कहीं नहीं भागा है। यही हैं कमबख़्त और अब परेशान कर रहा है।

मैंने भी तय कर लिया था कि अब जबकि उसका पता लग ही गया है तो ऐसे तो जाने नहीं दूँगा उसे। मेरा ही रचा हुआ और मुझसे ही ऐंठ? मैं जानता था कि नंगी आँखों से उसे देखना-पकड़ना अब मुश्किल है। पर वह लेखक ही क्या जो जाल न बुने। मछुआरे के जाल में मछलियाँ पड़ती हैं और लेखक के जाल में सभ्यताएँ। किसी एक पात्र को पकड़ना कौन-सा मुश्किल काम है! मैंने उसके लिए एक चिट्ठी छोड़ी। ठीक उसी कहानी के नीचे, जहाँ कहानी लगभग खत्म होनी थी। मैंने लिखा, 'प्रिय रामलाल, मैं जानता हूँ कि तुम यहीं कहीं हो। मैं न तो इतना कट्टर हूँ कि तुम्हें नमक-हराम कहूँ और न इतना उदार हूँ कि तुम्हारी गुस्ताख़ी मैं माफ़ कर दूँ। पर एकाध बातें मैं जानना चाहूँगा। इतना तो हक़ है मेरा। अव्वल तो यही कि इस तरह फ़रार होने का क्या मतलब है? तुम्हें कोई नाराज़गी थी तो बात करते। क्या मैं इतना निर्दयी हूँ? दूसरा सवाल यह कि जहाँ-जहाँ तुम्हारे विवरण लिखे थे मैंने, उन्हें लेकर फ़रार क्यों हुए और फिर वहाँ-वहाँ पंडी जी, सेठ जी, ठाकुर साहब लिखने का औचित्य क्या है? जिस आदमी की आधी उम्र निकल गई जाति-द्रोह में, उसका ऐसा अपमान? हो सके

तो लिखना इस पर। इतना तो पढ़ा-लिखा बनाया ही है मैंने तुम्हें। धन्यवाद।'' बस इतना ही। फिर उसके नाम की चिट्ठी छोड़कर मैं सोने चला गया। जब मैं तनाव में होता हूँ तो नींद बहुत आती है।

नींद बड़ी प्यारी आई कल रात। न किसी बुरे ख़याल ने तंग किया और ना ही किसी तरह की कोई दैहिक बेचैनी थी। सुबह उठा और कहानी वाली फ़ाइल को खोल लिया। मेरा अंदाज़ा सही निकला। रात के सन्नाटे में आया था मरदूद और जवाबी चिट्ठी चेंपकर चला भी गया था। लिखा था, 'लाला जी नमस्ते...मुझे रचकर तुमने कोई एहसान नहीं किया है।' मैं उसके नमस्ते के बाद के पहले वाक्य पर ही ठहर गया। एक तो उसने मुझे 'आप' की जगह 'तुम' लिखा। ऊपर से लाला जी और एहसान वाली बात! मन खिन्न हो गया। खैर, मैं उससे आगे का पढ़ने लगा, लिखा था, 'लाला जी! मैं जाता नहीं तो क्या करता? तुमने बातचीत की हैसियत ही कहाँ दे रखी थी? तुमने मुझे ज्ञान तो दिया, पर हैसियत नहीं दी। तुम्हारे भीतर के लोकतंत्र को काठ मार गया है। बल्कि मैं कहूँ कि वह था ही नहीं कभी तुम्हारे भीतर, तो इसमें अतिशयोक्ति न होगी। तुम्हें लाला जी, पंडी जी या ठाकुर साहब ऐसे ही नहीं कहा मैंने। मेरे विवरण तुमने जहाँ-जहाँ रचे थे, उनमें से श्रेष्ठता की गंध आने लगी थी मुझे। एक अजीब क़िस्म की गंध। उन विवरणों में से कुछ विवरण मैं वापस छोड़े जा रहा हूँ। उन्हें फिर से देखो। शायद तुम वह देख लो जो मैं देख-सूँघ रहा हूँ। मैं फिर आऊँगा। पर यह भी सोचना कि मेरा नाम आख़िर रामलाल ही क्यों रखा तुमने?

'तुम्हारा रामलाल।'

चिट्ठी पढ़ने के बाद मुझे लगा था कि वह मेरी उम्मीद से ज़्यादा समझदार हो चुका था। उसकी दावेदारी किसी शोधार्थी से कम न थी। जब से उसे रचा है, क्या इतने दिनों के बीच वह मेरी लाइब्रेरी से क़िताबें चुराकर पढ़ता रहा? इतना शार्प दिमाग़? पर सच में ऐसा होता है क्या? क्या किताबें इतनी मदद करती हैं? मेरा तो मानना है कि किताबें पढ़कर आदमी शातिर ही ज़्यादा बनता है और संवेदनशील कम। जो भी हो पर अभी तो टारगेट मैं ही था। श्रेष्ठता की गंध? पूरी कहानी में वह एक जगह नहीं मिलेगी। जब है ही नहीं तो गंध कैसी? मेरा अंदाज़ा गलत नहीं है कि रामलाल अपने बच निकलने का बहाना बना रहा था।

बल्कि अपने भागने को वैधानिक जामा पहना रहा था। किताबों ने ज़रूर शातिर ही बनाया होगा उसे।

अब मेरे पास दो ही रास्ते बचे थे। पहला कि पूरी कहानी को नेस्तनाबूद कर दूँ। न रहेगा बाँस और न बजेगी बाँसुरी। दूसरा रास्ता यह है कि एक बार फिर उसे टटोलूँ। मैं चाहूँ तो उसे छोड़ भी सकता हूँ और रामलाल के बरअक्स कोई और पात्र खड़ा कर सकता हूँ। पर उस कहानी में एक सूक्ष्म सांस्कृतिक संकेत है, रामलाल के आस-पास के चरित्रों के माध्यम से। सच पूछिये तो उस संकेत का अंतिम सफल भार रामलाल को ही उठाना था। भार उठाना क्या कहूँ, बस यह समझ लीजिए कि एक परिभाषित शब्द के अर्थ-गर्भत्व की जाँच करनी थी। जिस तरह ब्लड सैम्पल जाँचने के लिए काँच के टुकड़े पर खून की दो बूँदें गिरानी होती हैं न, ठीक उसी तरह वे दो-शब्द रामलाल के सामने गिराने थे। रामलाल न खून था और न माइक्रोस्कोप। बस उसकी भूमिका काँच के टुकड़े वाली थी। यह कोई बहुत वज़नी काम तो था नहीं। कहानी के अंतिम दृश्य में बस यह देखना था कि उस शब्द को सुनते ही रामलाल पर क्या असर होगा। पर उसने यह मौक़ा नहीं दिया। कहानी के अंत में तय था कि वह आएगा और आते ही वह शब्द उसके सामने खड़ा कर दिया जाएगा। लेकिन इसी बीच वह फ़रार हो गया। मुझे यदि हल्की-सी भी भनक होती उसके भागने की तो मैं उसी रात उसकी भूमिका खत्म करके कहानी भी ख़त्म कर देता। पर ढाई बजे रात के बाद मुझसे जगा नहीं जाता। मेरी भी सीमा है। तो सो गया लैपटॉप बंद करके मैं। ओह! अब क्या ही कहूँ?

2

ख़ैर, मैंने तय किया कि उन विवरणों को जिन्हें वह वापस रख गया था, पढ़ूँगा ज़रूर। पर ये रामलाल नामकरण को लेकर उसे क्या दिक्क़त हो गई? एक औसत चरित्र का नाम क्या फ्रेंक्लिन डी. रूज़वेल्ट रखना होता है? कथानक और कथ्य के संतुलन को वह बामड़ क्या समझेगा? नामकरण में उलझना बेकार ही था मेरा। मैं यकीन से कहूँगा कि उस कहानी के मूल-कथ्य की मार्मिकता उसके रामलाल होने से ही खुलती।

पर एक बात तो है। मैं जब उसके छोड़े हुए विवरणों को पढ़ने लगा, जिसकी कथावस्तु को बहुत हिसाब से ठोक-बजाकर मैंने ही तैयार किया था, उसके मनोविज्ञान को रामलाल ने बहुत चतुराई के साथ पकड़ने की कोशिश की थी।

कहानी का सार-संक्षेप बताने की जगह उसकी भूमिका बताना चाहूँगा। वह एक प्रोफ़ेसर का नौकर है। पर नौकर शब्द का प्रयोग उस कहानी में आपको ढूँढ़े भी नहीं मिलेगा। नौकर तो छोड़िए परिचारक तक प्रयोग नहीं किया है मैंने। वह जिस प्रोफ़ेसर के घर रहता था, वह प्रोफ़ेसर रामलाल को 'साथी' बुलाता था—साथी। है कोई ऐसा जो इतना मान दे ? पर मैंने दिया।

बहरहाल, मैं रामलाल की भूमिका पर आता हूँ जो उस कहानी में है। भूमिका 'है' क्या कहूँ, बल्कि भूमिका को—'थी'—ही में समझें। कहानी का जो होना है, वह होगा ही। रामलाल प्रोफ़ेसर के गाँव के हाशिए की जाति का एक सदस्य है। सदस्य 'है' को—'था' में पढ़ें। इसलिए कि पिछले बीस वर्षों से वह अब प्रोफ़ेसर के साथ दिल्ली में रह रहा था। पर तब, गाँव में ग़रीबी और बेरोज़गारी ने उसकी पत्नी और बारह साल की बेटी को निगल लिया था। इधर प्रोफ़ेसर की नई-नई नौकरी लगी थी। असिस्टेंट प्रोफ़ेसर के रूप में। नौकरी से पहले भी और आज भी प्रोफ़ेसर एक मेधावी व्यक्तित्व का मालिक है। ज़बरदस्त क्रान्तिकारी। जब नौकरी लगी थी तब तो आग ही आग था वह। समाज के सारे ढकोसलों पर थूकता था। जात-पाँत से बहुत ऊपर की चीज़ था। उसी दौरान वह जब गाँव गया तो रामलाल के दर्दनाक जीवन का पता चला। तब रामलाल को उसने बहुत थका और उदास पाया। शोक-संतप्त रामलाल अब हड्डियों का ढाँचा रह गया था। नए-नए असिस्टेंट प्रोफ़ेसर से रामलाल की हालत देखी न गई। सामाजिक वर्जनाओं को धता बताते हुए उसने रामलाल जैसे तथाकथित अछूत को अपना लिया और गुज़र-बसर के लिए दिल्ली ले आया। अपनी तनख्वाह से रामलाल को किराए के मकान में रखा और बदले में रामलाल ने प्रोफ़ेसर की मित्रता स्वीकार ली। रामलाल प्रोफ़ेसर के मोह में पड़कर उसके घर में सुबह से रात तक रहता और देर रात अपने किराए के कमरे पर जाता। मना करने के बाद भी रामलाल प्रोफ़ेसर के

लिए खाना बना देता, कपड़े धो देता। घर की साफ़-सफ़ाई भी ख़ुशी-ख़ुशी करता। एवज में प्रोफ़ेसर उसे पाँच हज़ार रुपए देने लगा। यह बहुत बड़ी बात थी। पाँच हज़ार प्रतिमाह। उस ज़माने में यह रक़म कम न थी। फिर प्रोफ़ेसर की शादी हुई। दो बच्चे हुए। केशव और कुणाल। पराक्रमी असिस्टेंट प्रोफ़ेसर की पदोन्नति होती रही और बहुत जल्दी ही उसे विश्वविद्यालय की प्रोफ़ेसरी मिल गई। रामलाल जुड़ा रहा। बल्कि अब प्रोफ़ेसर को मिली सरकारी कोठी के पिछवाड़े सर्वेंट क्वार्टर में रहने भी लगा। वह एक अहाते से घिरा हुआ था। रामलाल चाहता तो कोई और धंधा-पानी भी कर सकता था। यहाँ तक कि बीच-बीच में प्रोफ़ेसर उसको कहा करता था कि कोई नौकरी वगैरह कर लो, साथी। पर पढ़े-लिखों की हैसियत ही क्या है इस महानगर में जो कि आठवीं पास को पचा लेता? इधर रामलाल भी साफ़-साफ़ इनकार करता रहा, ''बाऊजी! अब कहीं नहीं जाना आपको छोड़ कर।'' रामलाल का जवाब सुनते ही प्रोफ़ेसर की आँखें गीली हो जातीं। इतनी प्रतिबद्धता! ओह साथी! तब युवा प्रोफ़ेसर, रामलाल को गले लगा लेता।

प्रोफ़ेसर के दोनों बेटे रामलाल को काका कहते। यही नहीं प्रोफ़ेसर के शोध-छात्र भी काका ही कहते रामलाल को। रामलाल सबको नाम से ही पुकारता। बस प्रोफ़ेसर को 'बाऊजी' कहता और उनकी पत्नी को 'बीबी जी'। प्रोफ़ेसर की पत्नी को बीबी जी कहना तक तो ठीक था पर प्रोफ़ेसर को ख़ुद 'बाऊजी' का संबोधन बिलकुल ही अच्छा नहीं लगता। उसने रामलाल को कई बार टोका, ''मुझे भी तुम साथी ही कहा करो, रामलाल, जैसे कि मैं तुम्हें कहता हूँ।'' पर नहीं, रामलाल के भीतर अपरिभाषित संस्कार जड़ जमा चुके थे। वह 'बाऊजी' शब्द के अलावा कोई भी संबोधन स्वीकार करने को तैयार न था।

तो यह है उसकी भूमिका पूरी कहानी में। प्रोफ़ेसर और उसके मेधावी शोध-छात्र भाषा और भाव की परस्परता को एक समाजशास्त्रीय दृष्टिकोण देना चाहते थे। सबको पता है कि साहित्य में समाजशास्त्र एक प्रामाणिक प्रविधि है। प्रोफ़ेसर साहब लम्बे अरसे से इसी क्षेत्र में अपनी धाक जमाए हुए थे और अब शोध का एक अलहदा क्षेत्र चुना था उन्होंने। मानव-व्यवहार के स्तर पर।

कहानी के आख़िरी हिस्से में शोधार्थियों के साथ लम्बे-चौड़े शोध-प्रबंध तैयार करके प्रोफ़ेसर अपने लिविंग रूम में बैठे हैं। वहाँ मौजूद शोधार्थियों की भी साँसें रुकी हुई थीं। भाषा और भाव की परस्परता और नयी पीढ़ी की उसके प्रति संवेदनशीलता की अग्निपरीक्षा की घड़ी थी अब। रामलाल को चाय-नाश्ता लेकर आना था और वहीं पर मैं उस शोध-प्रबंध की मार्मिकता की कलई खोलता। पाठक भी समझ जाते कि शोध की तमाम दावेदारियों के बावजूद एक ग़रीब का दुःख अपरिभाषित ही रह जाता है। लगभग ब्रह्माण्ड के रहस्यों की तरह। यहाँ भी पक्ष रामलाल का ही लेने वाला था मैं। पर ठीक उस चाय-नाश्ते के दृश्य के समय रामलाल फ़रार हो गया। उस कहानी की कोई दूसरी फ़ाइल नहीं है मेरे पास। इतनी तन्मयता से लिखा था सब कुछ। कितनी रातें जागा। कई दफ़े भावुक हुआ। तब जाकर कहानी पूरी होने को थी। पर ग़द्दारी हो गई।

और पता है, उस भगोड़े ने विवरणों के नाम पर क्या-क्या छोड़ा है? कोई भी पढ़ेगा तो ताज्जुब ही करेगा। मात्र कुछ शब्द छोड़ गया है। जी, केवल कुछ शब्द। और वे शब्द हैं—ज्ञान-हैसियत, गाँव-ग़रीबी, पत्नी और बारह साल की बेटी, मृत्यु, शोक, मित्रता, पाँच हज़ार, बीबी जी, केशव-कुणाल, काका, बाऊजी, जड़ अपरिभाषित संस्कार। कुल जमा इतने ही शब्द हैं। बस इतने ही। इससे कोई क्या अंदाज़ा लगाए भला? छोड़िए, एक लेखक इससे क्या ही पकड़ सकता है? जबकि कहानी भी मैंने ही लिखी थी। कहना तो नहीं चाहिए पर आठवीं पास का दिमाग ही कितना चल सकता है? पर मैं लेखक हूँ। आंतरिक स्तर पर लोकतंत्र और संवेदना मेरी पहचान है। मैं कुछ देर सोचता रहा और एक और जवाबी चिट्ठी लिख दी। बहुत भावुक संबोधन लिखा मैंने। पर मुझे यह भी जाँचना था कि मामला किस स्तर तक बिगड़ गया है। मैंने लिखा, 'प्रिय रामलाल। हो सकता है कि अनजाने में मैंने तुम्हारा दिल दुखा दिया हो। बिलकुल हो सकता है। पर तुमने जो विवरण छोड़े हैं उसकी कुल संख्या तीस शब्दों से भी कम है। ऐसे में मैं तुम्हारी नाराज़गी या उदासी का सबब नहीं जान सकूँगा। मैं इतना निर्दयी भी नहीं कि तुमसे मार-पीट करूँगा। कब तक यह

चिट्ठी-पत्री का खेल चलेगा ? हो सके तो आज मिल लो और गिले-शिकवे दूर कर लो। तुम्हारा पक्षधर।' यही लिखा। अंतिम शब्द लिखते हुए मैं बस रोया नहीं। पूरी ज़िन्दगी निकल गई मज़लूमों और बेबसों पर लिखते-लिखते। उस कहानी के अंत में भी रामलाल का ही पक्ष ले रहा था मैं। खैर, मैंने चिट्ठी छोड़ी और दोपहर की नींद में डूब गया।

पर एक घंटे बाद ही मेरी नींद खुल गई और मैंने लैपटॉप खोला। बिलकुल वही हुआ जो सोचा था। रामलाल ने एक-लम्बा चौड़ा जवाब दिया था मुझे। वह भी घंटे भर के भीतर। मेरी आँखें हैरानी से फटी की फटी रह गईं। उसने मेरे समूचे अस्तित्व पर ही प्रश्न खड़ा कर दिया था और मेरी लिखी पूरी कहानी के विखंडन पर आमादा हो गया था वह। उसने लिखा, 'तथाकथित लेखक महोदय को दोपहर की जोहार। आप अपने ही लिखे को अगर तीस शब्द से कम में नहीं समझ सकते तो लीजिए मैं उससे ज़्यादा शब्दों में समझाता हूँ। पर पहले मैं ज्ञान और हैसियत की बात कर लूँ। जो आदमी बीस वर्षों से प्रोफ़ेसर के यहाँ हो और उसकी लाइब्रेरी से किताबें निकाल-निकालकर पढ़ता रहा हो, उसके ज्ञान और स्किल में कोई बदलाव नहीं आएगा ? बीस बरस तक में ? तुम ही सोचो। मनोविज्ञान कहता है कि आदमी को ग़रीबी उतना उदास नहीं करती, जितना कि अपमान। तुमने कभी सोचा ही नहीं कि मेरी उदासी एक प्रवृत्ति बन गई थी धीरे-धीरे। सचाई तो यह है कि मेरी उदासी का सामना करने से तुम हमेशा बचते रहे महाराज।

''गाँव और ग़रीबी का हाल किसी से नहीं छुपा। पर तुमने क्या किया ? अपनी कहानी का पात्र बनाने के चक्कर में मेरी बीवी और बारह साल की बेटी को एक साथ मार दिया ? किसी एक को तो ज़िन्दा रख लेते, क्रूर लेखक! एकदम से ऐसा दुर्योग ? पर नहीं, किसी एक को ज़िन्दा रखने का मतलब था कि रामलाल को फिर कभी दिल्ली नहीं ला पाता वह प्रोफ़ेसर। और ले आता तो कहानी में सँभालता कैसे ? तुम्हें एक सिंगल पात्र चाहिए था, अपनी दोहरी मार्मिकता के प्रयोग के लिए। चलो पत्नी और बच्ची को मार डाला और स्वाभाविक रूप से मैं शोक में डूबा हुआ हड्डियों का ढाँचा रह गया था

केवल। पर उस शोक से उबरने का मौक़ा तो देते तुम। एक आदमी, जो शोक में कंठ तक डूबा हुआ है उसकी मनोदशा का कुछ अंदाज़ा है? उसका दिमाग़ काम भी करता है क्या?

''जब तक मैं कुछ सोचने-समझने की स्थिति में आता कि उससे पहले ही बड़ी चतुराई से वह प्रोफ़ेसर मुझे टाँग कर ले आया दिल्ली। दिल्ली न आता तो क्या पता मैं गाँव में रहकर अपनी विधवा पड़ोसन से शादी कर लेता? एक नयी ज़िन्दगी शुरू हो जाती! पर नहीं। उस प्रोफ़ेसर को एक नौकर चाहिए था और तुम्हारी भावात्मक लैबोटरी को एक जीव। हाँ, ठीक समझे। मेंढक या जीव जो समझो। जात-पाँत से ऊपर उठने का दावा करने से अगर बीस साल से भी लम्बे समय तक कोई वफ़ादार जीव मिल जाए तो यह घाटे का सौदा नहीं है। और यह तुम बार-बार पाँच हज़ार-पाँच हज़ार की रट लगाए रहते हो और प्रतिमाह की तनख्वाह का दावा करते रहे कहानी में, तो ज़रा यह भी सोचो कि जो आदमी बीस साल पहले इतनी रक़म प्रतिमाह मुझे दे सकता था, क्या वह बीस-तीस हज़ार देकर मेरे लिए एक छोटी-मोटी रेहड़ी नहीं खुलवा सकता था? पर नहीं। अगर मैं बीस साल पहले आज़ाद हो गया होता, तो तुम्हारी कहानी के सूक्ष्म सांस्कृतिक संकेतों का क्या होता?

''यही नहीं लेखक महोदय, इससे आगे की भी सुनिए कि मैं प्रोफ़ेसर की पत्नी को बीबी जी इसलिए कहता था कि जब वह शुरू-शुरू में आई थी तो मेरा उसको 'बहू' कहना पसंद नहीं आया। उसने एकाध बार जब आँखें नचा कर मुझे घूरा तो मुझे लगा कि उसे यह संबोधन अच्छा नहीं लगा। पर हैरानी की बात है कि मेरे उसके 'बीबी जी' कहने पर न तो उस प्रोफ़ेसर को कुछ खटका और न तुम्हें ही। मैं प्रोफ़ेसर से पाँच-सात साल बड़ा था। तुमने कहानी में यह ज़िक्र ही नहीं किया कि प्रोफ़ेसर मुझे बचपन में भइया कहता था। उसके गाँव आने पर मैं ही उसका एकमात्र मित्र था। धीरे-धीरे वह बड़ा हुआ और भईया शब्द गायब हो गया। मुझे जब वह दिल्ली लाया तो 'साथी-साथी' कहने लगा। इस डर से कि कहीं मैं उसका नाम लेकर न पुकार दूँ। हालात का मारा मैं भइया से साथी हो गया और तुम्हारा प्रोफ़ेसर मेरे लिए बाऊजी।''

आग ही लगा दी रामलाल ने एकदम से। मैं तो दंग रह गया उसकी सोच पर। उसके हिसाब से उसके अपने होने में कितना कुछ अनिच्छित होना था! अवांछनीय होने को होना! रामलाल ने आगे मुझे संबोधित करके लिखा, 'लेखक साहब! क्या मुझे बूढ़ा दिखाने की जगह जवान नहीं दिखा सकते थे? मैं क्यों अधेड़ ही निर्मित हुआ? तुम्हारे बच्चे मुझे काका-काका इसलिए कहते थे, क्योंकि काका के पास ''न'' शब्द था ही नहीं। स्कूल छोड़ना-ले आना। घर-बाहर, सब्ज़ी-फल, राशन-सफ़ाई, सब इस काका को ही तो करना था। कहानी में यह भी तो हो सकता था कि दस साल के अनाथ रामलाल को वह युवा प्रोफ़ेसर गाँव से दिल्ली ले आया। उसे पढ़ाया-लिखाया और कालांतर में वह केशव और कुणाल के साथ मिश्री की तरह घुल-मिल गया। ऐसे क्यों नहीं सोचा तुमने? कभी सोचना तुम कि तुम ऐसा क्यों नहीं सोच पाते। चलो मुझे अधेड़ ही ले आये दिल्ली पर मेरी इच्छाएँ? मेरी वासनाएँ? उन्हें कहाँ दबा दिया? मेरा जीवन ही शुरू नहीं हुआ यहाँ आने के बाद। तुम्हारी फ्रेमिंग में बस एक सीधा और प्रतिबद्ध रामलाल चाहिए था। प्रोफ़ेसर ने इतना कम कभी नहीं दिया पर इतना भी ज़्यादा नहीं दिया कि कोई विकल्प खोजूँ। वह जब-जब मुझे कहता, ''साथी कोई और विकल्प चाहो तो देख लो।'' तो मेरा कलेजा कट कर रह जाता। आठवीं पास क्या विकल्प देखता? उसे खड़ा करने के लिए पूँजी चाहिए थी और वह पूँजी देने से रहा तुम्हारा प्रोफ़ेसर! ऊपर से मेरे यह कहने पर कि ''मुझे कहीं नहीं जाना बाऊजी।'' वह मतलबी ख़ुशी से रो पड़ता। उसे लगता कि मैं प्रतिबद्ध हूँ। ऊपर से तुमने और आरोपित कर दिया। तुम लोगों ने कभी जाना ही नहीं कि एक मजबूर आदमी दरअसल कहना क्या चाह रहा है। इसलिए मैं बगावत कर गया। ख़ैर अब जो हुआ सो हुआ। मैं तुम्हें और ज़्यादा निराश नहीं करूँगा। शाम को आकर मिलता हूँ। अभी सिनेमा देखने जाऊँगा। तुम कुछ खाने-पीने को रखना। और ये जो तुम्हें मैं बार-बार ''तुम'' कह रहा हूँ न, उससे तुम्हें ज़रूर झटके लग रहे होंगे, यह बात मैं जानता हूँ। एक जड़ अपरिभाषित संस्कार का व्यक्ति कभी नहीं रहा मैं। बल्कि तुम मुझे ऐसे ही देखना-दिखाना चाहते थे। शाम पाँच बजे मिलता हूँ।

तुम्हारा रामलाल।'

उसकी चिट्ठी बहुत असर कर गई मुझ पर। लगभग बुखार ही ने घेर लिया। इतना कुछ लिख गया था वह। आज तक ऐसा नहीं हुआ मेरे साथ। यह सदमा इतना गहरा था कि मैं आज दोपहर को बिना खाए ही सो गया।

3

अभी शाम की बात बताता हूँ। तक़रीबन चार बजे उठा। माथा भारी हो गया था। भूख लगी थी, पर ठंडा खाना मुझसे पचता नहीं। कुछ नमकीन और कॉफ़ी से भरा एक मग लेकर बैठ गया। कॉफ़ी बहुत गर्म थी। तभी मेड का फ़ोन आया कि वह आज खाना बनाने नहीं आएगी। अगर आती तो शायद उससे पूछ ही लेता, ''क्या तुम लैपटॉप चलाना जानती हो?'' अजीब ही स्थिति हो गई थी मेरी।

बाहर बालकनी में टहलते हुए मैं फिर उस कहानी के बारे में सोचने लगा, 'कहाँ चूक हुई है मुझसे?' पर हुई ही कहाँ है? लेखक आज़ाद होता है। आज तक यही जानता था। अब लग रहा है कि लेखक गुलाम होता है। अपने पात्रों का। नहीं तो एक दो कौड़ी का...ख़ैर छोड़िए। अब देखना था कि वह आता है कि नहीं। लिखकर गया था कि फ़िल्म देखने जा रहा हूँ। रामलाल और सिनेमा? क्या चक्कर है भाई?

मैं कॉफ़ी ख़त्म करके उस अधूरी कहानी को फिर से पढ़ने लगा। रामलाल के छोड़े विवरणों को जोड़कर भी पढ़ा और बिना जोड़े भी। कहीं कोई दिक्क़त नहीं थी। मैंने कई पात्रों को उलटने-पलटने की कोशिश भी की। ख़ूब खंगाला कहानी को। कहानी की निष्पत्ति में मुझे कोई दुविधा पकड़ में नहीं आई। जो चीज़ जहाँ होनी चाहिए थी, ठीक वहीं थी। बस रामलाल को छोड़कर। समय के तेज़ी से बीतने की भनक न लगी और तभी एक आदमी मेरे सामने खड़ा दिखा। सफ़ेद टी-शर्ट और जींस में। बाल कुछ कर्ली थे, पर साफ़ लग रहा था कि बालों को कलर किया था उसने। मैंने जब उसकी ओर देखा तो उसने मुस्कुराकर बड़े आत्मविश्वास से अपना हाथ मेरी ओर बढ़ा दिया, ''हैलो...मैं अनुभव शेखर।''

उसके इस तरह अन्दर तक चले आने का मतलब था कि मेड दरवाज़ा

खुला छोड़ गई थी। मैं कुछ हैरान था। वह अजनबी आगे का परिचय देने से पहले मेरे सामने वाले सोफ़े पर बैठ गया। मैं जानने को हुआ कि वह कौन है, पर उससे पहले उसने ही मुझसे पूछ लिया, ''लगता है आपने पहचाना नहीं मुझे?''

मुझे लगा कि कोई दूर का रिश्तेदार तो नहीं। मेरे मुँह से निकला ''माफ़ करें, मैं भूल रहा हूँ।''

''अरे इतनी जल्दी भूल गए। आज सुबह ही तो चिट्ठी छोड़ी थी तुम्हें!''

मुझे काटो तो खून नहीं। एकदम मुँह से निकला, ''रामलाल?'' उसका नाम लेते हुए मेरा चेहरा खिंच गया था। जबकि वह हल्का मुस्कुराए जा रहा था। उसने मुस्कुराते हुए तपाक से जवाब दिया, ''बिलकुल रामलाल उर्फ़ अनुभव शेखर।''

अब मैं समझ गया। मैंने अपना लैपटॉप बंद किया और चश्मा उतारकर टेबल पर रख दिया। तो यह मामला था अब। यह पहला मौक़ा था कि मेरा कोई पात्र मेरे सामने सशरीर बैठा हो। मेरे दिल में एक हल्की धुकधुकी उठी। तब मैंने जाना कि लेखक को कभी-कभी अपने पात्रों से डर भी लगता है। पर इसका एहसास मैंने रामलाल को नहीं होने दिया। बल्कि मैं थोड़ा-सा संजीदा हुआ और थोड़ा-सा मुस्कुराया, ''बस। इतनी-सी बात के लिए भाग गए? पहले कहा होता तो नाम बदल देता।''

उसने मुस्कुराकर ही जवाब दिया, ''क्या फ़ायदा? नाम बदल देने से मेरी भूमिका तो नहीं बदल जाती?'' इतना कहने के बाद उसका चेहरा एकदम उदास लगने लगा। मैं भी बहुत गंभीर हो गया और उसे जवाब दिया, ''ऐसा है अनुभव शेखर! मैं किसी क़ीमत पर उस प्रोफ़ेसर के पक्ष में नहीं था। आज भी नहीं हूँ। पूरी कहानी तुम्हारे पक्ष की ही थी। एक मार्मिक मोड़ देना था मुझे। तुम्हारी स्थिति को, उस तकलीफ़, उस वेदना को मैं उन तमाम शोध-ग्रंथों के बरअक्स खड़ा करना चाहता था ताकि...''

''पर क्यों? क्यों?'' उसने मेरी बात बीच में काट दी। मुझे बहुत बुरा लगा। मैं उसके 'क्यों' पूछने पर अब हैरान हो रहा था। कुछ गुस्सा भी आया। क्या मतलब है इस सवाल का? पर मैं उखड़ा नहीं। चुपचाप उसे देखता रहा। उसके पैरों में महँगे जूते थे और घड़ी भी पहन रखी थी। अपने क्लीन शेव्ड चेहरे को उसने आगे की ओर झुकाया और अपने नए जूते के तस्मे बाँधते हुए

ही मुझसे पूछा, ''हैरानी हो रही है न मुझे ऐसे देखकर? क्या मुझे धोती-कुर्ते में आना चाहिए था? सरल और प्रतिबद्ध?''

मैं कुछ नहीं बोला। उसका खेल अब मैं कुछ-कुछ समझने लगा था।

मेरे जवाब न देने पर वह चेहरा घुमाकर मेरी लाइब्रेरी की किताबों को देखने लगा। उसने बहुत बारीक़ नज़र डाली किताबों पर। फिर तंजिया मुस्कुराहट में मुझसे बोला, ''जानते हो...उस प्रोफ़ेसर की लाइब्रेरी की सैकड़ों किताबें पढ़ गया मैं बीस वर्षों में। सैकड़ों। उसकी लाइब्रेरी बहुत बड़ी है। तुम्हारी कल्पना से भी बड़ी। हज़ारों उपन्यास, कहानी और कविताओं की किताबों से भरी हुई है वह। उन किताबों के बहुत सारे पात्र रात के अँधेरे में मुझसे बात करते थे। अपना दुखड़ा रोते थे...''

मुझे लगा कि अब यह गँवार गप्प मार रहा है। मैंने उसकी हवा निकालनी चाही और टोह लेते हुए कहा, ''अच्छा! कौन-कौन से पात्र थे? ज़रा मैं भी तो जानूँ कि क्या दुखड़ा था उनका?''

''अब छोड़ो भी...कितनों के नाम लूँ। बस समझ लो कि मेरे जैसा ही दुखड़ा था उनका।''

अब यह अति हो रही थी। मैं खड़ा हो गया, ''रामलाल जी, कृपया बताएँ कि मेरा कसूर क्या है? ऐसा कौन-सा दुःख दे दिया मैंने आपको? बात घुमाने की जगह सीधे बोलो तुम।'' मेरा माथा भन्ना रहा था अब। पर मेरी बात का उस पर कोई असर हो रहा हो, यह मैं दावे के साथ नहीं कह सकता था। वह वैसे ही शांत बैठा रहा। फिर कुछ ठहरकर बोला, ''मैं तुम्हारा और प्रोफ़ेसर का ग्लैडिएटर था। तुमने जो निश्चित और प्रतिबद्ध भूमिका दे रखी थी, उसमें व्यक्तित्वांतरण का स्पेस ही नहीं था? तुमने मेरी बुनियाद ही गलत बना दी थी। मैं चाहकर भी अपनी भूमिका नहीं बदल सकता था।''

''गलत आरोप है यह। मैंने हमेशा से यह छूट दे रखी है। तुमने शुरू में ही क्यों नहीं बोला?''

''इसकी हैसियत थी मेरी? उस प्रोफ़ेसर के एहसान तले इतना दबा दिया था तुमने कि मैं कोई भी हरकत करता तो गलत धारणा बनती मेरी।'' वह बिफ़र रहा था।

उसका जवाब सुनकर मैं भी अब शांत होने लगा था। मैंने ठंडे दिमाग से ही अपील की, ''देखो रामलाल। जो भी है साफ़-साफ़ कहो। मैं सुनने के लिए तैयार हूँ।''

उसका चेहरा रुआँसा हो गया पर साथ-के-साथ फड़कता हुआ भी। वह दम साधकर बोला, ''मुझे मुक्ति चाहिए इस अधेड़ रामलाल से। मैं जवान होना चाहता हूँ। मेरी बहुत सारी इच्छाएँ हैं। मैं एकदम आज़ाद होना चाहता हूँ।''

मैं डिकोड करने की कोशिश में लग गया। पर बात अभी भी खुल नहीं रही थी। मैंने बहुत ईमानदारी से पूछा, ''मैं क्या मदद कर सकता हूँ तुम्हारी ? बताओ ?''

''बस कहानी बदल दो यह। इससे मेरी भूमिका भी बदल जाएगी। मुझे जवान दिखाओ। हँसते-खेलते, लड़ते-झगड़ते और पढ़ते हुए दिखाओ। कहानी में मुझे थोड़ी शराब पिलाओ और हो सके तो एक प्रेमिका भी दो। बिलकुल प्रोफ़ेसर के शोधार्थियों की तरह।''

मैं तो चकरा ही गया उसकी माँग पर और मेरे मुँह से निकला, ''और अर्थ-गर्भत्व ? उसका क्या ? वह वास्तविक दुःख जिसको कोई शोध-ग्रन्थ नहीं पकड़ सकता। उस मार्मिकता या त्रासदी का फिर क्या करूँ मैं ?''

''तो उसके लिए पूरी ज़िन्दगी बंधक बना कर रखोगे तुम मुझे ?'' वह लगभग चीख़ मार गया।

फिर वह अपनी निगाह को मुझ पर धँसाए अनाप-शनाप बोलता गया, ''सच में सम्मान नहीं दे सकते तो कल्पना में तो दे ही सकते हो, यार। रामलाल का दुःख अपरिभाषित और ब्रह्मांडीय नहीं। प्लीज़ समझो। रामलाल का दुःख उसके रामलाल होने में है। उसे रामलाल से बाहर निकालो।''

मैं सच में अब नहीं समझ पा रहा था कुछ। मैं चुपचाप उसके साथ वाले सोफ़े पर आकर बैठ गया। अनुभव शेखर की देह लाल हो चुकी थी। मैंने ही उसे पानी दिया। एक घूँट में वह पूरा गिलास ख़ाली कर गया। इधर मुझ पर एक ऐसा अपराधबोध सवार हुआ चाहता था, जिससे मैं अब तक अपरिचित ही था। मैंने किया ही क्या था ? लाख चाहने पर भी मेरा अपराध मुझसे पकड़ में नहीं आ रहा था।

इसके बाद क्या हुआ, यह बहुत जानने लायक नहीं है। फिर भी कोई शक-शुबहा क्यों ही रहे? बता देता हूँ। कोई माने, या न माने पर मैं कहना चाहूँगा कि अनुभव शेखर ने धीरे-धीरे अपनी आँखें बंद कर लीं। मुझे लगा कि उसे नींद आ रही है। मुझे उसके बहुरूपियेपन पर कुछ आश्चर्य हो रहा था, पर कुछ दया भी आ रही थी। वह सोफ़े पर ही निढाल हो रहा था। उसे सचमुच नींद आ रही थी। उसके चेहरे पर बुढ़ापे के चिह्न तलाशने लगा मैं। फिर मैंने एक मोटी चादर उसके ऊपर डाल दी।

जानते हैं, कि उसके बाद क्या हुआ? मैं जब गुसलखाने से लौटा और उसकी चादर हटाई तो वह फिर फ़रार था।

सिद्ध पुरुष

एक दिन उनकी पत्नी ने देखा कि वे गली में अपनी खिड़की के पास खड़े होकर अपना ही कमरा चोर नज़र से झाँक रहे हैं। जैसे कोई ऐसी चीज़ हो वहाँ जिसका मुआयना अब बहुत ज़रूरी हो गया था। पत्नी कमरे में दाख़िल हुई और उनको टोक दिया। उन्होंने गली वाली खिड़की से खड़े-खड़े ही जवाब दिया, ''अरे कुछ भी तो नहीं...मैं तो बस देख रहा हूँ कि जब मैं पलंग पर तुम्हारे साथ सोता होऊँगा तो यहाँ से कैसा दिखता होगा?'' बात तो उन्होंने मुस्कुराकर कही, पर पत्नी के कान खड़े हो गए, ''क्या बकवास है ये? चुपचाप भीतर आइए।'' वे सचमुच चुपचाप भीतर आ गए। भीतर आते ही उन्होंने सबसे पहले घड़ी देखी, फिर कैलेंडर देखा और किसी तारीख़ को लाल स्याही से गोल घेरकर चुपचाप बैठ गए। देर तक बैठे रहे। फिर कुछ सोचकर अपने लैंड-लाइन से कोई नंबर घुमाने लगे। वे कोशिश करते कि लोगों से अब लैंड-लाइन पर ही बात करें। जब पूरी दुनिया स्मार्टफ़ोन की दीवानी हो रही थी, तब वे बी.एस.एन.एल. के ऑफ़िस से झगड़कर इसे ले आये थे।

वे इधर पहले से बहुत बदल गए थे और चाहने लगे थे कि लोग उनके बदलाव की नोटिस लें। पर नयेपन के रूप में नहीं, बल्कि एक ऐसे गुण के रूप में जो उनमें पहले से मौजूद तो था पर लोग ही नोटिस नहीं ले रहे थे। लापरवाही लोगों की थी, उनकी नहीं। इसीलिए अब उन्होंने ख़ुद को नोटिस कराते रहने के उपक्रम को अपनी दिनचर्या में गुपचुप मिला लिया था। इससे उनका जीवन शहर के सामने अब ज्यादा प्रत्यक्ष हो चला था।

वे अक्सर अपने बरामदे में अखबार पढ़ते तो अखबारी सूचनाओं पर बुलंद आवाज़ में टिप्पणी करते, ताकि यह बात पड़ोसी और पूरे मोहल्ले को

पता चल जाए कि मास्टर साहब अख़बार पढ़ रहे हैं। इसके ठीक उलट जब वे किसी पड़ोसी से प्रत्यक्ष बतियाते तो उनकी आवाज़ बेहद धीमी हो जाती। कभी-कभी वे इतना धीमे बतियाते कि सामने वाला चिढ़ जाता, ''अरे गोगिया साहब क्या फुसफुसा रहे हैं? बिलकुल सुनाई नहीं दे रहा है! थोड़ा साफ़ और ऊँचा बोलिए।'' ऐसे में गोगिया जी बहुत नाप कर आवाज़ को थोड़ा ज़्यादा स्पष्ट और ऊँचा करते। पर उनका ध्यान अब हमेशा इस बात पर रहता कि जब वे मैन-टू-मैन बात करें तो कोई तीसरा किसी भी हाल में न सुन पाए। बदलाव तो यह भी आया कि उन्होंने अजनबियों को टोकना और बात करना अब एकदम ही छोड़ दिया था।

छोटा शहर है, इसलिए वे अब हर जगह पाए जाते हैं। उनका हर प्रत्यक्ष शहर के चौराहे पर दर्ज होने लगा है। वे राह चलते, बतियाते या नुक्कड़ पर चाय पीते तो समय, स्थान और तारीख को लेकर चौंकन्ने रहते और कोशिश करते कि सामने वाले के मन पर यह बात ठोस ढंग से दर्ज हो जाए कि जब वे सामनेवाले से बात कर रहे हैं तो वह तारीख कौन-सी है और घड़ी की सुई ठीक-ठीक कहाँ पर है। यह आदत अब इतनी सघन हो चुकी थी कि दुआ-सलाम करते हुए आगे बढ़ रहे जाने-पहचाने लोगों से वे घड़ी की सुई और कैलेंडर की तारीख़ की शक्ल में बात करते; मगर फुसफुसाकर, ''भई भार्गव साहब!! अब ये देखिए कि आज अट्ठारह सितम्बर है और चार बज गए और मैं अभी तक पत्नी के लिए फल लेकर घर नहीं पहुँचा, बेचारी ने व्रत रखा है। एकादशी जो है। लाख मना करने पर भी नहीं मानती।'' सामने वाला थोड़ा अचरज में पड़ता, फिर मुस्कुराकर जवाब देता, ''अरे तो रोकते ही क्यों हैं मास्टर जी आप? अब देर मत कीजिये, चार बज गए हैं, झटपट घर निकलिए!'' ऐसा सुनने के बाद वे कुछ सुकून पाते, 'चलो एक ठोस काम तो हुआ।'

जब उन्हें कोई नहीं मिलता तो वे ख़ुद को दर्ज करने के लिए रेलवे स्टेशन हो आते। रेलवे स्टेशन के पूछताछ गृह में बैठा कर्मचारी उनसे धीरे-धीरे चिढ़ने लगा था शायद। गोगिया जी अब दिन में तीन-तीन, चार-चार दफ़ा आने लगे थे और अलग-अलग रेलों की टाइमिंग का पता करके चलते बनते। उस कर्मचारी ने आज तक गोगिया साहब को कोई ट्रेन पकड़ते नहीं देखा। उसने नोटिस किया

कि जब भी गोगिया साहब उसके केबिन के सामने आते तो उनकी कोशिश रहती है कि सी.सी.टी.वी. में उनका चेहरा सशरीर दर्ज हो जाए। कर्मचारी उनको नज़रअंदाज़ करने की भूल भी नहीं कर सकता था। गोगिया जी इधर इस बात से ज़्यादा ख़ुश रहने लगे हैं कि क्राइम के ग्राफ़ को कम करने के लिए शहर के हर चौराहे पर सी.सी.टी.वी. लगाने की सरकारी घोषणा हो चुकी है। अब शहर के लिए ज़्यादा प्रत्यक्ष रहा जा सकता है। प्रामाणिक प्रत्यक्ष !

वैसे गोगिया साहब कोई सनकी आदमी नहीं हैं। वे साइंस के विद्यार्थी रहे थे और स्वभाव से विद्रोही। तर्क की कसौटी पर हर चीज़ को परखते। पिता संस्कृत के आचार्य थे और माँ प्यारी-सी गृहिणी थीं। गोगिया जी अपने जन्मदाताओं को बाबा और अम्मा कहकर पुकारते थे। अम्मा एकादशी के व्रत के दौरान मर गईं तो बालक गोगिया धर्म-द्रोही हो गए। उनका मानना था कि उपवास और व्रत की आदत ने, जो कि धर्म के खौफ़ से किया जाने वाला तथाकथित पुण्य-कर्म था, माँ की हत्या की। अम्मा मरी नहीं थीं बल्कि उनकी हत्या हुई थी। एक धीमी धार्मिक हत्या। गोगिया प्रतिक्रिया में रसायनशास्त्र के विद्यार्थी हो गए। पर पिता वेद-पुराण और उपनिषद् से ताउम्र बाहर नहीं आए। उसी को पढ़ते-पढ़ाते और अपनी दिवंगत अर्धांगिनी के लिए संस्कृत में गीत लिखते हुए बाबा ने अपना बाक़ी का सारा जीवन बिता दिया। परिवार मुफ़लिसी की रेखा के ऊपर-नीचे डोलता चलता रहा। जब भी किसी त्यौहार में अखंड ग़रीबी दस्तक देती तो पिता विचलित होने की जगह मुस्कुराकर कहते, ''त्याग के साथ भोग करना चाहिए! समझे, चीकू ?'' चीकू बालक गोगिया का पुकार का नाम था।

तमाम असहमतियों के बावजूद अनजाने ही बाबा की कई आदतें उनमें घर कर गई थीं। चीकू हैड-मास्टर होकर रिटायर हुए थे और उनकी दो संततियाँ बैंगलोर और भोपाल में बेहतरीन जीवन जी रही थीं। पर वे ख़ुद शहर का पैतृक घर छोड़कर कहीं नहीं गए। उनका परिवार तीन पीढ़ियों से इसी शहर में रह रहा था। वे भी यहीं मरेंगे, अम्मा-बाबा के पास। गोगिया जी ने घर को चालीस साल से वैसा ही रखा है, जैसा बाबा देह छोड़ते हुए छोड़ गए थे। उन्हें लगता रहा कि परेशानी के समय में इस घर में...अम्मा-बाबा को फिर से देखने के लिए जब भी वे मचल उठते हैं तो दो जोड़ी अदृश्य आँखें उनको झाँक कर सहारा देती हैं।

उस घटना के बाद तो उन्हें बार-बार अम्मा-बाबा की याद आने लगी थी। वे कई बार अपने बेडरूम से रसोई की ओर झाँकते तो लगता कि माँ उधर से झाँक कर बुला रही हैं, ''रे चीकू...रोटियाँ तैयार हैं...चल खा ले बेटे।'' वे हड़बड़ी में उठकर रसोई की ओर भागते, पर वहाँ कोई न होता। उनकी आँखों में पानी उतर आता। कोई देखेगा तो क्या कहेगा कि एक रिटायर बुड्ढा अपनी माँ को याद करके रो रहा है ? वे झट आँसू पोंछ लेते। एक दिन तो हद ही हो गई। झुलसा देने वाली जेठ की दुपहरी में अचानक बाबा ने छत से आवाज़ दी, ''अरे चीकू!! मेरी किताबों पर इतनी धूल कैसे ?'' वे जानते थे कि वे दौड़कर छत के कमरे में जायेंगे और वहाँ बाबा नहीं होंगे। फिर भी उस रोज़ वे छत पर गए और धीरे से बाबा के बंद कमरे को खोलकर किताबों से धूल निकालने लगे। बाबा की नोटबुक झाड़ते हुए उन्होंने उसे उलटा-पलटा। कहीं-कहीं सुन्दर अक्षरों में कुछ-कुछ लिखा हुआ था। नोटबुक के ऊपर बड़े-बड़े अक्षरों में लिखा था, 'उस समय न सत् था न असत् था, न अंतरिक्ष न उसके परे व्योम। तब न मृत्यु थी और न अमरता मौजूद थी, रात और दिन में वहाँ भेद न था।' बकवास! उन्होंने नोटबुक बंद की, अलमारी में उसे विन्यस्त किया और ताला मारकर नीचे उतर आए।

गोगिया जी को पूरा जानने के बाद यह मानना थोड़ा मुश्किल होगा कि जगत-जीवन और दर्शन के बीच कोई गहरा और ऐसा परस्पर संबंध होता है, जिसके असंतुलन से सब कुछ नष्ट हो जाता है। जीवन क्या है और जगत कैसा है और दर्शन क्या होता है, यह न तो गोगिया जी जानते थे और न ही उनकी पत्नी। गोगिया जी की पत्नी बस इतना जानती हैं कि उस घटना के बाद गोगिया जी बहुत बदल गए हैं। जबकि हाल-फ़िलहाल तक वे शरारती थे और रिटायरमेंट के समय तक रोमांटिक आदमी रहे। तब वे अक्सर कहते, ''देखो बिन्दू जी, तुम चाहे मुझसे छुटकारा पाने के लिए जितनी मर्ज़ी पूजा कर लो, पर मेरे जैसा पति अगले छह जन्मों में नहीं मिलेगा।'' फिर ज़ोर से हँसते। गोगिया जी जब हँसते तब उनकी कंचे जैसी नीली गोल आँखें मुँद जातीं। यही नहीं, जब वे ठट्ठा मारकर हँसने की जगह भीतर-ही-भीतर हँसते तो उनकी तोंद हरकत करती और दोनों लाल गाल ऐसे फूल जाते मानो किसी बच्चे ने अपने दोनों

गालों के भीतर टॉफ़ियाँ ठूँस ली हों। बिन्दू जी प्यार से उन्हें लाफ़िंग बुड्ढा कहकर अपना माथा ठोक लेतीं।

वैसे भी जीवन को पटरी पर लाने के लिए इस दम्पति ने मामूली संघर्ष नहीं किए थे। बिन्दू जी की निगाह में गोगिया जी का सारा संघर्ष किसी सिकंदर से कम न था। विरासत में इस घर के अलावा मिला ही क्या था। जीवन में पसरी इंच-इंच की गरीबी को बड़े साहस और धीरज के साथ मुक्त कराया था। ट्यूशन पढ़ाकर अपनी पढ़ाई पूरी की और शहर के सबसे कम उम्र के मास्टर बने। वे अपने बूढ़े बाबा के इलाज में आधी तनख़्वाह ख़ुशी-ख़ुशी झोंकते। बदले में बाबा फुसफुसाते, ''चरैवेति...चरैवेति...चरैवेति।'' पता नहीं क्यों उन्हें इससे जोश मिलता। बाक़ी के खर्चे की भरपाई वे ट्यूशन पढ़ाकर पूरी करते। सुबह से साँझ तक इसी चक्कर में पूरा शहर नाप देते। सदियाँ गुज़ार दीं उन्होंने ट्यूशन पढ़ाकर। इससे मुफ़लिसी कुछ कम हुई। बाबा एक भरा-पूरा परिवार देख कर मरे थे। जब छोटे गोगिया के ख़ुद के बच्चे योग्य हुए तो उन्होंने उनका ट्यूशन छुड़वा दिया। अब गोगिया जी नौकरी और ट्यूशन दोनों से रिटायर होकर एकदम फ़ुर्सत में थे। अपने पिता की तरह सुबह चार बजे उठकर पार्क चले जाते और फिर दिन भर सुबह की ताज़ा हवा की तरह सनसनाते फिरते।

पर यह उस घटना से पहले की बात है। अब पार्क से लौटते तो अपने पिता की तरह प्रसन्नचित नहीं बल्कि थके हुए, पसीने से लथपथ और बेहद उदास। बिन्दू जी अपनी डबडबाई आँखों से उन्हें गुनगुना पानी देतीं और रसोई में चुपचाप लौट भी जातीं।

गोगिया जी के पास से एक-एक करके सब लौट रहे हैं। बिन्दू जी रसोई में लौटतीं, संततियाँ ढाढ़स देकर भोपाल और बैंगलोर लौटतीं, और अम्मा-बाबा आँख खुलते ही स्मृतियों के बहुत पीछे लौट जाते। अब बचते केवल गोगिया साहब। निपट अकेले। कहाँ जाएँ, क्या करें? वे आने वाली तारीख का इंतज़ार करें या जो बीते दिनों में घटा था वहाँ लौट जाएँ? वे पीछे लौटना चाहते हैं पर लौट नहीं सकते। काश कि वे लौट पाते! अगर लौटते तो सबसे पहले अपनी निश्छल हँसी ले आते। हँसते तो वे अब भी थे, ठट्ठा मारकर पर उन्हें लगता कि यह हँसी प्रामाणिक नहीं। हँसी ही क्या, वह हर चीज़ जो दर्ज नहीं की

जा सकती, जो दिखाया-सुनाया और समझाया नहीं जा सकता, वह प्रामाणिक नहीं। प्रामाणिक माने दर्ज की जाने वाली चीज़ें।

दोपहर को लैंड-लाइन फ़ोन की घंटी बजी तो वे कुछ मुस्कुराए। उनको शायद इसी फ़ोन का इंतज़ार था। डिलीवरी बॉय कब से दरवाज़ा पीट रहा था, पर किसी ने नहीं खोला। जब उसने फ़ोन किया और झल्लाकर कहा, ''मैं हूँ।'' तो गोगिया जी उसे पहचान गए। वे इसीलिए मुस्कुराए थे। उस लड़के ने अंदर आते ही पूछा, ''कहाँ-कहाँ फिट करना है?'' इधर वे पूरा नक़्शा बनाकर बैठे थे। उन्होंने नक़्शा दिखाया तो लड़के को सारा कुछ समझ में आ गया। कुल सात फिट करने थे, सात जगहों पर। दो तो छत पर फिट होंगे ताकि छत पर सीढ़ियों से चढ़ते और बाबा के कमरे में जाते हुए सब कुछ कवर हो जाए। तुलसी का वह संगमरमरी चौरा भी जो छत की पूर्वोत्तर दिशा में था और लाख समझाने पर भी पुजारिन हो चुकी बिन्दू जी जिस पर जल चढ़ाती थीं...सुबह आठ बजे। पहले अम्मा यहाँ जल चढ़ाती थीं, एकदम उसी समय जब सूरज आसमान को अपनी पहली चाप से सिंदूरी करता था। ख़ैर, बाकी के दो उन्होंने दरवाज़े के बाहर फिट करवा दिए। एक को कुछ इस तरह फिट करवाया कि गली का मुहाना दिख जाए और आते-जाते सब पता चले। एक को उन्होंने बरामदे में फिट करवाया। कुछ इस तरह से कि गेस्ट रूम भी कवर हो जाए। जब छठा आँगन में फिट होने लगा तो बिन्दू जी ने आपत्ति दर्ज की, ''अब यहाँ इसकी क्या ज़रूरत है?'' गोगिया साहब ने उन्हें कटी नज़रों से देखा और लड़के को नक़्शे के हिसाब से फिट करने का निर्देश दिया। बिन्दू जी ने तब मिन्नत की, पर सख़्ती से, ''अब बाथरूम को तो बख्श दें मास्टर साहब!'' लड़के ने छठे की फिटिंग के दौरान उसे थोड़ा झुका दिया। आँगन पूरा कवर हो रहा था पर बाथरूम नहीं। फिर लड़के ने पूछा, ''सातवें के लिए तो नक़्शे में कुछ है ही नहीं जी। इसका क्या करूँ?'' बिन्दू जी का मन हुआ कि चीख़ कर कहें, ''इसे इन बूढ़े गोगिया के माथे के भीतर फिट करता जा। पता तो चले कि इनके दिमाग में क्या चल रहा है?'' पर कुछ कह न सकीं। गोगिया साहब ने ही जवाब दिया, ''इसे फ़िलहाल मेरे पास रहने दो। सोचकर बताऊँगा कि कहाँ फिट करना है।''

फिटिंग में पूरा दिन निकल गया। उसे स्क्रीन पर सेट करने और कवरेज

के साथ कदमताल मिलाने में साँझ हो गई। आठ बजे गया वह लड़का। गोगिया साहब कुछ संतुष्ट-से दिखे। आज उनमें कोई ख़ास विचलन न था। खाना खाकर एक बार स्क्रीन का मुआयना किया और सब कुछ दुरुस्त पाकर पहले बरामदे में गए, फिर सीढ़ियों से होते हुए छत पर। नीचे उतर कर गुसलखाने में झाँका और फिर स्क्रीन के सामने खड़े हो गए। लड़के ने जैसे हैंडल करने को कहा था, उन्होंने वही किया। रिवाइंड का बटन दबाया तो उनकी पिछले एक मिनट की सारी गतिविधि फिर से दिखी। वे ख़ुश हुए, ''हाँ! दर्ज हो रहा है।'' फिर उन्होंने उसे घड़ी की सुई से मिलाकर वर्तमान में छोड़ दिया। स्क्रीन पर अब का सारा दिख रहा था। उन्होंने देखा कि गली के मुहाने से एक बाइक आई। उसे एक नौजवान चला रहा था। नौजवान ने हैलमेट पहन रखा था। बाइक बेआवाज़ रुकी तो उसकी पिछली सीट से चमोली साहब की बेटी उतरी। वह हौले से और बेआवाज़ अपने घर में गुम हो गई। घर में घुसने से पहले उसने नौजवान को फ्लाइंग किस दिया। ''ओ! आई सी! ओ! तो चमोली-पुत्री आजकल बॉयफ्रेंड के साथ व्यस्त है। ख़ैर! मुझे क्या?'' वे चैन की नींद सोने चले गए।

बिस्तर पर लेटते हुए वे थोड़े मुस्कुराए। कमाल की चीज़ें आ गई हैं दुनिया में। सब कुछ दर्ज हो जाता है। पर नहीं! यह भी कोई कमाल है? कमाल तो तब हो जब पिछली हरकतों के साथ-साथ भविष्य में होने वाली हर हरकत भी दिख जाए। ऐसी कोई चीज़ बने तो मज़ा आ जाए। पता नहीं क्यों, जब भी भविष्य शब्द से उनका सामना होता है तो वे अपने परदादा के बारे में सोचने लगते हैं। अम्मा कहती थीं कि परदादा सात जन्म आगे और सात जन्म पीछे देख सकते थे। उनमें कोई दिव्य-शक्ति थी। आज अगर वे ज़िन्दा होते या किसी दिव्य-शक्ति से वे ख़ुद अपने परदादा के पास जा सकते तो जाकर पूछते कि बताओ ना दादा, मेरा भविष्य क्या है? यदि पाप जैसी कोई चीज़ होती है तो मैंने पिछले जन्म में ऐसा कौन-सा पाप किया है कि मुझे यह सज़ा मिल रही है? मेरा अपराध क्या था दादा, मुझे बताओ ना। मैं कैसे सिद्ध करूँ कि मैं निर्दोष हूँ? पूरी ज़िन्दगी स्कूल और ट्यूशन में बच्चों के बीच गुज़ार दी मैंने। न किसी के सामने गिड़गिड़ाया, न किसी का धेला चुराया। पूरी ज़िन्दगी घिसटता रहा, तब जाकर बुढ़ापे में मुफ़लिसी ख़त्म हुई। फिर भी ईमानदारी को कभी छाती

पर ढोलक की तरह रख कर नहीं बजाया। अपनी सादगी का कभी प्रचार नहीं किया। तब भी...तब भी...यह सब हो क्यों रहा है, क्यों ? आख़िर मेरे ही साथ क्यों ? बता सकते हो तो बता दो, प्यारे दादा।

पर गोगिया जी जानते थे कि उन्हें ख़ुद इन काल्पनिक बातों में भरोसा नहीं। ऐसी बेसिर-पैर की बातें विज्ञान की समझ की अनुपस्थिति का नतीजा हैं। हालाँकि इधर वे महसूस करने लगे थे कि इन फ़ालतू की कथा-कल्पनाओं में एक ज़बरदस्त आकर्षण है। वे भले ही विज्ञान के सारे नियमों को ताक पर रख कर बुनी जाती हैं, पर किसी और अनजाने नियम से हमें गिरफ़्त में तो ले ही लेती हैं! गोगिया साहब को अब नींद ने घेर लिया। फिर उन्हें लगा कि वे सुबह थोड़ा जल्दी उठकर पार्क चले गए हैं। पार्क लगभग ख़ाली है और ठीक वहाँ जहाँ बीच में घास का वृत्ताकार मैदान है, वह आज कुछ अजीब-सा दिख रहा है। कुछ उठा हुआ और घूमता हुआ। उन्होंने सोचा कि शायद नींद पूरी नहीं हुई है, इसलिए ऐसा आभास हो रहा है। रोज़ की तरह उन्होंने अपने हाथ-पाँव खींचे और उस मैदान पर तेज़-तेज़ चलना शुरू किया। वृत्ताकार चलते-चलते उनकी पुरानी शरारती-वृत्ति ने यकायक करंट दिया तो वे सोचने लगे कि जिस तरह उस स्क्रीन पर पिछला सारा दर्ज होता है, उसी तरह यदि कोई ऐसी चीज़ हाथ लगे कि मैं उल्टे पैर चलूँ और उल्टे चलते-चलते पिछले दिनों की सारी हरकतें और घटनाएँ प्रत्यक्ष हो जाएँ, तो कैसा रहेगा ? तब तो सब कुछ दुरुस्त कर सकता हूँ।

पार्क में अब भी कोई था नहीं। शरारतन उन्होंने उल्टे पैर चलना शुरू किया। करीब पाँच मिनट चलने के बाद उन्होंने महसूस किया कि उनके जैसा ही कोई उनकी बगल से गुज़रा है। वह आगे की ओर सीधे पैर चल रहा है, जबकि वे ख़ुद उल्टे पैर। वृत्त पर चलते हुए उन दोनों ने एक बार फिर एक-दूसरे को एक बिंदु पर काटा और दोनों फिर दूर हो गए। गोगिया जी ने पक्का मान लिया कि यह भ्रम है कि उनके जैसा ही कोई है वह। वे उसी तरह शांत भाव से उल्टे पैर चलने लगे। उन्हें मज़ा आने लगा था। उल्टे पैर चलते हुए उन्होंने मैदान का एक वृत्त पूरा किया तो पाया कि हू-ब-हू उनके जैसा वह आदमी ठीक उन्हीं की तरह व्यायाम कर रहा है। वे उसके पास पहुँचे तो पाया कि ये तो वे ख़ुद ही हैं जो ठीक दस मिनट पहले दाख़िल हुए थे इस पार्क में। यह तो हद ही हो गई।

एक ही पार्क में दो-दो गोगिया थे। दोनों में दस मिनट का अंतर था बस। उन्होंने उसे टोका, ''कौन?'' पर दूसरे ने कोई जवाब नहीं दिया। उन्होंने दो-तीन बार पूछा, पर कोई उत्तर न आया। तो क्या उल्टे पैर चलने से पिछले समय में पहुँच गए हैं वे? यह सोचते हुए वे फिर उल्टे पैर तेज़-तेज़ चलने लगे। वह आदमी छूटता चला गया। वे लगातार महसूस कर रहे थे कि पृथ्वी के घूर्णन की दिशा एकदम पलट गई है। उनकी चाल और तेज़ हो गई। अब पार्क में भीड़ घट-बढ़ रही थी, लोग आ-जा रहे थे पर कोई उन्हें नोटिस नहीं कर रहा था। वे लगातार बीते समय में गोते लगा रहे थे। थोड़ी देर में वे समझ गए कि वे पिछली दुनिया में दाख़िल हो चुके हैं जहाँ वे सबको देख सकते हैं, पर उन्हें कोई नहीं देख रहा है शायद। उन्होंने सबसे पहले अपनी घड़ी देखी। अरे!! पंद्रह मई बता रही है ये तो? क्या घड़ी भी पीछे की ओर चल रही है। उन्होंने घड़ी को ध्यान से देखा तो उसकी सुई सच में पीछे की ओर भाग रही थी। उन्होंने टाइमिंग सेट करनी चाही जब वे पार्क में घुसे थे-नौ अक्टूबर, सुबह चार बजकर सत्रह मिनट। पर घड़ी की सुइयाँ झर्र करती हुई उल्टी दिशा में घूम जातीं और पंद्रह मई, सुबह छह बजकर पैंतीस मिनट बताने लगतीं। गोगिया जी समझ गए कि घड़ी उन्हें उसी पुराने समय में आ चुकने का संकेत दे रही है जिस दिन वह वारदात हुई थी। मतलब वे अब सच में साढ़े तीन महीने पीछे की दुनिया में दाख़िल हो चुके हैं। उनका कलेजा धक् कर गया। कुछ देर ठहर कर उन्होंने मन-ही-मन सोचा, 'क्या करें वे इस समय का अब?' फिर उन्हें लगा कि उनको चुपचाप विगत समय के घटनाक्रमों को ठीक से देखने और दुरुस्त करने का अवसर मिल गया है।

वे घुसपैठिये की तरह तत्काल अपने घर की ओर लपके। वही दुनिया, वही घर। बस, मौसम गर्मी का था—बहुत उमस थी। उन्होंने पाया कि उनके घर पर साढ़े तीन महीने पहले वाला और उन्हीं के जैसा गोलमटोल टकले सर वाला हँसमुख गोगिया बड़े मज़े से बरामदे में दातुन कर रहा है। यह सब देखते ही घुसपैठिये गोगिया सब समझ गए, ''हाँ, यह वही समय है—वारदात वाली सुबह का समय।'' यह वही क्षण था जब घुसपैठिया गोगिया जी हँसमुख गोगिया को सावधान कर सकते थे। गोगिया जी ने दम साधकर उस हँसमुख गोगिया को

सावधान किया, ''सुनो...अरे सुनो तो...अभी चंद मिनटों में दो लड़के आएँगे बाइक से। वे शर्मा जी के बारे में पूछेंगे। उनके घर का पता भी। प्लीज़, कुछ भी न कहना। बिलकुल भी बात नहीं करनी है उनसे। समझ गए न?'' पर हँसमुख गोगिया गंभीर और घुसपैठिये गोगिया को नोटिस करें तब न? हँसमुख गोगिया गंभीर गोगिया को ऐसे ख़ारिज कर रहा था जैसे गंभीर का कोई अस्तित्व ही न हो। हँसमुख गोगिया दातुन करते हुए उठा और ज़ोर से गली में थूक दिया, ''आक् थू।'' थूक दूर तक गई तो हँसमुख गोगिया ख़ुश होकर सोचने लगा, 'अभी भी दम है मुझमें...रिटायर होने के बाद भी वहाँ तक थूक सकता हूँ जहाँ तक जवानी में थूकता था...हाँ, दम है।' इधर गंभीर गोगिया हँसमुख गोगिया की हरकत और सोच को देख-समझ रहा था। उसका पारा चढ़ता गया। वह बिफ़र गया, ''अबे!! सुन क्यों नहीं रहा है तू? दो लौंडे आएँगे और तेरा सारा थूकना पिछवाड़े में चला जाएगा। मैं कह रहा हूँ कि वे शर्मा जी के बारे में पूछेंगे, पर कुछ कहना नहीं है। समझा?''

तभी दो लड़के बाइक से गली में दाख़िल हुए। उन्होंने बाइक रोकी और इधर-उधर देख कर हँसमुख गोगिया की ओर लपके, ''अंकल जी, नमस्ते!'' उन्होंने बड़े ही संस्कारी भाव से नमस्कार किया हँसमुख गोगिया को। इधर घुसपैठिया गोगिया छटपटाने लगा। हँसमुख गोगिया ने लड़कों से हँसकर पूछा, ''कौन हो भई तुम लोग? मोहल्ले के तो नहीं लगते? पर कहे देता हूँ, अगर मेरे पुराने छात्र हो तो दूधवाला अभी दूध नहीं दे गया है तो चाय नहीं पिला पाऊँगा।'' कहकर हँसमुख गोगिया ज़ोर से हँसा। दोनों लड़के भी हँसने लगे। एक लड़के ने जवाब दिया, ''अरे नहीं अंकल जी, हम आपके छात्र नहीं हैं और हम चाय नहीं बल्कि शर्मा जी को ढूँढ़ रहे हैं।'' हँसमुख गोगिया व्यंग्य में हँसा, ''अबे कौन शर्मा? मास्टर दीन दयाल शर्मा या इंजीनियर सी.पी. शर्मा?'' घुसपैठिये गोगिया का हलक सूखने लगा था। लड़कों ने एक साथ कहा, ''इंजीनियर साहब।'' घुसपैठिये से रहा नहीं गया, वह चीखने लगा, ''अबे गोगिया, अबे ओ...मत बता शर्मा के बारे में...मत बता साले...। ये लड़के नहीं, हत्यारे हैं।'' पर हँसमुख गोगिया ने लड़कों को बताया, ''वे तो अभी घर पर नहीं होंगे।'' लड़कों ने पूछा, ''कहीं गए हैं अंकल जी वे?'' हँसमुख गोगिया

का मन हुआ कि कह दे कि वह साला घूसखोर शर्मा खा-खाकर सांड हो गया है और कालेधन ने उसका स्तन इतना बढ़ा दिया है कि उसके लटके हुए स्तन से चीनी का रस चूने लगा है अब। उसको शुगर हो गई है और वह नए लौंडों के साथ आजकल ज़िम जाने लगा है। पर हँसमुख गोगिया मास्टर ठहरे, बोले, ''शायद जिम गए हों...आजकल शरीर पर ध्यान देने लगे हैं।'' ऐसा कहते हुए हँसमुख गोगिया के भीतर यह विचार कौंधा कि शर्मा आत्मा का नाश तो कर ही चुका है, बस, शरीर बचा ले, इसी जुगत में लगा हुआ है आजकल। पर लड़कों ने हँसमुख गोगिया के विचार में ख़लल डाला, ''अरे अंकल जी, हम जिम से ही आ रहे हैं...वहाँ तो नहीं हैं।'' इधर घुसपैठिया गोगिया आपे से बाहर हो गया, ''अबे, गोगिया के बच्चे...। सुनता नहीं क्या? मत बता...मत बता...तू फँसेगा, साले।'' घुसपैठिया इस बार इतनी तेज़ी से चीखा कि उसका गला रुँध गया। उसने तुरंत हँसमुख गोगिया के पास रखे मग्गे से पानी पिया। उसे लगा कि उसने पानी न पिया होता तो मर ही जाता। उधर हँसमुख गोगिया ने गंभीर गोगिया के लाख मना करने के बावजूद कुछ सोच कर लड़कों से कहा, ''ऐसा है...कि... तब शर्मा जी ज़रूर नए वाले पार्क में गए होंगे। आरामबाग़ में, नगर-निगम ने अभी-अभी बनवाया है...एक छोटा-सा जिम भी दे दिया है...वहाँ तो पक्का ही मिलेंगे।'' दोनों लड़के मुस्कुराए और एक-एक करके उनके पैर छू लिए। इधर घुसपैठिया गोगिया बदहवास हो चुका था, ''अरे रे!! ये क्या कर दिया गोगिया तूने...। हे भगवन...ओ मेरे मालिक...फँसा तू साले अब...मुझे भी ले डूबा।''

हँसमुख गोगिया इधर लड़कों को तौलने लगा, ''अरे भई...सुबह-सुबह शर्मा जी से क्या काम आन पड़ा?'' एक ने उत्तर दिया, ''अंकल जी, इंजीनियरिंग की परीक्षा देने जा रहे हैं हम लोग। सोचा कि कुछ टिप्स ले लें उनसे।'' हँसमुख गोगिया को गुस्सा आ गया, पर कुछ बोला नहीं। लड़के चले गए तो हँसमुख गोगिया ने फिर वैसे ही थूका और सोचना जारी रखा, 'शर्मा साला क्या टिप्स देगा बे बेवकूफ़ो? उसके बाप ने झोला भरकर नोट फेंका था तब यह इंजीनियर बना। साला मुझसे पाँच साल जूनियर था स्कूल में। मैं उसे ट्यूशन देता था। क्या मैं नहीं जानता उस गोबर-बुद्धि को!! क्या ज़माना आ गया है...साले चोर-उचक्के और घूसखोर टिप्स दे रहे हैं...यहाँ इस मास्टर के

पास आते तो सारे फ़ॉर्मूले देखते-देखते रटवा देता...पता नहीं कितने इंजीनियर-डॉक्टर पैदा कर दिए हैं इस गोगिया ने...पर नहीं वह सिविल-इंजीनियर ही टिप्स देगा...हुँह! घुसपैठिये गोगिया के लाख मना करने के बावजूद हँसमुख गोगिया उन हत्यारों को सब कुछ सटीक बता चुका था। पता नहीं, वह लात लगी कि नहीं, पर घुसपैठिये गोगिया ने हँसमुख गोगिया को एक लात जमाई और आरामबाग के पार्क की ओर बदहवास भागने लगा। शॉर्टकट लेकर।

आरामबाग पार्क के किनारे खुले आसमान के नीचे छोटा-सा जिम था जिसमें शर्मा पैडलिंग कर रहा था। घुसपैठिये ने आते ही उसे झकझोरा, ''शर्मा भाग...भाग शर्मा।'' शर्मा की पैडलिंग कुछ धीमी हुई तो घुसपैठिया फिर चीखा, ''वे इधर ही आ रहे हैं...भाग...भाग जा शर्मा। जल्दी भाग।'' शर्मा ने जब पैडलिंग करनी छोड़ी तो घुसपैठिये गोगिया को लगा कि बात बन गई। शर्मा जिम से निकल कर हरी घास पर भूरी भैंस की तरह लोटने लगा। फिर वह शवासन की मुद्रा में लेटकर धीरे-धीरे साँस अन्दर-बाहर करने लगा। घुसपैठिये गोगिया के होश उड़ गए। रोनी सूरत बना कर वह कभी मिन्नतें करता तो कभी शर्मा पर लात जमाता। पर शर्मा ने गोगिया की न तब सुनी थी, न आज सुन रहा था। गोगिया साहब बिलख कर रोने लगे, ''देख भाई...मैं हाथ जोड़ रहा हूँ...तेरे पैर पड़ रहा हूँ, भाग यहाँ से जल्दी। पूरी ज़िन्दगी तुझसे जलता रहा...पूरी ज़िन्दगी... पर तेरी हत्या होते हुए नहीं देख सकता, शर्मा...भाग जा, मेरे भाई।'' उधर हत्यारे आ धमके। शवासन की मुद्रा धरे शर्मा जी की आँखें बंद थीं। हत्यारे बिलकुल पास आ गए तो घुसपैठिये ने हरकत की। वह हत्यारों और शर्मा के बीच में आकर हिचकियाँ लेने लगा, ''नहीं-नहीं, मेरे बच्चो...नहीं-नहीं। मत मारो, ठहर जाओ।'' हत्यारों ने अपनी-अपनी पिस्टलें निकालीं तो गोगिया जी रो पड़े, ''नहीं-नहीं...देखो इसके बेटे की शादी है अगले महीने...। रहम करो भाई... नहीं-नहीं।'' पर पूरे पार्क में ताबड़तोड़ फ़ायरिंग की आवाज़ गूँज गई। शर्मा जी की देह हरी घास पर खून से सन गई। घुसपैठिया गोगिया सिर धुनता हुआ वहीं बैठ गया, ''अब नहीं बचूँगा मैं...फँस गया...बिलकुल फँस गया, बुरी तरह।''

थोड़ी देर में अपनी साँसें सँभालते हुए घुसपैठिया गोगिया उठा। उसे याद आया कि उन हत्यारों से जब हँसमुख गोगिया बात कर रहा था, तब किसी ने उन

तीनों को बतियाते नहीं देखा था। इससे पहले कि हँसमुख गोगिया आदतन पाँच लोगों को कहे कि शर्मा जी को ढूँढ़ने दो लड़के आये थे, उसे रोक देना होगा। वह पागलों की तरह हँसमुख गोगिया के घर भागा। हँसमुख गोगिया दातुन से निवृत्त होकर अपने बरामदे में चाय और पोहे उड़ा रहा था। यह उसकी रोज़ की आदत थी। आते-जाते राहगीरों को टोकता, बतियाता और जान-पहचान वालों को पोहा चखने के लिए आमंत्रित भी करता। तभी सक्सेना जी उधर से गुज़रने लगे। वे इंजीनियर शर्मा के पक्के चेले थे और इतवार-के-इतवार उसके घर मयकशी करते थे। हँसमुख गोगिया ने उन्हें भी टोका, ''क्या महाराज...पोहा तो चखते जाओ!'' सक्सेना ने मना किया तो हँसमुख गोगिया बुरा मान गए, ''अरे शर्मा की जी-हुज़ूरी में कुछ और खा लेना...यह शुद्ध पसीने की कमाई है।'' सक्सेना जी झेंप गए, इसलिए ठहर भी गए, ''अरे मास्टर जी...आप भी...पर मैं शर्मा जी के यहाँ नहीं जा रहा हूँ।''

''अच्छा? तो?''

''तो क्या? मान लें कि आपसे ही मिलने आया हूँ।'' सक्सेना जी ने सफ़ाई दी।

तभी वहाँ घुसपैठिया गोगिया भी आ धमका। सक्सेना को वहाँ पाकर उसकी धड़कनें और भी तेज़ हो गईं। उसे लगा कि वह छाती फाड़कर बाहर आ जाएँगी अभी। उधर हँसमुख ने पोहा देते हुए सक्सेना से ठीक वही कहा जो उसे बिलकुल नहीं कहना चाहिए था, ''अभी दो लौंडे आये थे...शर्मा को खोज रहे थे। पर ये बताओ सक्सेना, शर्मा क्या इतना जानता है कि इंजीनियरिंग की परीक्षा के लिए टिप्स दे सके?'' सक्सेना जी हँस पड़े, ''आप भी न मास्टर साहब...'' घुसपैठिया हँसमुख को लगातार रोकता रहा और हँसमुख ने सुबह का सारा वृत्तांत सक्सेना को धीरे-धीरे बता डाला। घुसपैठिया अब लगातार हँसमुख पर लात और घूँसे बरसा रहा था, ''अरे साले...। अबे कुत्ते, तूने ये क्या किया? यही सक्सेना एक दिन गवाही देगा और हम दोनों फँस जाएँगे, हरामज़ादे।'' घुसपैठिया लगातार रो रहा था और लात-घूँसे जमा रहा था। छत से तुलसी-पूजन करके लौटी पत्नी ने देखा कि पलंग पर लेटे-लेटे गोगिया साहब के शरीर में अजीब-सी मरोड़ है और वे लगातार अपने पैर हवा में उछाल रहे हैं। सुबह

चार बजे उठने वाले गोगिया आठ बजे तक सो रहे हैं। पत्नी ने तत्काल तुलसी-जल उनके ऊपर उछाल दिया। गोगिया साहब हड़बड़ाकर उठ गए। उनकी आँखें लाल थीं और कनपटी से पसीना चू रहा था। बिन्दू जी ने टोका, ''जी तो ठीक है ना आपका...आज पार्क भी नहीं गए?'' गोगिया जी अभी भी सचेत नहीं हुए थे। उन्होंने हड़बड़ाकर घड़ी देखी तो सच में आठ बज रहे थे। वे एक उछाल के साथ उठे और गेस्ट रूम में कल ही लगे स्क्रीन के सामने खड़े हो गए। सारे कैमरे चालू थे। 'ओ! तो फिर वही सपना!' वे मन को शांत करते हुए बरामदे में बैठ गए। कुछ साबुत हुए तो अपने काल-बोध को पुन: दुरुस्त किया।

2

समय लौटता है। हू-ब-हू। और बीतता तो कुछ भी नहीं है। परिस्थितियाँ भी एक जैसी ही आती रहती हैं और चुनौतियाँ भी। फ़ैसला करने वाली। पर असली चीज़ है, आए हुए समय को अपनी रगों में घुला लेना। उससे ऐसे निपटना कि जब वह दुबारा आए तो किसी हारे हुए पहलवान की तरह थोड़े संकोच से आए। जो अपने समय से जूझ लेता है, वही इतिहास की नाक में नकेल डाल कर इतिहास को ऊँट की तरह पीछे-पीछे घुमाता है।

यह सब उनकी जवानी के समय की डायरी में लिखा हुआ था। ग़रीबी से संघर्ष के समय की बातें। वे जब भी अपने बाबा से बहस करते तो ऐसी सैकड़ों पंक्तियाँ बहस के लिए अपनी डायरी में लिखकर तैयार रखते। ये पंक्तियाँ छोटे गोगिया की अपनी समझ का चेहरा थीं। हर तीसरे या चौथे दिन वे अपने बाबा से उलझ जाते। बाबा कहते शब्द, तो गोगिया जी कर्म। बाबा से वे तब तक उलझते रहे जब तक बाबा बहुत बूढ़े और बीमार नहीं हुए। आज गोगिया जी उस डायरी को हाथ में लिए दिनभर घूमते रहे। उन्हें भरोसा नहीं हो रहा था कि यह सब उनका लिखा हुआ है। इस उम्र में तो वे इस बात पर भी भरोसा नहीं करना चाहते कि वे बाबा से बहस करते थे। बिन्दू जी के आने के बाद तक, बल्कि पहली संतान के आने के बाद तक बाबा से बहस की। डायरी उनके हाथ में थी और बाबा उन्हें बार-बार याद आ रहे थे। एक दफ़ा उनका मन रोने को भी हुआ, पर चूक गए।

पूरी जवानी उन पर जीवन-बोध हावी रहा। हावी तो तब तक रहा जब तक वह घटना न घटी थी पर उसके बाद उन पर मृत्यु-बोध धीरे-धीरे हावी हो रहा था। क्या सच में? वे मरने से नहीं डरते। उनके बाबा ने उनको बहुत पहले मृत्यु से निर्भीक कर दिया था। बस वे चाहते हैं कि मौत से पहले निश्चिंत हो लें। कम-से-कम उस समय से जो हाथ में कालिख लिए उनका इंतज़ार कर रहा है। वे अपनी मान्यताओं के सामने उस समय को ध्वस्त होते देखना चाहते थे। वे पहले जैसा होकर मरना चाहते हैं। हँसते हुए और अभय मुद्रा में...समाज के सामने पूरी धवलता के साथ। पर कैसे? यह चीज़ उन्हें शायद डरा जाती। हत्यारों का भी तो अब तक पता नहीं चला। अदालत के संज्ञान के बाद जब दूसरी बार इजलास में खड़े हुए थे, तब भी नहीं डरे थे मास्टर गोगिया। शर्मा जी का बेटा तो उन्हें ऐसे देख रहा था जैसे खून पी जाएगा उनका। पर गोगिया खौफ़ज़दा नहीं हुए। बिलकुल भी नहीं। इधर अदालत को उनकी निर्दोषता का प्रमाण चाहिए था। पर हुआ उल्टा। गोगिया जी ने अपने बच्चों और वकील के लाख मना करने पर भी वारदात वाले दिन का वृत्तांत अदालत को हू-ब-हू बता दिया। सरकारी वकील ने आरोप भी लगाया, ''पूरा मोहल्ला जानता है कि सी.पी. शर्मा से मास्टर गोगिया नफ़रत करते थे। इसलिए उन्होंने उन हत्यारों को ठीक वही लोकेशन बताई जहाँ शर्मा जी व्यायाम कर रहे थे।'' मास्टर गोगिया अदालत में ही टूट पड़े, ''जी वकील साहब, आप कुछ-कुछ ठीक कह रहे हैं। मैं उनसे नफ़रत करता था। जलता था। कभी-कभी उन पर सरेआम फ़ब्तियाँ भी कसता था। कमअक्ल शर्मा जी एक घूसखोर व्यक्ति थे। वे अपने पिता के पैसे के दम से इंजीनियर बने थे। मैं सारा क़िस्सा जानता हूँ कि उन्होंने पैसे से पैसा किस तरह बनाया। पर यह जलन, यह नफ़रत उनकी हत्या की हद तक नहीं थी वकील साहब। जज साहब, मैं सच कह रहा हूँ, यकीन करें।'' अदालत सन्न रह गई। यह सिद्ध करना अभी बाक़ी था कि मास्टर गोगिया गुनहगार हैं या नहीं। बहुत संभव था कि बेनीफ़िट ऑफ़ डाउट मिल जाता अदालत से। पर अब तो संदेह गहरा दिया था गोगिया जी ने। सक्सेना की गवाही और मास्टर गोगिया की आत्मस्वीकृति ने अदालत के सामने यह साफ़ कर दिया था कि जो हत्यारे भ्रमित थे शर्मा जी की लोकेशन को लेकर, उनको गोगिया जी ने ही सही-सही

पता बताया था। अदालत ने सुनवाई की अगली तारीख दी थी पर गोगिया जी के बेल की अर्ज़ी ख़ारिज भी कर दी थी। तीन दिन जेल में रहे गोगिया जी। चौथे रोज़ बड़ा बेटा हाईकोर्ट से उनकी बेल लेकर आया।

जेल में उन्हें कोई ख़ास दिक्कत नहीं हुई, पर उनकी खुशमिज़ाजी और बातूनीपन पर असर पड़ गया। वे पद-प्रतिष्ठा, जीवन-मरण, ख़ुशी-गम इन सब पर कुछ ज्यादा ही सोचने लगे। पूरा शहर सदमे में था। घर आते ही बिन्दू जी ने रोते हुए जानना चाहा कि लाख मना करने पर भी उन्होंने सब कुछ क्यों बता दिया अदालत को।

इसी सवाल का जवाब ढूँढ़ते हुए गोगिया जी बदलना शुरू हुए।

जैसे इस सवाल ने उनके व्यक्तित्व में एक ठहराव पैदा कर दिया। घंटों चुप रहने के बाद उन्होंने बिन्दू जी को जवाब दिया, ''नफ़रत बहुत ज़रूरी चीज़ है बिन्दू। तुम शायद ही समझो!'' उस दिन के बाद से गोगिया जी गुमसुम रहने लगे। यह बदलाव किसी दार्शनिक दृष्टि की वजह से आया या किसी ज़िद की वजह से, यह कोई नहीं जानता, पर यह तो तय था कि इसका वहन करना अब गोगिया जी के लिए लगातार मुश्किल होता जा रहा था। उनकी बढ़ती उम्र हर साँझ उनको थोड़ा-सा खुरच कर कम कर देती। वे इस नफ़रत का क्या करें अब?

फिर भी पार्क जाना उन्होंने बंद नहीं किया। बस वे अँधेरेवाली सुबह की जगह थोड़े उजाले वाली सुबह जाने लगे ताकि कुछ लोग तो हों ही वहाँ। वे उस वृत्ताकार घास के मैदान पर टहलते ज़रूर, पर आड़े-तिरछे। पता नहीं क्यों? उन्हें दिन के उजाले में रात के सपनों पर सच में शर्मिंदगी होती थी कि कैसे वे बीते समय में जाकर सब कुछ दुरुस्त करने लगते। खासकर अपने रोने और झगड़ने पर तो वे सख्त नाराज़ थे, ''आदमी को इतना भी कमज़ोर नहीं होना चाहिए...मर जाओ पर गिड़गिड़ाओ मत।'' वे आज तक नहीं गिड़गिड़ाए थे। सपने में कैसे ऐसा कर रहे थे, समझ में नहीं आ रहा था उन्हें। पर सपने थे कि अक्सर...!

पार्क से लौट कर आते तो पढ़ते। पढ़ते कम और सोचते ज्यादा। उनकी दिक्कत यह थी कि बाबा की किताबों से वे बीस साल से ज्यादा समय तक

बहस कर चुके थे, इसलिए उन्हें पढ़ते नहीं, और साइंस-मैथ्स की किताबें अब बोर करतीं। अखबार और पत्रिकाएँ पलटते। कहानियों पर तो उन्हें हँसी ही आती। कहानियाँ अक्सर तर्कातीत और अति-भावुक होतीं। कुछ कविताएँ उन्हें अच्छी लगतीं। उनमें वे समझने और गुनने का स्पेस देखते। पर ये सारी चीज़ें अपर्याप्त पड़ जातीं। एक अजीब-सी सोच उन्हें बेचैन करती। इस बेचैनी में वे टहलते। स्टेशन जाते। लोगों को लगता कि यह किसी डरे हुए आदमी की बेचैनी है। मोहल्ले ही नहीं बल्कि शहर की नज़रों तक में वे आज भी निर्दोष और धवल चरित्र के थे। लोग तरस भी खाते, पर कोई कुछ कहता नहीं।

एक दिन उनके मोहल्ले के मित्र श्रीवास्तव जी ने टोक ही दिया, ''अरे भई गोगिया...क्यों बेचैन है? *गीता* पढ़।'' गोगिया तुनकमिज़ाज हो चुके थे, खीझकर पूछा, ''आखिर क्यों पढ़ूँ?'' मित्र उसी अबोधपने में बोला, ''स्थितप्रज्ञ हो जाएगा।'' गोगिया बरस पड़े, ''देख श्रीवास्तव...भालू को अपने बाल नहीं दिखाते...। समझे? मैं डरा हुआ आदमी नहीं...संघर्ष ही मेरी कथा है।'' मित्र की तो सिट्टी-पिट्टी गुम हो गई। चीखने से गोगिया की भी साँस फूल गई, पर श्रीवास्तव के बहाने पूरे मोहल्ले को मैसेज देना ज़रूरी था कि गोगिया किसी से नहीं डरता। जेल जाने और फाँसी चढ़ने से तो कत्तई नहीं। और हुआ भी वही। मित्र ने इस झिड़क को कीर्तन की तरह फैला दिया। अब मोहल्ले में कोई नहीं टोकता मास्टर गोगिया को। इसका परिणाम यह हुआ कि गोगिया और अकेले पड़ते गए। गोगिया इस चीज़ को महसूस कर रहे थे। उनको लगा कि ऐसे झगड़कर वे एक तरह का आत्मघात कर रहे हैं। फिर सोचते कि यह आत्मघात नहीं है। बाबा कहते थे कि जो आत्मा का नाश या घात करता है वह आत्मघाती है। गोगिया ने कभी आत्मा को घात नहीं पहुँचाया। उसी को बचाने के लिए यह सारा उपक्रम है। आत्मघात तो शर्मा करता रहा उम्रभर।

पर यह बदलाव क्यों हो रहा है उनमें? इस तरह से और इतना सख्त! बहुत सहज और ख़ुशहाल होकर भी तो लड़ा जा सकता है। उसी सहज भाव से नफ़रत भी की जा सकती है। गोगिया जी ने मन को फिर समझाया, 'नफ़रत ज़रूरी चीज़ है। बस, वह डर से बाहर निकल आये तभी।' पर मन? मन है कि पानी! मन ने उनका इतिहास-भूगोल गड़बड़ा दिया था।

जब उनके पास कुछ भी करने या सोचने को नहीं होता तो सी.सी.टी.वी. के पुराने फ़ुटेज देखने लगते। वे देखते कि चमोली साहब की बेटी का इश्क़ अब गहरा गया है। मामला फ़्लाइंग किस से और ऊपर चला गया है। गहरी रात में आने लगी है अब वह। उन्होंने नोटिस किया कि सक्सेना जब भी इधर से गुज़रता है तो गोगिया साहब के घर को चोर नज़र से देखता है। गली में घर के सामने से गुज़रते हुए राहगीर इधर नहीं देखते पर जानने वाले इधर देखते हुए जाते। कुछ तो साथ चल रहे राहगीर को घर की ओर इशारा करते, मानो कह रहे हों, ''यही है बेचारे गोगिया का घर...झूठमूठ की जेल हो गई थी।'' गोगिया जी का कलेजा फट जाता। फिर भी वे देखते रहते सब कुछ। कभी रिवाइंड तो कभी फ़ास्ट फ़ॉरवर्ड। बिलकुल कुछ सेकेण्ड पहले लाकर छोड़ते रिकॉर्डिंग को। एकाध बार तो शर्मा का बेटा भी दिखा, पर उसने इधर आँख उठा कर भी नहीं देखा। देखेगा भी कैसे। उसकी आत्मा जानती है कि मास्टर साहब ऐसा हरगिज़ नहीं कर सकते हैं। उसका गुस्सा भी अब तक कपूर हो गया होगा। पर सँभल कर रहना होगा। कब कहाँ घात हो जाए? क्या पता किसी दिन यहीं ताबड़तोड़ कर दें—पार्क में जैसा किया था। यह सोचकर गोगिया जी का दिल धक् करके बैठने लगता। खैर! जो भी हो। झेलना है और लड़ना है। अदालत में अपने ईमान पर खड़े रहना है, भले कोई फाँसी दे दे। तभी गोगिया जी को स्क्रीन पर शर्मा जैसा एक आदमी दिख गया। गोगिया जी उछाल मार कर खड़े हो गए, ''ये क्या है?'' वह बिलकुल शर्मा जैसा ही था। बल्कि शर्मा ही था। कपड़े भी वही पहन रखे थे...क़त्ल के दिन वाले। उसने बाहर के कैमरे में दो बार झाँका था और चलता बना। वे दौड़कर बरामदे में गए और वहाँ से फिर गली में। कहीं कोई नहीं था। वे भागते हुए वापस आए और रिवाइंड का बटन दबाया। बार-बार हर बार वही निकला...''हाँ, यह तो शर्मा ही है!'' पर कैसे हो सकता है भला? मरा हुआ आदमी ऐसे कैसे लौट सकता है? गोगिया जी ने बार-बार उसी दृश्य को देखा। एकदम वही। उन्होंने घड़ी देखी। बिलकुल ठीक थी।

अब सच में उनकी परेशानी बढ़ती जा रही है। अगर बिन्दू जी को बताया तो पक्का है कि बच्चों को बुलाकर उन्हें मनो-चिकित्सक को दिखाया जाएगा। वह भी जबरन। जिस जादू-टोना, भूत-प्रेत और क़िस्से-कहानियों से वे ज़िन्दगी

भर नफ़रत करते रहे, वही अब हक़ीक़त होती दिख रही थी। हद है भई, यह तो हद ही है! वे पागल नहीं हुए हैं, यह भी तय था। आज भी बल्कि अभी भी रसायनशास्त्र ही नहीं, भौतिकी और बीजगणित के ढेरों फ़ॉर्मूले याद हैं उन्हें। उन्होंने एक बार फिर खुद को जाँचने के लिए बुक-शेल्फ़ से, प्रश्न-पत्र से भरी एक जर्जर किताब उठा ली। किताब बीजगणित की थी। वे मैथ्स सॉल्व करने बैठ ही गए। तक़रीबन एक घंटे में बत्तीस मुश्किल सवाल हल किये उन्होंने। एकदम सही-सही। अब कोई कह सकता है कि मैं पागल हो रहा हूँ! तभी बिन्दू जी चाय लेकर आ गईं। गोगिया जी सब कुछ भूल-भालकर अपनी इस सफलता में फूले नहीं समा रहे थे, मुस्कुराकर गर्व से बोले, ''बिन्दू जी! कभी यह न समझना कि बढ़ती उम्र ने मेरी बुद्धि कुंद कर दी है। ये देख लो। एक घंटे में बत्तीस मुश्किल सवाल हल किये हैं मैंने...एकदम सही-सही।'' उन्होंने रजिस्टर बिन्दू जी की ओर बढ़ा दिया। बिन्दू जी ने चाय टेबल पर रखी और प्यार से उनके माथे को सहलाना शुरू किया। उन्होंने अपनी आँखें बंद कर लीं। फिर सब शांत हो गया। सब कुछ। गोगिया जी का सारा गर्व आँसुओं के साथ देर तक ढुलकता रहा।

लोगों का कहना था कि गोगिया जी के परदादा एक प्रकांड विद्वान थे। बहुत पहले जब मोहल्ले के पास के खेतों पर यह पार्क बना था तो नामकरण को लेकर विवाद पैदा हो गया। ज़िला कलेक्टर ने तब गोगिया जी के परदादा को बुलाया और उनकी राय जाननी चाही। भरी सभा में उन्होंने कुछ नहीं बोला। बस सभा से जाने लगे तो तीन बार एक ही शब्द दुहरा गए, ''चरैवेति... चरैवेति...चरैवेति।'' इसका असर पड़ा। तत्काल कलेक्टर के निर्देश पर उस पार्क के प्रवेश-द्वार पर बड़े-बड़े अक्षरों में उस शब्द को तीन बार ढलवाया गया। तभी से उसका नाम चरैवेति पार्क हो गया। गोगिया के बाबा भी इसी शब्द को दुहराते-तिहराते रहे। पर गोगिया जी उन शब्दों को केवल पढ़ते। वह भी तब जब पार्क जाते समय उसे देख लेते। वे उसे पढ़ते और अंत में जोड़ते, ''चरैवेति...पर किधर?'' हालिया दिनों में उनका दिशा-बोध गायब हो रहा था। वे अब कमरे में भी चलते तो लगता कि पिछले समय में चले जा रहे हैं। इससे बचने के लिए वे स्क्रीन को फिर से देखने लगते। कुछ सचेत होते और सोचने

बैठ जाते। आजकल बीजगणित और स्क्रीन ही उनका सहारा था। लेकिन जो स्क्रीन उनके वर्तमान को सहारा देने का ठीहा था, अब उसी ठीहे पर शर्मा प्रत्यक्ष हो गया था। शर्मा आये दिन उनके स्क्रीन पर झाँककर लापता हो जाता था। एक दिन तो वह गली के मुहाने पर प्रत्यक्ष दिख गया। गोगिया जी ने उससे कोई बात नहीं की, बल्कि इस सोच में पड़ गए कि कहीं वे पिछले समय में तो नहीं चले आए। भागकर फिर घर पर आए। ऊपर-नीचे आँगन में एक चक्कर काटा और फिर रिवाइंड का बटन दबाकर पिछली हरकतें देखने लगे। सब ठीक था। पर यह सब हो क्या रहा है?

इसी सोच में पड़े-पड़े वे पहले रेलवे स्टेशन गए और फिर पार्क में चले आये थे। सब ठीक था। बच्चे हँसी-ख़ुशी क्रिकेट खेल रहे थे और कुछ फ़ुटबॉल। फ़ुटबॉल खेल रहे बच्चों की क्रिकेट खेल रहे बच्चों के साथ कहा-सुनी हो गई थी। गोगिया जी तुरंत बीच-बचाव में उतर पड़े, ''क्या बेवकूफ़ी है, भई? यहाँ रोज़ खेलना है तुम लोगों को। ऐसे लड़ोगे तो कैसे चलेगा?'' समझा-बुझाकर गोगिया जी ने दोनों समूहों को अलग किया और टहलने लगे। फिर ख़ुद को तसल्ली दी, 'सब ठीक ही तो है!' पर अचानक उन्हें याद आया कि जब वे बच्चों से बात कर रहे थे तो शर्मा जैसा ही कोई उनकी बगल से गुज़रा था पर तब वे ध्यान नहीं दे पाए। उन्होंने तय किया कि इस रोज़-रोज़ के नाटक को वे ख़त्म करके मानेंगे। उन्होंने उड़ती नज़रों से पूरे पार्क का मुआयना किया। बहुत दूर पार्क के कोने में कोई चरवाहा अपनी भैंस लेकर घुस गया था। उस चरवाहे से शर्मा जैसा कोई आदमी बात कर रहा था। गोगिया तीर की गति से वहाँ पहुँचे। बिलकुल शर्मा ही वहाँ मौजूद था। सी.पी. शर्मा। शर्मा, मास्टर गोगिया से बिलकुल अनजान उस चरवाहे से भैंस के लिए मोल-भाव कर रहा था, ''देख लो भैया...मैं तो रेट सही लगा रहा हूँ...बेच दो मुझे। इससे ज़्यादा कीमत तुम्हें इस भैंस की कोई नहीं देगा इस शहर में।'' उधर चरवाहा बार-बार अपनी मुंडी ना में हिला रहा था, ''नहीं बाबूजी...चालीस हज़ार से कम में बिलकुल नहीं दूँगा।'' साला शर्मा मिला भी तो मोलभाव करते हुए। मरने के बाद भी नोटों की गर्मी शांत नहीं हुई है इसकी! कुछ ऐसे ही सोचते हुए गोगिया जी ने शर्मा की कलाई पकड़ ली, ''सी.पी. शर्मा?'' शर्मा ने बेहद

कटी नज़रों से गोगिया जी को देखा पर जवाब चरवाहे को दिया, ''देख लेना भाई...कोई ज़ोर-ज़बरदस्ती तो है नहीं। मैं भी कहीं जा नहीं रहा। कल फिर मिलूँगा।'' चरवाहा अपनी भैंस लेकर आगे बढ़ गया। गोगिया साहब शर्मा की कलाई उसी मज़बूती से पकड़े रहे। वे डरे हुए थे कि शर्मा भाग न जाए। इस बार शर्मा पलटा, ''मेरा हाथ छोड़ो मास्टर।'' उसकी आवाज़ में बहुत तल्खी थी। जैसे वह गोगिया जी को चबा जाएगा। गोगिया जी ने उसकी कलाई छोड़ दी। फिर कुछ सोचकर बोले, ''देखो शर्मा...तीन ही बातें हैं। या तो मैं पागल हो चुका हूँ या तो पिछले समय में आ गया हूँ या फिर तुम मेरे समय में घुसपैठ कर चुके हो।'' यह बोलते हुए गोगिया जी बिलकुल शांत थे और सारी तर्क-शक्ति जुटाकर शर्मा का सामना कर रहे थे।

शर्मा ने आदतन अपने सिर को अपने दोनों कन्धों पर बारी-बारी से पटककर चटकाया। पर बोला कुछ भी नहीं। बस गोगिया जी को घूरता रहा। गोगिया जी ने हलक साफ़ करते हुए सवाल दाग़ा, ''घूरकर क्या देख रहे हो शर्मा ?'' शर्मा ने आदत के विपरीत गंभीर होकर जवाब दिया, ''देख रहा हूँ कि आपकी अंतरात्मा अभी तक ज़िन्दा है कि नहीं।''

''मतलब ?''

''मतलब कि आप पागल नहीं हुए हैं अभी तक।''

''तो पागल करने पर तुले हो ?''

''जो करना था वह आपने कर ही दिया, मास्टर जी। अब मैं कर ही क्या सकता हूँ ?''

गोगिया जी पूरी ताक़त से चीखे, ''तो मरा हुआ आदमी वापस कैसे आ सकता है ?''

''वैसे-ही-जैसे ज़िन्दा आदमी सपने में वर्तमान को चीरकर पिछले समय में चला जाता है और मुझे बचाने के लिए रोता-छटपटाता है।'' इस जवाब की उम्मीद नहीं थी गोगिया जी को। शर्मा ने बहुत शांत होकर जवाब दिया था।

पल-दो पल के लिए दोनों चुप हो गए। फिर कुछ सोचकर शर्मा को छुआ गोगिया जी ने। शर्मा एकदम बिफ़र पड़ा, ''क्यों ? क्यों ? मेरी हत्या कराकर चैन नहीं मिला अब तक आपको ?'' गोगिया पहले तो सन्न हुए, पर ऐसे काम

नहीं चलने वाला था। वे भी उखड़ी हुई साँस में एक बार फिर चीख़ पड़े, ''तुझ जैसों की हत्या कोई कराता नहीं है, शर्मा...तेरी हत्या तेरी काली करतूतों ने कराई थी...समझा...समझा तू?'' चिखते हुए गोगिया जी की पूरी देह काँप रही थी। इधर धूप भी तेज़ हो गई थी। पसीने में दोनों नहा रहे थे। शर्मा ने बस इतना ही कहा, ''समझ तो बहुत कुछ रहा हूँ, मास्टर जी...पर धूप तेज़ है। आपके घर चलकर अब बात करेंगे।''

घर लौटते हुए गोगिया जी ख़ुश थे कि आज इस रहस्य का भंडाफोड़ कर दूँगा। बिन्दू को बुलाकर दिखाऊँगा कि देखो यह आठवाँ आश्चर्य। उन्हें तो यह भी लग रहा था कि शर्मा मरा ही नहीं था। अपने नाटक में पूरे शहर को फँसा रखा है उसने। दोनों ड्राइंग-रूम में आकर बैठ गए। स्क्रीन चल रही थी। सारे फ़ुटेज साफ़-साफ़ दिख रहे थे। बैठते ही गोगिया जी ने पूछा, ''जब आना ही था तो आ ही जाते। ऐसे झाँक-झाँककर क्यों भाग जाते थे?''

''देखना चाहता था कि आपकी अंतरात्मा मेरे लिए कितना कलपती है?''

गोगिया एकदम होश में थे, ''तुम्हारे मरने का दुःख है मुझे।'' यह कहते हुए उनकी आँखें डबडबा गईं। पर शर्मा एकदम भावहीन था, बोला ''आप समझे नहीं लगता है!''

गला साफ़ करके गोगिया जी ने कहा, ''चलो समझाओ।''

इस बार शर्मा उनको हिक़ारत से देखकर मुस्कुराया, ''हुँह। इकतालीस साल! इकतालीस साल आप मास्टर रहे। आप कहते थे कि किसी बच्चे को देखकर ही पहचान जाते हैं कि वह पढ़ने वाला है कि नहीं। आप हत्यारे और विद्यार्थी में फ़र्क करते हुए चूक कैसे गए मास्टर जी?''

''वो मानवीय भूल थी।''

''बिलकुल मास्टर जी...मैं भी वही कह रहा हूँ कि वह मानवीय भूल थी। भूल नहीं बल्कि मानवीय नफ़रत। पर इस हद तक मास्टर जी? मैं जो भी था, जैसे भी था, पर इतनी नफ़रत? इस हद तक कि मेरी हत्या करवा दी आपने?'' यह कहते हुए शर्मा की आँखें किसी पिशाच की तरह लाल हो गईं। उसकी साँस तेज़ी से चढ़ने-उतरने लगी। गोगिया साहब सकपका गए। उन्होंने तत्काल

चीख़ कर बिन्दू जी को आवाज़ देनी चाही पर वह हलक से बाहर नहीं निकल रही थी। मजबूरी में इस भाव को उन्होंने शर्मा के आगे ज़ाहिर भी नहीं किया। उल्टे अपने हाथ मलकर कभी फ़र्श देखते तो कभी चोर नज़र से शर्मा को। फिर उन्होंने साहस करके कहा, ''देखो शर्मा...मैं तुमसे नफ़रत करता था पर इस हद तक नहीं...चाहे तुम जो सोचो।''

शर्मा ने अपनी मुंडी न में हिलाई, ''नहीं-नहीं, मास्टर जी...आप आधा सच कह रहे हैं। आप मुझसे नफ़रत करते थे पर अपनी सादगी और ईमानदारी को मेरे किए पर और पूरे समाज पर सिद्ध करना चाहते थे। आपके मन के कोने में यह विचार आया था उस वक्त कि वो हत्यारे कहीं से छात्र नहीं दिख रहे हैं, पर आपकी नफ़रत ने विवेक को निगल लिया था।''

गोगिया अपनी सफ़ाई में उतर आये। भावुक होकर कहा, ''नहीं शर्मा, नहीं...तुम वही कह रहे हो जो तुम्हारा वकील कोर्ट में कह रहा था।''

शर्मा का मूड एकदम उखड़ गया था अब। किसी दैत्य की तरह दाँत पीसते हुए बोला, ''वकील-अदालत की ऐसी की तैसी...अब क्या मतलब रहता है कोर्ट-कचहरी का मेरे लिए? बोलिए...?''

सन्नाटा पसर गया।

शर्मा बोलता रहा, ''पूरा मोहल्ला जानता था कि मेरे बढ़ते धन पर कइयों की नज़र थी। आये दिन मुझे धमकियाँ भी आती थीं। मैं पार्क बदलता रहता था। ऐसे में सब जानते हुए कैसे चूक हो सकती है आपसे?''

गोगिया इस बार फुसफुसाए, ''अगर ऐसा होता तो मैं सक्सेना को क्यों बताता सब कुछ?''

''सिद्धि, मास्टर जी, सिद्धि...अपने भोलेपन और ईमानदारी की सिद्धि। आप मेरी लोकेशन बताकर डर गए थे। फिर उसे अपनी मासूमियत में छुपा ले गए।''

गोगिया जी की लगभग रुलाई छूट गई, ''मैं निर्दोष हूँ शर्मा...बिलकुल निर्दोष।''

अब शर्मा की देह गुस्से से काँपने लगी। वह झटके के साथ खड़ा हो गया और बहुत ऊँची-ऊँची आवाज़ में चीखने लगा, ''मास्टर जी...ओ मास्टर

जी...आपने अपनी सादगी और ईमानदारी की सिद्धि के लिए मेरी बलि ले
ली...''

मास्टर जी सदमे में चले गए। एकदम चुप। पर शर्मा का चीखना चालू
रहा, ''मैं आपको आवाज़ मारता रहा। उसे अनसुना कर आप घर-आँगन में
मशीनें लगवाते रहे। मैं पूछता हूँ कि मुझे सज़ा दिलाने वाले आप होते कौन हैं ?
किस चीज़ ने आपको यह अधिकार दिया ?''

गोगिया जी एकदम टूट गए। बिलखकर कहा, ''मैं निर्दोष हूँ...मैं निर्दोष
हूँ।'' उनकी आवाज़ धीरे-धीरे उनके गले में रुँधती चली गई।

शर्मा का मुँह घृणा से भर गया। वह और ऊँचा चीखा, ''निर्दोष मरना
इतना आसान होता है क्या ?''

यह कहते हुए शर्मा ने ड्राइंग-रूम के दरवाज़े को ज़ोर से पटका और
तमतमाते हुए बरामदा नापता चला गया। दरवाज़े की पटकने की आवाज़ इतनी
ऊँची थी कि बिन्दू जी भागती हुई ड्राइंग रूम में आईं, ''किसने दरवाज़ा पटका ?
इतनी ज़ोर से ?'' गोगिया जी का चेहरा स्याह हो गया था। उन्होंने सिसकते हुए
जवाब दिया, ''शर्मा ने...। अभी आया था वह।'' उनका हाथ दरवाज़े को थामे
हुए था और उनकी सिसकी अब धीरे-धीरे रुलाई में बदल रही थी।

वास्को डी गामा की साइकिल

बजरंगी उत्तर प्रदेश के हैं और बिहारी लगते हैं। यह 'लगना' ही एक दुःख है। नहीं तो उन्होंने देखा है कि बुंदेलखंड और राजस्थान के मज़दूरों को भी यहाँ लोग बिहारी कह देते हैं और बदले में वे मज़दूर गुस्से से आँख लाल कर फूट पड़ते हैं, ''बिहारी किसको बोला भई ? हम तो 'यहाँ' के हैं जी।'' मानो, ऐसा बोलने से उनका कुछ होते-होते बच गया हो।

बिहारी होना क्या होता है यह उनसे पूछिए जो बिहारी नहीं हैं और बिहारी होने का इल्ज़ाम झेलते हैं। पर बजरंगी पूर्वी उत्तर प्रदेश के हैं, जहाँ से नोएडा तो छोड़िए लखनऊ भी बहुत दूर है और पटना बहुत पास। बिहारी लगने वाले प्रकरण में बजरंगी अब कुछ नहीं बोलते, सीधे मारपीट कर लेते हैं। आहिस्ता-आहिस्ता वे पुरबिया नेता हो रहे हैं और इस प्रक्रिया में कई बार पिट गए हैं। पर कई बार पीटा भी है। लेकिन ज्यादातर पिटे ही हैं बजरंगी।

चेहरे और डील-डौल से बजरंगी औसत हिन्दुस्तानी की तरह ही दिखते हैं और दुनिया जानती है कि औसत हिन्दुस्तानी का क़द ईश्वर ने एक ही फीते से नाप कर निकाला है। हिन्द का रंग भी ईश्वर को साँवला ही भाया था शायद। बजरंगी की पत्नी का मानना है कि बजरंगी काँवले हैं। पत्नी ने कहा कि साँवला रंग जैसे गेहुँवे रंग की ओर कम और काले रंग की ओर ज्यादा भागते हुए दिखता है, वैसे ही काँवला रंग होता है जो साँवले और काले के बीच त्रिशंकु की तरह झूलता रहता है। पत्नी की इस व्याख्या पर बजरंगी ध्यान ही नहीं देते। उनको लगता है कि 'मज़दूर भी भला गोरा होता है जी ?' पर उनकी पत्नी मानती कहाँ है। वह उनसे ठिठोली करती है कि बजरंगी के नयन-नक्श बड़े-बड़े तो हैं, बस नक्श में जो नाक है वह औसत से ज्यादा बड़ी और फूली हुई लगती है। बजरंगी

जब ठहाके से हँसते हैं तो उनकी नाक में दो बड़ी सुरंगें आपरूपी प्रकट जाती हैं।

उनके मोटे-मोटे होंठ देखकर बहुत पहले उनकी फ़ैक्ट्री के मैनेजर ने उनसे पूछा था, ''बजरंगी, क्या तुम्हारे पुरखे कभी अफ्रीका भी गए थे?'' बजरंगी समझ गए कि मैनेजर कहना क्या चाहता था पर संयत होकर ही जवाब दिया, ''गए तो थे हाकिम...गिरमिटिया होकर, पर कभी लौटे नहीं।'' तब बजरंगी के जबड़े अनायास ही कस गए थे।

बजरंगी ख़ुद को इधर गिरमिटिया ही मानने लगे हैं। वे अफ्रीका में तो नहीं हैं पर गाँव से ग्यारह सौ किलोमीटर दूर यहाँ के 'भोटर' (वोटर) कार्ड होने के बावजूद उन्हें आज भी यह शहर अजनबी लगता है। तेरह साल हो गए यहाँ खटते-खटते! यहाँ की धूप तो बजरंगी को बिलकुल ही नहीं सुहाती।

और आज धूप थी कि किसी तानाशाह की तरह उग्र हो चुकी थी। यह जेठ का शुरुआती महीना था पर बजरंगी में विचलन का कहीं कोई नामोनिशान नहीं था। बजरंगी अंगद की तरह पाँव जमाए अपनी साइकिल पर आहिस्ता-आहिस्ता फ़ैक्ट्री की ओर बढ़े जा रहे थे। तनख्वाह को वे 'महीना' कहते थे जो आज उन्हें मिलने वाली थी। मन में थोड़ी धुकधुकी थी पर ऐसा भी नहीं कि हार्ट फ़ेल हो जाए, ''जो मिलेगा वह रख लेंगे, और क्या!''

सक्रिय राजनीतिक जीवन ने हाल के दिनों में उन्हें कुछ बलवान बना दिया था। नौकरी जैसी चीज़ उन्हें अब छोटी लगने लगी है। अब सामाजिक आदमी हो गए हैं बजरंगी, इसलिए अच्छी नौकरी के लिए कहीं मुँह ही नहीं खोलते। नहीं तो नौकरियों की लाइन लग जाए। पर नहीं, नौकरी से आगे जाना है—''बहुत हुआ भेंड़ुागिरी।''

लेकिन बात वही है कि जब तनख्वाह कम हो और ऊपर से दस दिन की ग़ैर-हाज़िरी हो तो काली जी को क्या जवाब देंगे बजरंगी? काली जी उनकी धर्मपत्नी का नाम नहीं था। नाम तो सुमन था लेकिन जब-जब उन्हें सुमन के रौद्र-रूप का ख़याल आता है तब-तब वे इसी नाम से उन्हें याद करते हैं। काली-स्मरण के साथ ही उनकी साइकिल अचानक ही उछाल मार गई। बीच सड़क में एक गड्ढा था जिसे ठीक से भरा नहीं गया था। उनकी भवें तन गई ''ई भेंड़ुासब! आखिर करता क्या रहता है सब।'' दिल्ली की सड़कें रोज़ खुदती

हैं, रोज़ तार-फार बिछता रहता है। यह सोचकर उनका माथा और गरम हो गया। वे आगे बढ़े तो कुछ और गड्ढे दिखे, उकताकर हवा में गाली बकी उन्होंने, ''भाग भेंड्डा।'' 'भेंड्डा' शब्द की निर्मिति उन्होंने ख़ुद ही की थी। लगभग दस साल पहले। यह शब्द अनेकार्थता को धारण किए हुए था। बजरंगी के लिए जो भी अग्राह्य और तुच्छ है वह सब 'भेंड्डा' है। पूरी वसुधा पर यह इकलौता शब्द था जिसे सटीक ढंग से वे ही बोलते और समझते हैं। समझते तो और भी लोग हैं पर अटकलें लगाकर। एक बार तो बजरंगी ने इस शब्द का लिंग बदलने की भी भरसक कोशिश की। पर उसकी क़ीमत उन्हें महीनों चुकानी पड़ी। उन्होंने ताव खाकर एक रात अपनी पत्नी को ही संबोधित कर दिया था, ''भेंड्डी कहीं की।'' बाकी काली का सम्मान कौन नहीं करता है।

छियालीस पार के बजरंगी इंटरमीडिएट फ़ेल हैं। एक बेटा भी है और दूसरे बेटे की चाह में एक बेटी भी हो गई थी। बेटा और बेटी क्रमश: आठवें और तीसरे दर्जे में पढ़ रहे हैं अभी। पराक्रमी पत्नी सहित कुल चार जनें दिल्ली की फ़िज़ा में साँस ले रहे थे। संपत्ति में चल संपत्ति के नाम पर एक पुरानी साइकिल है जो चलती जितनी है उससे बहुत ज्यादा बोलती है। मतलब हद से ज़्यादा बोलती है। 'चर्ररचूँ...' नहीं, बल्कि इन्सानी ज़बान। उसकी ज़बान जितनी तीख़ी है उतनी ही साफ़।

तो वह साइकिल सड़क पर बने बेतरतीब गड्ढों से बचते-बचाते भी आखिरकार एक बहुत बड़े गड्ढे के पास आकर रुक गई। गड्ढे के ऊपर दो मज़दूर उकड़ूँ बैठे थे और दो पाताल में घुसने का रास्ता बना रहे थे। बजरंगी ने उनसे डपटकर पूछा, ''क्या जी? पीछे का सारा सड़क खोद कर छोड़ रखे हो? भरते क्यों नहीं?'' चारों मज़दूर पूर्ववत ही रहे जैसे उन्होंने कुछ सुना ही न हो। आवाज़ थोड़ी और ऊँची कर दी बजरंगी ने, ''कुछ पूछ रहे हैं हम?'' तब उनमें से एक ने हरकत की, लेकिन वह बजरंगी की जगह अपने दूसरे साथी से मुख़ातिब हुआ, ''ओए जोगंदर! प्रधान को जवाब दे भई!'' और सभी मज़दूर ''खी-खी-खी-खी'' करके हँस पड़े। इतना काफ़ी था। बजरंगी ने साइकिल को उसके लोहे के स्टैंड पर खड़ा किया और आगे बढ़े कि साइकिल ने टोका, ''छोड़ो न बजरंगी—अब रहने दो, देर हो रही है फ़ैक्ट्री के लिए।'' पर वे कहाँ

मानने वाले, मज़दूरों के पास जाकर गरजे, ''सौ नंबर पर फ़ोन लगाकर अभी पुलिस बुलाते हैं हम, तमाशा बना रखा है? गड्ढा नहीं भरते हो और ऊपर से फ़िरकी लेते हो जी? साला गड्ढा की वजह से एक्सीडेंट हो जाए—कोई मर ही जाए तब?'' उन्होंने ताव में मोबाइल निकाला ही था कि उस मज़दूर ने सड़क पार छोटी-सी चाय दुकान की ओर एक आवाज़ मारी।

आवाज़ के असर से एक खरबूजेनुमा चीज़ लुढ़कती हुई आ गई। यह ठेकेदार था, ''क्या बात हो गई ओए? चीख़ क्यों रहा है?'' उसने डाँटा तो मज़दूर को था पर लक्ष्य बजरंगी थे। मज़दूर ने शिकायत की, ''मुझसे ऐसे काम नहीं होगा जी! ये देख लो जी ये मुझसे बहस कर रहे हैं और पुलिस की धमकी भी दे रहे हैं।'' ठेकेदार ने रौब में बजरंगी से पूछा, ''क्यूँ भई? काम क्यूँ रुकवा दी तैने? के परेशानी हो गीई?''

''गड्ढे भरने का काम कौन करेगा? कुछ हो गया तो?'' बजरंगी भी फ़ुल तैश में थे।

''तू बड़ा प्रधान लगा है यहाँ का? चल अपना काम कर,'' ठेकेदार ने घुड़की दी। बजरंगी ने खखाकर जवाब दिया, ''भोटर हैं यहाँ के हम। हमको हक़ है कि पूछें कि गड्ढा काहे नहीं भरा जा रहा है? कोई दुर्घटना हो जाए तो? और ऊपर से कड़क भी रहे हो?'' ठेकेदार को हैरानी होने लगी कि एक मामूली साइकिल सवार बहस कर रहा है। ठेकेदार बजरंगी की ओर चीखते हुए लपका, ''ओए बिहारी, सुन! अपनी औकात में रह नहीं तो यहीं तोड़ दूँगा तुझे। चल परे हट।'' बजरंगी ने तुरंत सौ नंबर डायल किया, ''हाँजी, नारायणा गाँव से सागरपुर वाली सड़क से बोल रहे हैं, देखिए यहाँ सैकड़ों-हज़ारों गड्ढा खोद कर छोड़ दिया है ठेकेदार, हमारा एक्सीडेंट होते-होते बचा और टोकने पर ठेकेदार हमसे ही उलझ रहा है।'' यह सब पलक झपकते हुआ। ठेकेदार को इसकी बिलकुल उम्मीद न थी। 'बिहारी' ने दस गड्ढों को हज़ार बना डाला था। लेकिन वह ठेकेदार ही क्या जिसका जिगरा न हो। उसने बजरंगी का कॉलर पकड़ लिया, ''साले कहाँ हैं सैकड़ों-हज़ारों गड्ढे? क्या कर लेगी पुलिस ओए, क्या कर लेगी—तू बड़ा फरारी चला रहा है?''

इस अप्रत्याशित हमले से एक विचलन पैदा हुआ पर उसके बावजूद

बजरंगी ने अपने मज़बूत हाथों से एक हल्का झटका मारा तो ठेकेदार का हाथ बजरंगी के कॉलर से फिसलकर अलग हो गया। साथ ही बजरंगी की शर्ट के दो बटन टूटकर उसी गड्ढे में जा गिरे।

जहाँ तमाशा होता है वहाँ लोग भूत की तरह प्रकट हो जाते हैं। भूत अचानक प्रकट हो गए।

बजरंगी को याद आया कि उनके भाई जी अक्सर कहते हैं कि शोर भीड़ में सही समय पर की जाने वाली कार्रवाई है। तो भीड़ देखते ही बजरंगी ने चीख़-पुकार मचानी शुरू कर दी, ''देखिए-देखिए क्या जुलुम कर रहा है ई ठेकेदार! हम केवल इतना पूछे कि गड्ढा खोदते हो तो भर भी दो तो यह मारने लगा हमें। ई देखिए भाई, अन्यायी को।'' भीड़ की तीख़ी संवेदनशीलता एक शाश्वत परिघटना है। बजरंगी ने अपनी पुकार में कराह को जिस तरह से मिला दिया था, उसका असर भीड़ पर तत्काल हुआ। ठेकेदार को अब जाकर लगा कि गलत जगह पंगा ले बैठा। भीड़ के पीछे से एक मोटरसाइकिल सवार भी रुककर तमाशा देख रहा था, उस पर पुकार का कुछ ज़्यादा असर हुआ, वह उतरा और ठेकेदार से जा भिड़ा, ''हाँ भई, कैसे मारा तूने इसे? गुंडा है तू?''

नैतिकता की अर्थी भले ही लोगों के निजी जीवन में उठ चुकी हो पर सामूहिकता में वह अब भी प्रदर्शन की चीज़ है। भीड़ थोड़ी और बढ़ी तो गड्ढे को लेकर जो असंतोष था, वह भुनभुनाहट की शक्ल में उग्र हो गया। ठेकेदार के होश उड़ने लगे। फिरकी लेने वाले मज़दूर ने तुरंत गड्ढे में गिरे दोनों बटनों को ढूँढ़ना शुरू कर दिया और एक बटन उठाकर बजरंगी को दिया भी, ''ये ले लो जी, दूसरा नहीं मिल रहा,'' मज़दूर की आवाज़ अब हकला रही थी। इधर बजरंगी की साइकिल बजरंगी पर ही चीखे जा रही थी, ''देर हो रही है बजरंगी, फ़ैक्ट्री चलो...या तो नागरिकता में कटौती करो या फिर तनख्वाह में...चलो-चलो यहाँ से।'' पर कोई असर नहीं हुआ बजरंगी पर। इतने में एक मारुति कार भी आकर रुकी और एक अंग्रेज़ीदां अधेड़ उतर पड़े। मोटरसाइकिल सवार ने उन्हें सारा हाल सुना दिया और वह अधेड़ ठेकेदार को अंग्रेज़ी में कानून समझाते हुए लताड़ने लगा। उनकी भी कार गड्ढों की शिकार थी। इधर अंग्रेज़ी क्या जानें बजरंगी पर इतना समझ गए कि अधेड़ को ठेकेदार से नफ़रत हो गई थी और

वह ज़रूर गलिया रहा होगा। पुलिस भी आ गई पर जैसे कि वह आती है—थोड़ी देरी से आई। फिर सारा मामला जनतांत्रिक हो गया।

दो कौड़ी के ठेकेदार को सबक़ सिखा कर बजरंगी अपनी फ़ैक्ट्री के गेट से साइकिल सहित दाख़िल हुए। शर्ट के ऊपर के दो बटन शहीद हो जाने से उनका सीना खुलकर धूप में नहा रहा था। यह सोचकर पसीने से लथपथ उनका सीना और चौड़ा हो रहा था कि उन्होंने अधेड़ अंकलजी के सहयोग से पुलिसवालों को इस बात पर राज़ी कर लिया था कि ठेकेदार शाम तक सारे गड्ढे भरवा देगा। आख़िरकार उसी रास्ते रोज़ जाना-आना था। बजरंगी इस कल्पना में दुहरे होते जा रहे थे कि आगे से उस रास्ते के कुछ लोग शायद उन्हें देखकर नमस्कार भी करें। वह चायवाला तो ज़रूर करेगा जहाँ बैठकर यह समझौता हुआ था। चाय के पैसे भी साले ठेकेदार ने ही दिए थे और सबके सामने बजरंगी से माफ़ी भी माँगी थी।

इस पूरे प्रकरण पर साइकिल ने ज़रूर असंतोष से मुँह टेढ़ाकर पहले तो 'हुँह' कहा, फिर झमककर बोली, ''मिला ही क्या ? पाँच रुपए की चाय! और खोया क्या ? दो घंटे की दिहाड़ी और दो बटन! कुल मिलाकर घाटा ही घाटा।'' बजरंगी ने प्रतिवाद में हुमककर साइकिल को स्टैंड में फँसा डाला ''अरे चुप!'' और शर्ट उतारते हुए फ़ैक्ट्री की एक दहकती इमारत में दाख़िल हो गए। वहाँ एक भट्टी थी, जिसमें बजरंगी गलते लोहे का मुआयना करते थे। यही उनका वास्तविक काम था।

2

बजरंगी के डेढ़ कमरों वाले किराए के मकान में देवी-देवताओं के साथ-साथ भाई जी की भी कुछ तस्वीरें थीं। तस्वीरों का हिसाब-किताब कुछ यूँ था कि भाई जी दिल्ली और देश के कुछ बड़े नेताओं के साथ अटेंशन में खड़े हैं तो कुछ में भाई जी के साथ केवल बजरंगी भी उसी अटेंशन की मुद्रा में खड़े हैं। घर आने-जाने वालों को बजरंगी उन तस्वीरों को दिखाते हैं, कि ये देखो, भाई जी इस नेता या उस मंत्री के साथ हैं और ये देखो 'वही' भाई जी हमारे साथ खड़े हैं। 'वही' पर उनका ज़ोर होता। अलबत्ता यह नहीं था कि किसी फ़ोटो में

बड़े नेता, भाई जी और बजरंगी इकट्ठे खड़े हों। पर वह दिन भी एक दिन ज़रूर आएगा। वैसे भी बजरंगी ने भाई जी को अपनी शिकायत दर्ज करा दी थी कि किसी बड़े नेता के घर बजरंगी आज तक नहीं गए और न ही कभी मंच पर चढ़े हैं। तब भाई जी ने उनको आश्वासन दिया और कहा कि अबकी उनकी सारी मुरादें पूरी होंगी और फ़ोटो शूट भी होगा, बस सही समय का इंतज़ार है। भाई जी भी क्या करें! देश की राजनीतिक पार्टियों को लेकर भाई जी की स्थिति द्वैत थी। द्वापर की दुविधा में खड़े भाई जी बजरंगी को अक्सर कहते हैं, ''हम लोगों के लिए पार्टी उतनी मायने नहीं रखती बजरंगी। जिस दिन किसी पार्टी का बड़ा नेता दिल से हमें मानने-सुनने लगे, वही हमारी पार्टी होगी।''

भाई जी बजरंगी के राजनीतिक गुरु हैं। पढ़े-लिखे और तेज़-तर्रार पुरबिया लीडर। कोई एमपी-एम.एल.ए नहीं हैं पर रसूखदार बहुत हैं और बजरंगी को लगता है कि एक दिन भाई जी 'कुछ' होकर ही रहेंगे। उनका एक स्वयंसेवी संगठन भी है जो दिल्ली में पूर्वांचल, बिहार और झारखण्ड के मज़दूरों के लिए आवाज़ उठाता रहता है। बजरंगी के परिवार में बस एक साइकिल को छोड़कर सबको भरोसा था कि भाई जी के साथ रहने पर उनकी क़िस्मत एक दिन पलट जाएगी। उनके साथ रहकर तीन साल में कहाँ-से-कहाँ पहुँच गए बजरंगी! बजरंगी जब भी ऐसा सोच रहे होते हैं तो उनके कमरे के दरवाज़े पर खड़ी साइकिल उन पर टोंट मारती है, ''घंटा तीन साल! तीन साल में पौने दो सौ दिन फ़ैक्ट्री से ग़ैर-हाज़िर रहे, पैसा जोड़कर देख लो कि कितना गंवाया तुमने।'' बजरंगी भन्नाकर उठते हैं और साइकिल को एक हाथ जमाते हैं— ''अरे भाग।'' भाई जी ने कलेजा पैदा किया और ये है कि पौने दो सौ दिन का हिसाब जोड़ती है!

साइकिल भाई जी से संबंधों के मामले में पाँच साल बड़ी थी पर बजरंगी को लगता है कि इसको वे युगों-युगों से झेल रहे हैं। वे अपनी ज़िन्दगी से उतने तंग न थे जितने कि इस साइकिल से। वो तो दो साल का बोनस इकट्ठा आ गया था कि बजरंगी साइकिल की दुकान पर बढ़ गए थे। बेटा लुड्डुआ छोटा था तो पड़ोसियों की साइकिल पर दिन-रात चढ़े रहने के लिए रोता रहता था और कालीजी भी ज़िद पर थीं, ''साइकिल त चहबे करि।'' उस साइकिल की दुकान

पर यह भेंड़ी ओल्ड मॉडल साइकिल एक कोने में तेल पीकर अकेले चमक रही थी। दुकान बहुत बड़ी थी बल्कि गोदाम थी। बजरंगी अभी मुआयना कर ही रहे थे कि एक आवाज़ आई, ''क्या बजरंगी प्रसाद! क्या हाल है?'' बजरंगी सन्न, ''कौन आवाज़ दिया जी।'' गोदाम से कुछ दूर मुहाने पर दुकानदार दूसरे ग्राहकों में मशगूल था तो ''फिर ई आवाज़ कौन दिया?'' बजरंगी डर गए। वे इधर-उधर देखने-झाँकने लगे। तभी इस ओल्ड मॉडल का हैंडिल धीरे से हिला और 'ट्रिन-ट्रिन' की आवाज़ अपने आप निकली।

'अरे मईया रे, ई का?'

''डरो मत बजरंगी, हम तुम्हारी ही बाट जोह रहे थे।'' बजरंगी थूक निगलते हुए पास गए और उसकी घंटी को छू दिया। बदले में साइकिल खिलखिलाकर हँस पड़ी। बजरंगी काँपते हुए पीछे मुड़े कि साइकिल ने उनका गमछा पकड़कर निहोरा किया, ''ऐ बजरंगी! हमको ले चलो रे। कई साल से यहीं पड़े हैं। तुम्हारा लंबा साथ देंगे।'' बजरंगी को काटो तो खून नहीं। साइकिल बोले जा रही थी, ''काली जी, लुड्डुआ सब इकट्ठे आ जाएँगे हम पर। सिनेमा दिखाने ले जाना इकट्ठे। और देखो हम अंतर्यामी भी हैं, ख़ूब सलाह देंगे।'' दूर से दुकानदार ने आवाज़ मारी तो बजरंगी का तिलिस्म टूटा, ''ओ भाई साहब! उसे ही ले लो। आजकल की साइकिल नहीं है वह कि जो साल-दो साल में टें बोल जाए। चालीस परसेंट डिस्काउंट है उस पर।'' बजरंगी अब भी सहमे हुए थे और साइकिल को अचरज से देखे जा रहे थे।

बाक़ी ग्राहकों से निपटकर दुकानदार उनके पास आया और प्यार से समझाने लगा, ''अरे क्या सोचते हो भाई साहब? ले लो। आप नहीं जानते तो बता दूँ कि यह गोवा की फ़ैक्ट्री की है। इसका लोहा पुर्तगाली है। बड़े क़िस्से हैं जी इस मॉडल की साइकिलों के। कहते हैं कि करीब आठ-दस साल पहले गोवा के मछुआरों को समुद्र में डूबी हुई नाव मिली। बाद में पता चला कि वास्को डी गामा की नाव थी। उसी नाव में ढेरों तोपें मिलीं, उन्हीं को काट कर यह साइकिल बनी है भाई साहब। यह साइकिल नहीं तोप है तोप।'' तोप का नाम सुनकर बजरंगी कुछ सहज हुए। उन्हें कुछ ढाढस मिला तो उस साइकिल को उन्होंने फिर छुआ और तोप का ताप महसूस करने लगे। बजरंगी लोहा

परखना जानते थे। उन्होंने इस दफ़े साइकिल को छुआ तो लोहे की ताक़त का अंदाज़ा लगने लगा। इतना भारी लोहा ?

इधर साइकिल का लोहा धीरे-धीरे गर्म होने लगा था। उसकी गर्म गुनगुनाहट बजरंगी अपनी हथेलियों पर महसूस करने लगे। दुकानदार बोलता गया, ''यह तोप की तरह चलेगी भाई साहब। तोप की तरह।'' बजरंगी में साइकिल का सम्मोहन बढ़ता गया।

वह दिन था और आज का दिन है, इस अन्तर्यामी साइकिल ने डंडा कर रखा है। बात-बात पर सलाह, बिना बात के सलाह। हर जगह रोक-टोक। घर के लोग तो इसकी आवाज़ सुनते नहीं, उल्टे घरवालों ने बजरंगी को ही पागल घोषित कर रखा है, कि वह साइकिल से 'बतियाते' हैं। बजरंगी के पास भी कोई चारा नहीं कि दूसरी ख़रीद डालें।

यह सच है कि बजरंगी की राजनीतिक इच्छाओं ने घर की माली हालत और ख़राब कर दी है। फ़ैक्ट्री में ग़ैर-हाज़िरी की वजह से दनादन पैसा कटा है। एक बार तो लगा कि पत्ता ही साफ़ हो जाएगा पर बच गए वह। आख़िर करें भी तो क्या करें बजरंगी ? भाई जी को हर चार-पाँच महीने पर आदमी चाहिए हॉल और स्टेडियम भरने के लिए। बड़ा जलसा करते रहते हैं। ऊपर से दिल्लीभर में पुरबियों की होली-दीवाली, छठ पूजा, विश्वकर्मा पूजा और मार-तमाम धार्मिक-राजनीतिक जलसों में भाई जी के साथ परछाई की तरह रहना होता है। बदले में भाई जी ने यह किया कि लड़-झगड़कर लड्डूआ का दाख़िला केन्द्रीय विद्यालय नारायणा में करा दिया। यह बड़ी बात थी। बजरंगी के मोहल्ले में क्या, इलाक़े में किसी का लड़का केन्द्रीय विद्यालय में नहीं पढ़ता। अब लछमिनिया की बारी थी। मोहल्ले में बजरंगी की इज़्ज़त इधर काफ़ी बढ़ गई थी। मोहल्ला, जो पहले झुग्गी था वह पुरबियों से ख़चाख़च भरा हुआ था। उन्होंने और सुमन ने मोहल्ले-भर को कई तरह के आश्वासनों से जोड़ रखा था। कुछ लोगों के हल्के-फुल्के काम भी करवाए हैं बजरंगी ने। सारा काम भाई जी और उनके दोस्तों ने किया था। इसलिए ख़ुशी-ख़ुशी बजरंगी भी भाई जी के लिए भीड़ आउटसोर्स करते हैं, कभी-कभी दूसरे नेताओं के लिए भी-पर केवल भाई जी का इशारा पाकर। उनके साथ रहते-रहते दिल्ली के कई लोग उनको जान गए

हैं और इज़्ज़त देने लगे हैं। 'अभी तो यह अँगड़ाई है'—का नारा उनके कानों में रह-रहकर गूँजता रहता है और ठीक उसी समय यह भेंड़ी साइकिल गुस्से से मुँह फेरकर उल्टी दिशा में सड़क निहारने लगती है। यह साइकिल बजरंगी की प्रत्येक राजनीतिक कार्रवाई को एक और आर्थिक धक्का मानकर चलती है। मन ही छोटा कर देती है यह साइकिल। समझ में नहीं आता कि इसका क्या करें?

आख़िरकार वह दिन भी आ गया जब भाई जी ने बजरंगी की शिकायत दूर करते हुए फ़ोन किया। तब बजरंगी भट्टी में ही थे जहाँ उनका पसीना चूता नहीं था। बल्कि पसीना पानी की तरह छोटे नल्के जैसा मध्यम गति से बहता था। गर्मी की वजह से वहाँ सेल-फ़ोन रखने की इजाज़त नहीं थी। फ़ोन बजा तो एक मज़दूर कंट्रोल रूम से उनका फ़ोन लेकर उनके पास दौड़ा, ''भाई जी का फ़ोन है।''

भट्टी से बाहर निकल कर उन्होंने कालीजी का नंबर डायल किया और फिर सफ़ेद कपड़े प्रेस करने का आग्रह करते हुए साइकिल पर बैठ गए। इधर साइकिल का माथा ठनका, ''कहाँ बजरंगी? अभी तो एक ही बजे हैं?'' बजरंगी ने व्यंग्यभरी नज़र से उसे देखा और 'हुँह' कहते हुए बहुत ज़ोर से पैडल मार दिया। साइकिल कसमसाकर चल पड़ी। भाई जी ने बुलाया था।

इतनी तत्परता का परिणाम यह निकला कि बजरंगी को भाई जी का इंतज़ार करना पड़ा। पूरे पौने दो घंटे। बेचारी सुमन को बेकार ही जल्दी-जल्दी सफ़ेद कपड़े धोने और सुखा कर प्रेस करने के लिए नचा दिया था बजरंगी ने। वह बोली भी थी कि नेता लोग लेट आता है। पर बजरंगी हर हाल में तीन बजे तक नारायणा मेट्रो से सचिवालय मेट्रो पहुँचना चाह रहे थे। अब करें इंतज़ार! इंतज़ार के अलावा बजरंगी कर ही क्या सकते थे? भाई जी की कार चार बजे आई। उस कार के पीछे एक और जानी-पहचानी कार थी। बजरंगी बैठे तो दोनों कारें सरसराती हुई जनपथ की एक आलीशान कोठी के बाहर रुक गईं। रुकीं क्या, रोक दी गईं। वह कोठी भी बाकी कोठियों की तरह ही रहस्यमयी थी। कोठी के बाहर पाँच सौ गज की जद में दर्जनों पुलिसवाले तैनात थे। कारों की सुरक्षा जाँच के बाद कोठी का रहस्यमयी दरवाज़ा खुल गया तो बजरंगी की आँखें फटी-की-फटी रह गईं, ''अरे बाप रे...इतनी जगह है कोठी के भीतर!!''

यह उनके लिए दिव्यलोक ही था। एकदम स्वर्ग। बजरंगी ने महसूस किया कि कार को गेट से कोठी तक जाने में ही एक-दो मिनट लग गए! बहुत बड़े और गोल मैदान के चारों तरफ़ बड़े-बड़े फ़व्वारे नाच रहे थे, सब अलग-अलग डिज़ाइन के। चारों ओर हज़ारों रंग-बिरंगे फूल। मैदान में हरे रंग की कालीन भी बिछी थी, एकदम गोल। फिर बजरंगी ने ख़ुद से ही ख़ुद को टोका, ''भाग भेंड़ा, ई तो घास है, कालीन नहीं।'' उनको अपनी कमअक्ली पर हँसी आ रही थी।

कोई भरोसा करेगा कि यह आदमी जो आज दिन के साढ़े-बारह बजे फ़ैक्ट्री में गलते हुए लोहे का मुआयना कर रहा था—अब स्वर्ग में है। दिव्यलोक में दर्जन भर चमचमाती महँगी गाड़ियाँ खड़ी थीं जिनकी रखवाली एक दर्जन पुलिस और आधा दर्जन अल्सिशियन कुत्ते कर रहे थे। इधर भाई जी जब कार से उतरकर अँगड़ाई ले रहे थे तो बजरंगी ने देखा कि इस दिव्यलोक का उन पर कोई असर नहीं है। भाई जी ने दोनों कारों की जनता को इकट्ठा किया और फुसफुसाकर बोले, ''बस इतना ध्यान रखना है कि बहुत बड़े नेता के घर आये हैं...मेरे अलावा जो भी भचर-भचर करेगा तो हम रिश्ता ख़त्म कर लेंगे।'' सबने सहमति जता दी। पर बजरंगी ने कुछ नहीं सुना। वे उस दिव्यलोक से बाहर निकलने का नाम ही नहीं ले रहे थे। न जाने कितना किसिम का पेड़ है यहाँ, उ भी इतना बड़ा-बड़ा! सब पेड़ पर दस-दस ठो रंग-बिरंगा घोंसला टाँग दिया है रस्सी से लटकाकर। चिड़िया-चुरुंग तो नहीं हैं पर घोंसला बहुत सुन्दर है। बजरंगी ने गिना कि कोठी में घुसने के लिए बड़ी-बड़ी नौ सीढ़ियाँ अभी और ऊपर चढ़नी होंगी। सीढ़ियाँ एकदम सफ़ेद संगमरमर की थीं, जिन पर आँख ही नहीं ठहरती थी। सीढ़ियों के दाएँ-बाएँ आदमकद के नक्काशीदार गमले थे। इसमें फूल काहे नहीं रखा है सब? दिव्यलोक में गुम हुए बजरंगी को भाई जी ने बाहर निकाला, ''ऐ बजरंगी, मुँह बाए कब तक निहारोगे? अन्दर उनसे मिलना भी है।'' सबने ठठाकर हँसना शुरू कर दिया तो भाई जी ने खँखारा। मतलब साफ़ था, ''चुप हो जाओ जाहिलो!''

बड़ी कोठियों की अपनी-अपनी रवायतें होती हैं, लगभग मिलती-जुलती सी। गर्मियों में भीड़ को सबसे पहले एक बड़े-से हॉल में बैठाया जाता है ताकि भीड़ का पसीना सूख जाए और बदबू भी कुछ नियंत्रित हो जाए। इसी बीच

जिनको हल्का होना होता है, वे हॉल के साथ लगे वॉश-रूम की ओर निकल लेते हैं और जल्दी ही सज-धज कर लौट आते हैं। इस तरह के वॉश-रूम में सुगंधित साबुन की पिचकारी होती है। मन करे तो चेहरा मल लो। बजरंगी ने पहली बार देखा कि वॉश-रूम में चार-पाँच दीये भी रखे हुए हैं जिनकी रौशनी से सुगंध फूट रही थी। ई तो अजीब है भाई! बजरंगी को लग रहा था कि किसी ने एक बोरी नींबू निचोड़कर यहाँ फेंक दिया था और जैसे कुछ ही देर पहले उसे किसी ने हटा भी दिया हो।

बजरंगी वहाँ से फ़ारिग़ होकर लौटे तो देखा कि वेटर पानी का गिलास लेकर घूम रहा है। पानी इतना ठंडा था कि बजरंगी के दाँत सिहर पड़े। ए.सी. की ठंडक इतनी बढ़ गई थी कि पाँच बजते-बजते सभी की कँपकँपी छूट गई। एक ही शहर में किस कदर दो मौसम हो जाते हैं, बजरंगी अब देख रहे थे। भाई जी ने अटेंडेंट से आग्रह कर ठंडक कुछ कम करवाई। बजरंगी को अब महसूस हुआ कि सीढ़ियाँ चढ़कर वे जिस दरवाज़े से दाख़िल हुए वह तो बीस-पच्चीस फ़ीट ऊँचा है! पूरे हॉल में लाल रंग की नयी कालीनों ने बजरंगी को जितना चकित नहीं किया, उतना दीवारों में मढ़े बीस-बीस फ़ीट के कालीनों ने किया। दीवार में कालीन काहे सजाया होगा? दीवार वाले कालीन से ही मिलता-जुलता सोफ़ा था चारों ओर। और एकदम उससे उलट और झक्क सफ़ेद खिड़कियों के पर्दे। खिड़कियाँ भी आदमकद थीं और पर्दे भी लंबे-लंबे।

पर बजरंगी क्या जानें कि जहाँ सब कुछ लंबा होगा वहाँ इंतज़ार भी बहुत लंबा खिंचेगा। करीब छह बजे पी.ए. ने आकर ख़बर दी कि साहब आ ही रहे हैं। सब साँस रोके चुप बैठ गए। बजरंगी ने साहब शब्द सुना तब जाकर अपनी नज़र उस बड़ी पेंटिंग की ओर फेरी जो पक्का साहब को ही देखकर बनाई गई थी—साहब एकदम देवता लग रहे थे उसमें। उनको याद आया कि यह चेहरा उन्होंने कई बार टी.वी. पर देखा था। उनको यह भी याद आया कि टी.वी. पर उनकी आवाज़ बहुत भारी लगती है। परसों ही टी.वी. पर उनका इंटरव्यू देखा था कि विपक्ष से उनका कोई विवाद चल रहा है पर भाई जी ही बता पाएँगे कि क्या विवाद है।

आधे घंटे बाद वहाँ के सभी कर्मचारी अचानक हरकत में आ गए। वे

इधर-से-उधर तेज़-तेज़ आवाजाही करने लगे। फिर इस बार सीनियर पी.ए. दाख़िल हुए तो भाई जी सहित सब खड़े हो गए। सीनियर ने मुस्कुराकर पीछे-पीछे चलने का इशारा किया। स्कूली बच्चों की तरह सभी उनके पीछे हो लिए। लंबा गलियारा पार करके सब धीरे-धीरे देवता के कमरे में दाख़िल हुए। अंदर सादगी का सौन्दर्य था। सब कुछ सफ़ेद-सफ़ेद। कोई तड़क-भड़क नहीं। बस एक बड़ी-सी पेंटिंग देवता की गोल्डन ऊँची कुर्सी से ठीक पीछे टँगी थी। शायद महाराणा प्रताप या शिवाजी का तैल चित्र था, जिसमें वे अपनी तलवार के एक ही वार से किसी दुश्मन को उसके घोड़े समेत चीर कर आधा-आधा कर रहे थे।

पर उस कमरे में जैसे कोई चोर दरवाज़ा था जो पर्दों की वजह से दिखा नहीं। सीनियर पी.ए. ने जब उसे हल्का-सा खोला तो देवता की हल्की-सी ध्वनि छनकर आने लगी। चोर दरवाज़े से सबसे पहले एक सुरक्षा-कर्मी दाख़िल हुआ और मुस्कुराते हुए सबको अपनी आँखों से नापते हुए दूसरे दरवाज़े से बाहर चला गया। थोड़ी ही देर में देवता प्रकट हुए। उफ़-देवता ही हैं भाई ई तो! आपादमस्तक झक्क सफ़ेद और बेदाग़। केश तक इतने सफ़ेद हो सकते हैं बजरंगी ने कभी सोचा नहीं था। चमकता हुआ सफ़ेद। लम्बी और तंदरुस्त काया। पतले होंठ और तीख़ी नाक। उनके पतले होंठों ने अभी-अभी पान चबाया था। होंठ गुलाबी हो गए थे। चुस्त कुर्ता और शेखावाटी धोती। टखने तक की धोती। धोती का किनारा जैसे सोने से मढ़ा था! वे आए तो बजरंगी का दिल धीरे-से धड़क गया। देवता के सम्मोहन से उस समय कोई नहीं बच पाया। अब समझ में आया बड़े लोग क्यों देवता लगते हैं।

सबसे पहले भाई जी उठे और देवता का चरण-स्पर्श किया। फिर देखा-देखी बाक़ी की जनता ने। सबसे अंत में बजरंगी ने पैर छुआ पर थोड़ी गलती हो गई। हड़बड़ी में बजरंगी का माथा पैर छूते वक़्त देवता के बूढ़े घुटने से जा टकराया। देवता हल्के-से 'उह' करके कुछ लड़खड़ा गए। बजरंगी की साँसें थम गईं—हे देवता माफ़ी! इस दुर्घटना को बस बजरंगी और देवता ने ही जाना। भाई जी ने देख लिया होता तो ख़ून ही पी जाते बजरंगी प्रसाद का।

ख़ैर! देवता आसन पर विराजमान हुए और सबको बैठने का इशारा किया। जनता यथास्थान अपनी-अपनी कुर्सियों पर बैठ गई। बैठ क्या, जकड़

गई। बजरंगी सबसे दूर कोने में बैठकर जकड़ गए। राजनीति में नौसिखिया नेता अगर अपनी जगह न पहचाने तो मारा जाता है। बजरंगी अभी जीना चाहते थे इसलिए वे सबसे दूर और पीछे बैठे थे।

ताश में बावन पत्ते होते हैं और राजनीति में तिरपन। हर माहिर खिलाड़ी यह तिरपनवा पत्ता ऐन मौक़े पर फेंकता है। तिरपनवे पत्ते का रंग जाति, धर्म, क्षेत्र, दल, पसंद-नापसंद या बड़े लोगों की जगजाहिर आपसी अदावतों के हिसाब से बदलता रहता है। भाई जी ने तिरपनवे पत्ते का ड्राइविंग-टेस्ट की, बेहद विनम्रता से, ''हम लोग तो सर, आपको राष्ट्रीय गार्जियन मानते हैं।''

देवता धीरे-से मुस्कुराए। उपरोक्त वाक्य में श्लेष था। बात इतनी बारीक़ थी कि देवता और भाई जी के अलावा शायद ही कोई समझ पाया हो। पर देवता क्षणभर मुस्कुराकर मौन हो गए, कुछ सोचा और जिज्ञासा दिखाई, ''पहले सभी अपना-अपना परिचय दें।'' क्षणभर सन्नाटा पसर गया। शुरुआत भाई जी ने ही की, ''हम रणविजय सिंह सर। पिछले पंद्रह सालों से दिल्ली में राष्ट्रीय स्तर का संगठन चला रहे हैं, मज़दूरों के कल्याण के लिए। साथ आये सभी लोग इस संगठन से जुड़े हैं। मैं अध्यक्ष हूँ। संगठन का तौर-तरीका दिखाने के लिए सर, यह स्मारिका आपके लिए लाये हैं। पंद्रह साल में जो किया है हमने, वह यहाँ दर्ज है।'' भाई जी बहुत साधकर बोले। बजरंगी ने महसूस किया कि सत्य शायद झुठलाने के लिए ही बना होगा। वहाँ संगठन के केवल तीन ही लोग थे—भाई जी, नरेन्द्र सिंह और ख़ुद बजरंगी प्रसाद। बाकियों का तो ख़ुद अपने-अपने इलाक़ों में छोटा-छोटा संगठन है, नाच-गाना दिखाकर भीड़ इकट्ठा किए रहते हैं सब।

देवता इधर स्मारिका के पन्ने पलटते हुए संगठन की औकात तौल रहे थे, 'हूँ...दम तो है।' पर मुँह से कुछ बोले नहीं। उन्होंने नक्काशीदार मेज़ से अपना गोल्डन चश्मा उठा कर पहन लिया और भाई जी से पूछा, ''कहाँ रहते हैं आप ?''

''जी घर तो जी.के. वन में है पर अपने लोगों के आग्रह पर नारायणा में रहने लगा हूँ। बहुत आबादी है अपने लोगों की यहाँ।'' देवता 'अपने लोगों' का अर्थ शायद सटीक ढंग से समझ रहे थे। राजनीति इशारों का भी खेल है। पर

ग्रेटर कैलाश वन वाली बात पर बजरंगी सहित सभी लोग चौंक चुके थे। इतना साफ़ झूठ? अब देवता को कौन बताए कि भाई जी क्या भाई जी के फ़रिश्ते भी कभी जी.के. वन में नहीं रहे। बजरंगी ने मन-ही-मन सोचा, 'का भाई जी! गज़बे किये? सीधे ग्रेटर कैलाश?' पर बजरंगी को क्या पता था कि वह दिन कब के गए जब बेचारगी दिखाकर राजनीति में किसी का कल्याण होता था। अब राजनीति में थोड़ा खाते-पीते दिखना-दिखाना पड़ता है। जी.के. वन का असर था या स्मारिका का, देवता की उँगलियों ने फ़ोन उठा लिया, ''चाय।'' फिर थोड़े इत्मीनान से और मुस्कुराकर कहा, ''बाकी लोग भी परिचय दें अपना।'' नरेन्द्र सिंह वकील, पप्पू राय, बलवंत कुशवाहा, दिनेश्वर यादव, भोला कुमार और लल्लन शर्मा ने बारी-बारी से अपना परिचय दिया। सबसे अंत में बजरंगी खड़े हुए। देवता के घुटनों पर अपने माथे द्वारा की गई हरकत से वे अब शर्मिंदा नहीं थे बल्कि इससे भी आगे बढ़कर थोड़े काँप से रहे थे। जबकि देवता थे कि न जाने कब से बजरंगी को अपलक निहारे जा रहे थे। बजरंगी की बारी आई तो गला साफ़ करके अपने हाथ जोड़े, ''साहेब सर, हम बजरंगी हैं, बजरंगी परसाद।''

''क्या काम करते हैं बजरंगी जी?'' देवता ने गहरी निगाहों से सधा हुआ सवाल पूछा, सीधे बजरंगी से। उस बजरंगी से जो कुछ ही घंटों पहले गलते हुए लोहे का मुआयना लगभग नंगे होकर कर रहे थे। बजरंगी को भीतर से एक अपरिभाषित भाव ने जकड़ लिया। वे समझ नहीं पा रहे थे कि यह अजीब-भाव विवशता का है या आह्लाद का। देवता का सवाल सुनकर उनके दोनों होंठ दो विपरीत दिशाओं में खिंचते चले गए। नाक की सुरंगें लगातार बड़ी होती जा रही थीं। बड़ी मुश्किल से थूक निगलते हुए बजरंगी ने हथजोड़ी से कहा, ''जी! साहेब सर! हम भाई जी की संस्था में सेगेटरी (सेक्रेटरी) हूँ।''

पर देवता संतुष्ट नहीं हो रहे थे, ''और...और क्या करते हैं?'' आवाज़ और सवाल दोनों बहुत भारी थे।

बाप रे! अब इतने बड़े आदमी को का बताएँ बजरंगी? कि खींच-खाँचकर फ़ोरमैन हैं? न-न। बजरंगी की निगाह भाई जी की निगाह से टकराई जो मुंडी घुमाकर बजरंगी को घूर रहे थे। बजरंगी प्रसाद ने फिर थूक निगला,

''हम!! जी साहेब सर, हम...छोटा-सा फ़ैक्ट्री चलाते हैं नारायणा में, बहुते छोटा-सा।''

'बहुते छोटा' पर बजरंगी का विशेष बल था।

ये मारा बजरंगी ने! कमाल हो गया! वाह भाई बजरंगी! भाई जी का चेहरा ख़ुशी से तर हो गया। एकदम से लाज बचा ली बजरंगी ने। इधर बजरंगी का कंठ सूख चुका था और आँखें पनियल हो रही थीं। देवता इस बार खुल कर मुस्कुराए और बोले, ''अरे बजरंगी जी! छोटा कुछ भी नहीं होता। साँस भी तो हम छोटी ही लेते हैं। अगर छोटा समझ कर साँस लेना छोड़ दें तो मर ही जाएँगे।'' फिर क्या था, बजरंगी के साहेब सर ने अपना देवत्व छोड़कर ठट्ठा लगाया और देखादेखी सब हँस पड़े। बजरंगी केवल मुस्कुराकर रह गए। उन्हें अब तक भरोसा नहीं हो रहा था कि इतनी बड़ी हस्ती से वे झूठ बोल गए। ई साली भेंड़ी राजनीति!

देवता समान साहेब सर ने बजरंगी से आग्रह किया, ''आप बहुत दूर बैठे हैं बजरंगी जी। मेरे पास आइए।'' इशारा उनका अपनी बगल वाली ख़ाली कुर्सी की ओर था, जिस पर किसी ने बैठने की हिम्मत नहीं की थी। बजरंगी सकुचाते हुए और बहुत जान लगाकर आहिस्ता-आहिस्ता उनके पास सरक आये और बहुत क़ायदे से जा बैठे। इस पूरी प्रक्रिया में बजरंगी प्रसाद ने न तो साँस अंदर खींची और न बची हुई साँस को फेफड़ों से बाहर जाने दिया। बाप-रे-बाप! इतना सम्मान! ओह! कोई फ़ोटो खींच लेता—हे प्रभु! आज सुमन यहाँ होती तो देखती बजरंगी का जलवा। बजरंगी साहेब सर के बगल में बैठे-बैठे अपने दोनों हाथों की उँगलियाँ आपस में उलझाकर सशरीर ऐंठ गए थे।

इधर बातें चल पड़ीं। भाई जी ने धीमी आवाज़ में शिकायत की कि दो साल से लगातार मिलने का समय माँग रहे हैं पर यहाँ के ऑफ़िस से कोई रिस्पॉन्स नहीं आया। दो साल बाद अब जाकर टाइम मिला मिलने का अपने राष्ट्रीय गार्जियन से। बजरंगी ने देखा कि साहेब सर ने अपने पी.ए. को बुलाकर सबके सामने डाँटा, ''आइंदा से ऐसी गलती न हो। ये 'अपने लोग' हैं।'' बजरंगी को लग गया कि भाई जी ठीक ही कहते थे कि पी.ए.टी.ए. सार्वजनिक रूप से डाँट खाने के लिए ही बनाये जाते हैं ताकि जनता की नाराज़गी का शमन

होता रहे। इसी बीच चाय आ गई।

संगठन के सालाना जलसे को लेकर मान-मनौव्वल चलने लगा। साहेब सर ने पहले तो साफ़ इनकार कर दिया। व्यस्तता ही इतनी थी। बजरंगी कम-से-कमतर साँस लेते हुए सारा हाल देख-सुन रहे थे। उनकी चाय की प्याली साहेब सर की प्याली के एकदम पास रखी हुई थी। पर हिम्मत नहीं हो रही थी। एक ब्लंडर वे पहले ही कर चुके थे। ब्लंडर मिस्टेक की याद आई तो बजरंगी ने चोर नज़र से साहेब सर के बूढ़े घुटनों को देखा। बाएँ वाला घुटना सच में सूजा हुआ था, जिस पर गर्म पट्टी बँधी थी। पट्टी झक्क सफ़ेद धोती से झाँक रही थी। आखिरकार इधर होते-न-होते बात पक्की होने लगी। आज से ठीक एक माह तीन दिन बाद संगठन के सालाना जलसे में साहेब सर शाम के सात बजे दर्शन देंगे, लेकिन केवल आधे घंटे के लिए। पर इस हिदायत के साथ कि जलसे वाले बड़े हॉल की एक भी कुर्सी ख़ाली नहीं रहनी चाहिए और प्रोटोकॉल का पालन यदि सख़्ती से न हुआ तो सब एक झटके में ओवर ऐंड आउट। भाई जी ने एक बार बजरंगी को बताया था कि इस देश में प्रोटोकॉल एक ऐसी अपरिभाषित नियमावली है जो कहने को तो सुरक्षा मानकों को नियंत्रित करती है पर परोक्ष रूप से विरोधियों को औकात में रखने का ज़रिया है। साहेब सर के सामने अन्य संभावित अतिथियों के नामों की भी चर्चा हुई। साहेब ने कहा कि यह सब तो प्रोटोकॉल तय करेगा। मुलाकात ख़त्म हुई।

बजरंगी देर रात घर आये। गर्मी बहुत थी और ऊपर से थकान भी। पिंडलियों में पुराना दर्द भी शुरू हो गया था। घर पहुँचने पर एक साइकिल को छोड़कर सब सो रहे थे। बजरंगी के इंतज़ार में साइकिल की आँख शायद सूज गई थी। चुपचाप बल्ब जलाकर बजरंगी ने खाना निकाला और बाहर निकल कर साइकिल के बगल में बैठ गए। पता नहीं क्यों आज बजरंगी में वह उत्साह नहीं था फिर भी साइकिल ने हल्का-सा 'ट्रिन' किया तो बजरंगी समझ गए। साइकिल से बोले, ''चलो बको...का बकना है।''

''साहेब सर से कितने देर की मुलाकात हुई?''

''यही कोई पंद्रह-बीस मिनट,'' बजरंगी ने जवाब दिया।

''बीस मिनट की इस मुलाकात के लिए बजरंगी के नौ घंटे खप गए?

क्या यह बात बजरंगी को पता है?''

बजरंगी बिदके, ''एजी हिसाब जोड़ना ख़ाली तुम्हीं को आता है का? हमको भी पता है कि आज बहुत समय बर्बाद हुआ है।'' बजरंगी एकदम से झुँझला गए साइकिल पर। पर उस पर कोई असर होने वाला था कुछ? साइकिल का रूखापन भी बढ़ा, ''देखो बजरंगी...आज की राजनीति असमय बूढ़ा बनाने की मशीन है। जो समय तुमने वहाँ गुज़ारा है न वह समय नहीं जीवन था, जिसे खपा आए हो तुम आज।''

''और जो मिला उ नहीं देख रहीं?''

''क्या?''

''अरे भाग! क्या समझाएँ तुमको?''

''समझ तो हम सब रहे हैं बजरंगी। पर तुम कब समझोगे?''

''तुम कभी नहीं समझोगी कि हम का समझ कर आये हैं।''

साइकिल ने दम साधकर कहा, ''हज़ार में से तीन सौ आदमी जुटाना है तुमको उस दिन के जलसे में। अपने दम पर और वह भी फ़ैक्ट्री में खटते हुए। फ़ैक्ट्री से छुट्टी ली तो चूल्हा बंद और चूल्हा जला तो राजनीति ख़तम। हम तो यही समझे फ़िलहाल।''

साइकिल की बात सही थी। इसी दबाव में तो थे बजरंगी। इसलिए उत्साह कम पड़ा हुआ था। वे खाना खाकर भीतर आये और चुपके से बच्चों को निहारा। फिर अपनी सुमन को निहारा। उम्र का कोई असर ही नहीं था उस पर। सोए में कुछ ज्यादा ही सुन्दर लगती है। बजरंगी ने काली का दर्शन करते हुए हौले से बिजली का बल्ब बंद कर दिया।

3

राजनीति एक सनक का भी नाम है और जब तक उसको साधने के लिए कोई सनकी न हो जाए तब तक वह सधती नहीं, चाहे जितने सपने देखता रहे कोई। सनकी तो होना ही होता है। इस सनक का एक लक्षण बात-बेबात लोगों से मिलते-जुलते रहना है। मिलने-जुलने का नाम ही राजनीति है। यह बात भाई जी अक्सर कहते हैं। जुड़ते जाओ, जुड़ते जाओ, जुड़ते जाओ। फिर ठहरकर डाटा

का मुआयना करो। क़ायदे के लोगों से फिर-फिर मिलो पर छोड़ना किसी को नहीं है। राजनीति में रिश्ता तजना कोई बड़ी बात नहीं है, पर उससे भी बड़ी बात है नए रिश्ते बनाते रहना। भाई जी कहते हैं कि देश की बड़ी आबादी की वजह से एक तो राष्ट्रीय पार्टियों के पास साले इतने कार्यकर्ता होते हैं कि यूरोप के किसी देश की आबादी से भी आगे निकल जाते हैं। ऐसे में पता नहीं कौन कब क्या बन जाये ? देश की जनसंख्या विस्फोट को भाई जी एक राजनीतिक संकट के रूप में देखते थे, ''अब क्या ही कहोगे बजरंगी ! देश की आबादी इतनी बढ़ गई है कि नेताओं के यहाँ लोग टिड्डियों की तरह पहुँचने लगे हैं। पहले भी भीड़ होती थी पर यह हाल नहीं था। अब हर रिसोर्स पर झपटमारी हो गई है। जिसकी औकात पान चबाने की नहीं है वह भी नेता होने का दावा ठोक रहा है।'' बजरंगी को भाई जी की बात सही लगती है।

बजरंगी अब भी उस दिव्यलोक के भार को कंधे पर उठाए हुए थे। वे पुनः मजूरी में जुट गए थे। पर फ़ैक्ट्री की नहीं, भाई जी की मजूरी में। भाई जी की मंडली ने बजरंगी में उत्साह फूँकने के लिए 'दिव्यलोक' में बजरंगी की साहेब सर से हुई मुलाकात को एक मिथक में बदल दिया था। सुबह से शाम तक बजरंगी उसमें गोता लगाते और मोहल्ले में लोगों को बढ़ा-चढ़ा कर बताते। साथ में यह भी कि ''विधायक का कोई औकात होता है जी केंद्र में ! हम लोग तो इस जलसे में सांसद तक को पूछ ही नहीं रहे हैं तो ई निगम-पार्षद क्या होता है ?'' मोहल्ला हक्का-बक्का था। पर भीड़ न आई तो क्या जवाब देंगे बजरंगी। यह सोचकर उनका दिल डूबने लगता है। हज़ार में से तीन सौ लोगों को अकेले उन्हें अपने दम पर जुटाना है उस दिन। जलसा होने में अब एक महीना भी नहीं बचा था। इसलिए वे अलसुबह उठ जाते और मोहल्ले में अपने लोगों से बात-बेबात मिलते रहते। उम्मीद तो कुछ बँध ही गई थी।

इस तरह बजरंगी ने बड़ी तत्परता से रफ़्तार पकड़ ली थी। पर इससे काम नहीं सधने वाला था। उन्होंने देखा कि भाई जी के साथ कुछ नए लोग भी जुड़ गए हैं। उन्होंने तय किया कि भीड़ जुटाने के काम के अलावा कुछ वक्त भाई जी के साथ भी लगातार देते रहना होगा। उनकी इस मंशा को साइकिल ने भाँप लिया, उसकी आवाज़ कर्कश हो गई, ''क्या तमाशा लगा रखा है जी

तुमने बजरंगी ? अब अगले बीस दिन फ़ैक्ट्री से ग़ैर-हाज़िर रहोगे तुम ? नौकरी से टँगोगे क्या ?'' पर नहीं,बजरंगी उस सनक का शिकार हो चुके थे, जिसे राजनीति कहते हैं। साइकिल बार-बार कहती रही कि यह राजनीति नहीं महज़ जलसा है और बजरंगी बार-बार जवाब देते कि राजनीति इसी से शुरू होती है अब। पूरी दुनिया के भद्र समाज में जब राजनीति एक विक्षिप्तता के रूप में स्वीकृत होकर एक तरह से बहिष्कृत हो रही थी ठीक उसी समय बजरंगी प्रसाद उस सनक को ईश्वरीय तेज के रूप में धारण कर रहे थे।

इस ईश्वरीय तेज वाली सनक को अब एक सवारी मिल गई थी। वह थी भाई जी की कार। कार रोज़ सुबह नौ बजे ड्राइवर सहित बजरंगी की गली के मुहाने पर हाज़िर हो जाती थी। फिर भाई जी के घर होते हुए नॉर्थ और साउथ एवेन्यू का चक्कर काटती रहती। बजरंगी इधर महसूस करने लगे कि नॉर्थ और साउथ एवेन्यू कहे जाने वाले इस इलाक़े में ही असली इंडिया है। सारा का सारा पॉवर यहीं कैद है। सारे नेता, मंत्री, जज, सेना का हैड, मार-तमाम पूँजीपति लोग सब के सब यहीं रहते हैं। वे भाई जी से पूछते, ''भाई जी, जो रिटायर हो जाता है या पद से हट जाता है उ कहाँ जाता होगा ?'' भाई जी उसी तर्ज पर जवाब देते, ''तुमको का लगता है ई सब हटने या रिटायर होने का इंतज़ार करता होगा ? अरे इतना पैसा पीट लेता है कि तीन पुश्तें जी.के. वन या टू में मौज से रहती हैं।'' बजरंगी की आँखें चौंध में पड़कर बंद हो गईं।

पर बजरंगी की एक गुप्त आँख भी थी जो घर की ओर खुली रहती थी। इसका अंदाज़ा शायद बजरंगी को न था पर साइकिल को था। मौसम बहुत गर्म हो चुका था और मौसम विभाग ने कह दिया था कि बीस साल का रिकॉर्ड टूटेगा इस साल। पारा अड़तालीस तक भी जा सकता है। इधर अक्सर बहुत देर रात घर पहुँचते बजरंगी। ए.सी. का मारा हुआ शरीर अपने ही डेढ़ कमरे की भट्टी में जाने से बगावत करता। कमरा तो सुबह नौ बजे से ही जलने लगता था। सुबह नहा-धो कर झटपट चना चबाते हुए बजरंगी भाई जी की कार का बेसब्री से इंतज़ार इसलिए भी करते कि जानलेवा गर्मी से छुटकारा मिले। पर घर के लोग ? छुट्टियाँ चल रही थीं और लुड्डुआ, लछमिनिया, काली जी सबको गर्मी ने सुखाकर बेदम कर दिया था। ऐसा नहीं था कि पहली बार उनका परिवार दिल्ली

की गर्मी झेल रहा था। पर ऐसी गर्मी कभी झेली थी उन लोगों ने, याद ही नहीं। कहाँ से लाएँ कूलर ? भाई जी का बहुत ख़र्चा हो रहा है इस जलसा में। नहीं तो उन्हीं से मुँह खोलकर पैसे माँग लेते बजरंगी।

घर लौटते वक़्त उस रात भी बजरंगी का मन खिन्न था गर्मी से। भाई जी की कार ने लगभग पौने एक बजे गली के मुहाने पर जब बजरंगी को छोड़ा तो लगा कि किसी ने उन्हें फ़ैक्ट्री की उसी भट्टी में फेंक दिया है जहाँ से वे दस दिनों से नदारद हैं। गली के मुहाने से सटा एक छोटा-सा पार्क था जो कूड़ाघर में तब्दील हो चुका था। अँधेरे में भले ही न दिखे पर पार्क के साथ में एक कूड़ाघर भी था, लेकिन पार्क में पड़े कूड़े के आगे उसकी औकात कुछ भी नहीं थी। पार्क के कूड़े में कुत्ते और सूअर लोटते या आपस में लड़ते हुए अक्सर पाए जाते थे। यहाँ रात के अँधेरे में कुत्तों का शोर बहुत बढ़ जाता है। आज भी वे बहुत शोर कर रहे थे। बजरंगी ने घृणा से उस शोर भरे अँधेरे की ओर देखा और गली में घुसने लगे। तभी कुत्तों के शोर के बीच एक कराहती हुई आवाज़ सुनी उन्होंने। बजरंगी थम गए। शायद भ्रम हो। उनके थमने के बाद कोई आवाज़ नहीं आई तो वे फिर गली में घुसने को हुए कि 'ओऊ...' की आवाज़ आई। कोई तो है। दौड़ पड़े बजरंगी उधर ही। ''कौन है उधर...कौन है जी ?''

बजरंगी दौड़ लगाकर पार्क में घुस तो गए थे पर अँधेरे में कुछ दिख ही नहीं रहा था। शोर का पीछा करते हुए आगे बढ़ने लगे। कुत्तों का भौंकना 'कूँ-कूँ' में बदल गया। गली के ही कुत्ते थे—बजरंगी को देख दुम ही हिलाने लगे। अँधेरे में बजरंगी को याद आया कि मोबाइल में भी टॉर्च होती है, उन्होंने उसे जलाया, 'अरे बाप रे...ई कौन है ?'

उन्होंने अंदाज़ा लगाया कि लगभग छह फुट का लहूलुहान हब्शी पेट के बल शिथिल पड़ा हुआ है। टॉर्च की रौशनी में बजरंगी केवल उसकी आवाज़ सुन रहे थे, ''ओऊ...ओऊ।'' उसका मुँह कूड़े के ढेर में धँसा हुआ था। मामला लूटपाट का लगा तो उन्होंने सौ नंबर डायल किया। पुलिस आ गई।

पुलिस आ तो गई थी पर उससे क्या ही पूछती ? वह लगभग बेहोश था। पुलिस अपनी जिप्सी से उसे जैसे-तैसे लादकर हॉस्पिटल ले गई। बजरंगी को साथ में चलना ही पड़ा। सुबह चार बजे घर लौटे बजरंगी। पर पुलिस की जिप्सी

के साथ। जिसमें विदेशी भी था। डॉक्टरों ने विदेशी को यह कहकर छुट्टी दे दी थी कि मारपीट की चोटें हैं बस, जो चार-पाँच दिन में ठीक हो जाएँगी। पुलिस लूटपाट की रिपोर्ट लिखना नहीं चाहती थी, यह बात बजरंगी जान गए थे। इधर विदेशी था कि किसी अनजाने डर से सहमा हुआ था। वह बी-फ़ार्मा का छात्र था और पुलिस ने उसके पहचान-पत्र को यह कहते हुए रख लिया कि वे इसको क्रॉस-वेरिफ़ाई करेंगे। पर इससे ज़्यादा परेशानी की बात पुलिस के लिए यह थी कि वह विदेशी छात्र अपने फ़्लैट पर तत्काल जाने के लिए तैयार नहीं हो रहा था। वह बार-बार ''टुमारो, नॉट नाऊ...नॉट नाऊ'' की अपील पुलिस से करता रहा। विदेशी को थाने में रखने के अपने पचड़े थे। विदेशी किसी फ़ुटबॉल की तरह इस पाले से उस पाले देर तक लुढ़कता रहा था। खेल कैसा भी हो ताकतवर ही जीतता है। पुलिस ने फ़ुटबॉल को बजरंगी के पाले में फेंका, ''भाई साहब! आप नेता आदमी लगते हैं...इसको अपने घर दो-चार घंटे टिका लो। सुबह ही थाने से किसी को भेज कर आगे की कार्रवाई करेंगे और इसके पते पर छोड़ भी आएँगे।'' थके हुए बजरंगी इतने भी थके नहीं थे कि पुलिस को मना करने का क्या मतलब होता है, वे जानते न हों!

पुलिसिया कंधे पर लदकर विदेशी फ़ुटबॉल बजरंगी के दरवाज़े पर आया। पुलिस चली गई तो बजरंगी को ख़याल आया कि अभी घर के कमिशनर से भी इजाज़त लेनी होगी। दरवाज़ा पीटने और काली जी द्वारा उसे खोलने के क्रम में बजरंगी ने क्षत-विक्षत विदेशी को बार-बार कुछ इस तरह संबोधित किया कि काली जी जान गईं कि बजरंगी के साथ कोई घायल आदमी भी है और मानवता का सारा ठेका बजरंगी जी ख़ुद उठाए हुए उसे घर तक ले आये हैं। आग लगे ऐसी नेतागिरी को!!

छह फ़ीट से भी लंबा वह घायल आदमी नीचे चटाई पर लेटा तो चटाई उसके घुटने से बीत्ते भर आगे जाकर ख़त्म हो गई, जबकि उसका सर चटाई के सिरहाने से थोड़ा ऊपर ही था। साक्षात दैत्य लग रहा था वह। उसकी बड़ी-बड़ी आँखें एहसान से खुली हुई थीं और सबको निहार रही थीं। लुड्डूआ वहीं पास में ही सोया था—हड़बड़ाकर उठ गया, ''अरे ये तो नाईजिरियन है।''

काली जी और बजरंगी ने एक ही साथ झटके से लुड्डूआ को देखा,

‘‘जानते हो का इसको ?’’ बेटे ने फटी आँख से ही जवाब दिया, ‘‘नहीं। पर इस तरह के लोग सड़क पार सी-ब्लॉक में रहते हैं...जिधर मिज़ो रहता है न...उधर ही।’’ मिज़ो का नाम सुनकर बजरंगी को कुछ सुकून मिला। मिज़ो बजरंगी के यहाँ आता-जाता रहता है।

‘‘बाया...बायापा...न’’ यह पहला वाक्य था उस घायल आदमी का। उसकी देह जितनी ही भारी आवाज़ थी उसकी। उसे बोलने में कुछ कठिनाई हो रही थी। कोई समझ नहीं पाया कि वह क्या कह रहा है। उसने फिर आवाज़ दी, ‘‘बायपा...न।’’ लुड्डूआ ने ही अंदाज़ा लगाया और तड़ से अंग्रेज़ी बोला, ‘‘आर यू आस्किंग फ़ॉर वाटर ?’’

‘‘येस...येस।’’

लुड्डूआ ऊँचा चिल्लाया, ‘‘अरे यह पानी माँग रहा है...’’ काली जी ने झट से पानी दिया लुड्डूआ को। उसने फिर उस घायल इन्सान को। काली जी का मन उसकी बेचारगी पर पसीज गया था, ‘‘बेचारे का का दुर्गति कर दिया ई दिल्लीवाला सब।’’ इधर बजरंगी को अब समझ में आया कि वह कह रहा था, ‘‘भईया पानी।’’

उन्होंने अंदाज़ा लगाया कि यह कालू कुछ-कुछ मिज़ो की तरह ‘भईया’ बोलता है। मिज़ो ‘बैया’ बोलता है बजरंगी को तो यह कालू ‘‘बाया’’ बोला था। फ़िलहाल बजरंगी इस बात पर ख़ुश थे कि लुड्डूआ का केंद्रीय विद्यालय अंग्रेज़ी पर मेहनत कर रहा है। सर्र से अंग्रेज़ी बोलने लगा देखते-ही-देखते। उ नहीं होता तो का समझते इस हब्शी की भाषा को बजरंगी !

वह उठने को हुआ तो बजरंगी ने सहारा दिया। वे समझ गए कि बाथरूम जाएगा अब यह। बजरंगी ने अंग्रेज़ी बोलने की कोशिश की उससे, ‘‘बाथरूम आउट।’’ कहना तो चाहते थे कि बाथरूम बाहर है सीढ़ियों के पास। पर अंग्रेज़ी आगे नहीं बढ़ी। बेटे ने बाप की अंग्रेज़ी सँभाली, ‘‘आवर बाथरूम इज़ आउट साइड ऑफ़ द रूम। नियर बाई स्टेयर्स-बट इट इज़ क्वाइट डर्टी।’’ घायल हल्का मुस्कुराया, ‘‘नो प्रोब्लम।’’ और कमरे से बाहर जाने लगा पर कुछ सोच कर लुड्डूआ की ओर देखा, और धीरे से बोला, ‘‘आई एम नॉट अ नाइजीरियन। आई एम एन एथिओपियन एंड माय नेम इज़ सोलोमोन तेमेस्गेन।’’ इतना

कहकर वह हल्का होने चला गया।

बजरंगी ने बेटे की ओर सवालिया निगाहों से देखा तो लुड्डूआ ने कहा, ''बोला कि बाथरूम गन्दा होने से उसे कोई दिक्क़त नहीं और वह नाइजीरिया का नहीं इथोपिया का है और उसका नाम सोलोमोन तेमेस्गेन है।''

''ई इथोपिया कहाँ है?'' पिता ने सवाल दाग़ा।

''अफ्रीका में,'' बेटे ने जवाब दिया।

''और नाइजीरिया?''

''उ भी अफ्रीका में।''

''माने सब हब्शी लोग अफ्रीका में ही रहता है, ना?''

बेटे ने इस बात को कुछ गंभीरता से लिया, वह बाप का मन और भाषा दोनों पढ़ना जानता था, तो उसने लगभग समझाने के अंदाज़ में कहा, ''पापा... हब्शी कभी मत बोलना उसके सामने या काला या ब्लैक भी नहीं बोलना... बहुत बुरा मानता है ये लोग। जैसे मिज़ो को चिंकी बोलने से दु:ख होता है वैसे ही काला बोलने से इन लोगों को दु:ख होता है।'' बजरंगी रंग के इस दर्द को कुछ-कुछ जानते थे। पता नहीं कैसे वे भूल गए थे। सो थोड़े झिझके। काली जी पति की कमअक्ली पर कुछ नाराज़ भी हुईं।

सुबह नौ बजे सोलोमोन ने जब अपनी आँख खोली तो दूसरी चटाई पर बैठे बजरंगी, लुड्डूआ, लछमिनिया और मिज़ो उसे घूर रहे थे। मिज़ो आधे घंटे पहले ही आ गया था। सोलोमोन कुछ सकुचाते हुए उठा तो बजरंगी ने खुशदिली से अभिवादन किया, ''का जी सोलो जी, अब तबीयत कैसी है? बड़ा नाक बजाते हो भाई तुम तो!'' सोलोमोन कुछ भी नहीं समझा तो बेटे ने फिर सँभाला, ''नथिंग, जस्ट अ ग्रीट...गुड मोर्निंग ग्रीट।'' सोलोमोन ने जवाब दिया, ''ओह थैंक्स में अचा उन, अचा उन में।'' अरे इसको तो हिन्दी भी आती है!! बजरंगी ने सोचा। इधर मिज़ो ने भी अपना परिचय दिया सोलोमोन को। मिज़ो मिज़ोरम का था। वैसे तो उसका नाम ज़ोच्छू वानाव्मा या नाव्मा था पर बजरंगी के बूते नहीं था यह उच्चारण। चार-पाँच साल तो हो ही गए हैं मिज़ो को जानते हुए बजरंगी को। पर बजरंगी उसको उसके राज्य के नाम से ही पुकारते थे। वह भी पूरा नहीं आधा ही—मिज़ो। मिज़ो पहले इसी मोहल्ले में रहता था। फिर उसकी

दो बहनें भी आ गईं तो वह उनको लेकर सी ब्लॉक में रहने चला गया। मिज़ो की बहनें हमेशा साथ-साथ रहती थीं, इसलिए बजरंगी उन दोनों को हँसी में हिरिया-जिरिया कहते थे।

लड्डू, मिज़ो और सोलोमोन की अंग्रेज़ी में गिटपिट शुरू हुई तो वे ऊबने लगे। इसी बीच भाई जी का फ़ोन आ गया, ''अरे बजरंगी कहाँ हो भाई?'' बजरंगी रातभर के जगे हुए थे। कहीं भी आने-जाने का मन नहीं था आज उनका। उन्होंने कड़े दिल से झूठ बोला, ''भाई जी! तबीयत ख़राब है सुमन का...आज नहीं आ पाएँगे भाई जी।'' उधर काली जी सच में नाराज़ हो गईं, ''ई आदमी मेरा ही बहाना लेता है हमेशा...जब-जब झूठ बोलता है तब-तब हमरी तबीयत ख़राब हो जाती है महीने भर के भीतर।'' काली जी ने चाय चढ़ा रखी थी पर चाय और काली जी दोनों उबल रहे थे। बजरंगी की हिम्मत नहीं हुई कि बोल सकें, ''अरे जल्दी करो भाई...थोड़ा मोहल्ले में चक्कर काट लें...जलसे में अब दस दिन ही बचे हैं।'' उल्टे बजरंगी चुपचाप मोहल्ले में गुम हो गए। उन्हें जल्दी लौटना भी था। ई ससुरा सलमनवा (सोलोमोन) के चक्कर में आज की दिहाड़ी भी गई और भाई जी का साथ भी। शायद हाफ़-टाइम के बाद एक बार फ़ैक्ट्री ही घूम आएँ बजरंगी। पर आज गर्मी बहुत थी और धूप प्रचंड। हे प्रभु!!

साइकिल चुपचाप बजरंगी की यह लीला देख रही थी, ''इस गर्मी से कब तक बचोगे बेटा बजरंगी? मैं भी देख ही लूँ ज़रा।'' बजरंगी ने शायद सुना नहीं।

भाई जी कहते हैं कि राजनीति संभावनाओं का खेल है। इसमें डिप्रेशन की कोई जगह नहीं होती—वाकई डिप्रेशन हो तब भी नहीं। हमेशा उत्साह दिखाते रहना होता है। पर भाई जी के कह देने भर से डिप्रेशन ख़त्म नहीं हो जाता। ख़ुद का डिप्रेशन तो सँभाल ही लेते हैं बजरंगी पर घर के जो तीन प्राणी डिप्रेशन में रह रहे हैं उसका क्या करें? पंसारी के यहाँ सात हज़ार का उधार चढ़ गया है। काली जी ने बताया है कि कुल सात सौ रुपया ही बचा है घर में। अभी आधा महीना भी नहीं गुज़रा। ऊपर से पंद्रह दिन से फ़ैक्ट्री नहीं गए हैं बजरंगी। इधर मोहल्ले के पहचाने चेहरों से अधिकतम उधार लिया जा चुका था। मिज़ो से भी क्या माँगते। उसका पहले का ही उधार नहीं चुकाया गया है। वह बेचारा बारह-बारह घंटा खटता है सुपर-मॉल में। सुबह ही चला जाता है वहाँ। वहाँ वह

बन्दर तो कभी भालू तो कभी बत्तख़ का कपड़ा पहनकर पैसे वालों के बच्चों को हँसाता रहता है। पूरे दिन में केवल आधे घंटे का ब्रेक। न आराम करना न कहीं बैठना। बजरंगी ने कई बार समझाया कि कोई और काम करो पर कहता है कि और कुछ आता ही नहीं। उसे भी दिल्ली बहुत रास नहीं आती। कहता है कि चार-पाँच साल में कमाकर अपने थिन्त्लांग कुआ चला जाएगा। थिन्त्लांग कुआ मतलब सुदूर पिछड़ा हुआ उसका गाँव। वह भी कम कष्ट में नहीं है। बजरंगी जब मिज़ो के बारे में सोचते हैं तो उसका मुस्कुराता हुआ चेहरा सामने आ जाता है जैसे कह रहा हो, ''बैया लुन्गाई स्लुह-लुन्गाई स्लुह बैया।'' चिंता नहीं भईया, चिंता नहीं।

इधर संसद में कोहराम मचा हुआ था। टी.वी. हो या अखबार, बजरंगी के 'साहेब सर' फिर सुर्ख़ियों में थे और सरकार थी कि चुप थी। विपक्षियों ने उनके ख़िलाफ़ मोर्चा खोल दिया था। मीडिया के कुछ चालाक लोग मान रहे थे कि 'साहेब सर' ने देश के नागरिकों की सुरक्षा के संदर्भ में जो बयान दिए हैं, उससे दूसरे अर्थों में कुछ नागरिकों की प्रतिबद्धता पर सवाल भी उठ गए हैं। पर बजरंगी थे कि फ़ुरसत में अखबारों से 'साहेब सर' की फ़ोटो की कतरनें इकट्ठी करते रहते और मोहल्ले के निठल्लों को बुला-बुलाकर दिखाते, ''यही हैं वो...देख रहे हो ना यह कुर्सी...ठीक इसी के बगल में बैठे थे हम। साला सब विपक्षी लोग इनके पीछे पड़ गया है। अरे इतना बड़ा आदमी है, मुँह से कुछ निकल ही गया तो बात का बतंगड़ क्यों बनाता है भेंड़ु सब ?'' मोहल्ले के भेंड़ु लोग भी बात को बिना समझे हाँ में हाँ मिलाते। बजरंगी को आज तक मलाल है कि साहेब सर के साथ उस दिन कोई फ़ोटो नहीं खींचा गया। अच्छा! अब दिन ही कितने बचे हैं। साथ में फ़ोटो खिंचवा कर पोस्टर लगा देंगे बजरंगी पूरे मोहल्ले में।

अब तो झोंक दिया बजरंगी ने ख़ुद को भाई जी के साथ। बैनर-पोस्टर-होर्डिंग और ऊपर से प्रोटोकॉल का तमाशा अलग ही था। इधर भीड़ भी तो कुर्सीतोड़ चाहिए थी। बजरंगी भाई जी के अन्य बजरंगियों के साथ लगातार मीटिंग अटेंड करते रहते। उनका बस एक ही काम था। छोटी-बड़ी मीटिंगों में भाई जी के पक्ष में इतना हुमचकर बोलो कि सामने वाले को लगे कि वह

बस स्वर्ग के दरवाज़े पर खड़ा है। भीड़ लाओ और स्वर्ग जाओ। बजरंगी ने न दिन देखा न रात देखी। परछाई की तरह भाई जी के साथ चिपके रहे। गर्मी इधर और प्रचंड हो गई थी, लेकिन बजरंगी की प्रचंडता के आगे वह कुछ भी नहीं थी। भाई जी की कार से जब वे अपनी गली के मुहाने पर उतरते तब जाकर होश आता।

रात साढ़े बारह बजे जब वे घर पहुँचे तो बत्तियाँ जल रही थीं। लगता है कि सब जगे हुए हैं अभी तक। उन्होंने देखा कि उनके घर से विनय बाहर निकल रहा था। वह बजरंगी के गाँव का था और इसी मोहल्ले में रहता था। बजरंगी कुछ कहते कि शुक्ला हँस कर बोला, ''का बजरंगी? नेतागिरी चमका रहे हो न साले।'' बजरंगी संदर्भ तो समझ गए पर इतनी रात को यह यहाँ क्या कर रहा है? उनके माथे पर बल पड़ा तो शुक्ला बोला, ''अरे हाल-चाल पूछने आये थे। अब घबराने की कोई बात नहीं।'' बजरंगी हदस गए, ''मतलब।'' शुक्ला उनकी पीठ ठोकते हुए बोला, ''अरे कुछ नहीं, अन्दर जाओ...सब ठीक है।'' बजरंगी तीर की तरह अंदर आये तो एकदम सन्नाटा था भीतर। लुड्डुआ बेसुध चटाई पर पसरा था और काली जी लछमिनिया को गोद में लिए पंखा झल रही थीं। मिज़ो उकड़ूँ बैठा था और सोलोमन पालथी मार कर। ई सब यहाँ क्या कर रहा है इतनी रात को। ज़बरदस्त खौफ़ में आ गए बजरंगी। पूछा, ''क्या हो गया जी? सब चुप काहे हैं?''

''कुछ नहीं बैया...लुड्डू को उल्टी-दस्त हो गया था,'' मिज़ो ने कहा। बजरंगी इसके पहले कि कुछ सोचते काली जी ने लछमिनिया को लगभग फेंकते हुए अपनी गोद से उतारा और झपट पड़ीं बजरंगी पर। उन्होंने पलक झपकते ही बजरंगी का कुर्ता उनकी छाती से लेकर पेट तक फाड़ दिया और एक हल्की चीख़ मारकर फ़र्श पर गिर पड़ीं—चीख़ रुदन में और रुदन सिसकियों में बदल गया। ग़रीब बजरंगी ने पहली बार अपनी पत्नी को कुहुक-कुहुककर रोते देखा। वे समझ गए।

मिज़ो और सोलोमन जा चुके थे। पर प्रचंड गर्मी टस-से-मस नहीं हो रही थी। बल्कि बजरंगी की देह से पानी हरहरा रहा था। निक्कर पहने नंगे बदन वे दरवाज़े की ड्योढ़ी पर बैठ गए। तमाम बत्तियाँ बुझ चुकी थीं। बत्तियाँ

बुझने के पहले बजरंगी ने लुड्डू को देखा। उसकी देह पस्त थी पर दवाइयों के असर से उल्टी-दस्त रुक गए थे। मिज़ो ने उनको बताया था कि तीन बोतल ग्लूकोज़ चढ़ा है शाम को। दोपहर से ही उसको बेचैनी शुरू हो गई थी और तीन बजते-बजते उल्टी-दस्त। लछमिनिया सुबह कार्टून देखने लगती है बजरंगी के मोबाइल पर। इसलिए दोपहर होते-होते बजरंगी का मोबाइल डिस्चार्ज हो गया था। फिर सुमन ने भाई जी को फ़ोन किया। कई बार कॉल गई पर उन्होंने अननोन नंबर जानकर उठाया ही नहीं। मोहल्ले में घूमीं। कोई मरद-मानुष नहीं मिला कि लुड्डुआ को टाँगकर अस्पताल ले जाये। विनय भी नहीं था और न ही उसका फ़ोन लगा। फिर मिज़ो को फ़ोन लगाया। मिज़ो को सुपर-मॉल से आते-आते दो घंटे लग जाते। मिज़ो ने सोलोमोन को फ़ोन लगाया तो वह अपने घर पर ही था। वह आधे घंटे में आ गया और उल्टी-दस्त से सनी हुई लुड्डू की देह अपनी पीठ पर टाँग कर अस्पताल ले गया। घर में आज फूटी कौड़ी भी नहीं थी सुमन के पास। कैसे सँभाला होगा उनकी काली जी ने यह सब? बजरंगी का कलेजा फटा जा रहा था यह सब सोचकर।

घुप्प अंधियारे में ड्योढ़ी पर बैठे बजरंगी की आँखें बही जा रही थीं। एक साइकिल को छोड़ कर उनका सिसकना कोई नहीं देख रहा था। ऐसी ग़रीबी का एहसास उनको पिछले तेरह वर्षों में कभी नहीं हुआ था। तेरह साल पहले इसी तरह की ग़रीबी से नफ़रत करते हुए वे गाँव से दिल्ली चले थे। आज वह फिर साक्षात सामने खड़ी थी। उन्होंने दरवाज़े पर खड़ी साइकिल को अँधेरे में ही छुआ, ''तीन सौ तो मिल ही जाएँगे इसके।''

''गलत...मेरा लोहा देखो...पाँच सौ से कम में नहीं बिकने वाली मैं,'' उस निराश लम्हे में भी साइकिल की आवाज़ खनक गई।

बजरंगी ने जवाब में 'हूँ' कहा।

''फिर फ़ैक्ट्री कैसे जाओगे? बारह किलोमीटर दूर है। बस से आने-जाने में रोज़ बीस रुपया लगेगा। और कहीं ओवर टाइम करना पड़े तो रात में ऑटो का किराया दे पाओगे तुम?''

''दस साल तो ओवर टाइम किया न? उससे क्या सुधर गया? हाड़तोड़ मेहनत की। रात बारह-बारह बजे तक। क्या मिल गया? अच्छ खाना? कहीं

घूमना-फिरना ? ए.सी.-कूलर की ठंडी हवा ? क्या मिला ? मिली तो यह गर्मी कि औरत-बच्चे बिलबिला रहे हैं मेरे।''

साइकिल ने खँखारकर अपना गला साफ़ किया, ''तो तुम्हें लगता है कि यह सब करते रहने से एक दिन वे सारी सुविधाएँ मिल जाएँगी ? राजनीति वह नहीं है बजरंगी जो तुम्हारे भाई जी कह रहे हैं।''

बजरंगी अड़ गए, ''पहचान से पैसा आता है। समाज में इज़्ज़त बढ़ती है। लोग काहे जुड़ेंगे हमसे जब तक शक्ति न हो या पहचान न हो ?''

''राजनीति सार्थकता की पहचान है बजरंगी। सार्थकता की पहचान ही असली पहचान है। समाज जुड़ता है भरोसे के नाम पर। वही इज़्ज़त दिलाता है। लोगों के लिए लड़ मरने का भरोसा ही शक्ति है।''

''केवल भरोसा से कुछ होता है जी ? बेफ़ालतू बात!'' बजरंगी ने झिड़का।

साइकिल बिदक गई, ''तो तुमको क्या लगता है कि तुम में शक्ति आएगी भईया जी जैसे लोगों से जुड़ने में ? माननीय बजरंगी जी, आज की राजनीति में तुम जैसे नेताओं की उम्र ही कितनी होती है ? बहुत ही कम! पता कर लो!''

बत्तियाँ यदि जली होतीं तो दिखता कि साइकिल की ओर देखते हुए बजरंगी का चेहरा व्यंग्य में किस कदर डूबा हुआ था। उन्होंने व्यंग्य में डूबे-डूबे ही जवाब दिया, ''तो फ़ैक्ट्री में कौन-सी लम्बी उमर मिलने वाली है ? लोहा गलाने वाले मज़ूर साठ भी नहीं पहुँचते। मैं साठ तक पहुँच जाऊँ तो यही अचरज की बात होगी।''

साइकिल को अब कोई जवाब नहीं सूझ रहा था। बात बहुत गहरी कह गया था यह मज़दूर।

साइकिल को पहली बार एहसास हुआ कि आज की बहस में बजरंगी जीत रहे हैं। राख को पता था कि जलना क्या होता है, साइकिल को नहीं।

बजरंगी कुछ देर तक चुपचाप बैठे रहे। शायद कुछ सोच रहे थे। फिर ड्योढ़ी से उठने लगे तो प्यार से साइकिल के कान उमेठ कर कहा, ''तुम्हारे कहे में भी दम है पर हम ई नहीं मानेंगे कि राजनीति क़िस्मत नहीं बदल सकती।''

सोए हुए बजरंगी को कुछ फुसफुसाहट सुनाई दे रही थी। सोए-सोए ही फुसफुसाहट पर उन्होंने ध्यान लगाया तो लगा कि साइकिल किसी से बतिया रही है—बेहद धीरे-धीरे। वह किसी अजनबी से कह रही थी, ''अभी पता नहीं क्या करेगा वह। लाख समझाया पर मानता ही नहीं।'' अजनबी उसे दबी जुबान में शायद डाँट रहा था, ''तुम्हें कितनी दफ़ा समझाया कि उसे टोका न करो... भटक जाएगा। हालत देख रही हो उसकी।'' थोड़ी चुप्पी के बाद साइकिल ने अजनबी को कहा, ''बेचने को कह रहा है, अब क्या करना होगा?'' अजनबी फिर फुसफुसाया, ''मैं भविष्य देख रहा हूँ...मुझे लग रहा है कि तुम नहीं बिकने वाली। चाहे वह लाख जतन करे। उसे तुम्हारे भरोसे ही खोजनी है वह चीज़। समझ गईं? जो मैं नहीं खोज पा रहा हूँ उसे यही आदमी खोजेगा।'' साइकिल ने फुसफुसाकर सवाल पूछा, ''और अगर न खोज पाया तो?'' अजनबी ने बड़ी कठोरता से जवाब दिया, ''तो फिर मैं ले जाऊँगा तुम्हें...मना मत करना तब।''

इतना सुनना था कि नीम अँधेरे में बजरंगी झटके से उठकर ड्योढ़ी पर चले आए और मोबाइल की बत्ती जला दी। साइकिल के साथ एक बहरूपिया खड़ा था। घुटने तक चमड़े का नुकीला जूता और चमड़े की ही ख़ूब लम्बी टोपी। टोपी दाहिने और बाएँ से मसाला-डोसा की तरह मुड़ी हुई थी जिससे टोपी आगे की ओर नुकीली दिख रही थी। उसकी दाढ़ी कुछ लम्बी थी मगर साधुओं की तरह लंबी होकर झूल नहीं रही थी। बल्कि करीने से काट कर चेहरे के हिसाब से उसे सजाया गया था। बजरंगी उसे अपलक निहारे जा रहे थे। उसके कपड़े भी अजीब थे। नीले रंग का रेशमी मोटा पाजामा था जिसके पायँचे घुटने तक चढ़े उसके चमड़े के जूते में बिला गए थे। पूरे बाजू का नीले ही रंग का मोटा रेशमी कुर्ता पहने था वह, जिसमें सोने के बहुत बड़े और मोटे बटन लगे थे। नीले कपड़ों में से लाल रेशमी कपड़े एक तरतीबी से झाँक रहे थे। कमर के ऊपर चमड़े का ही मोटा बेल्ट था जो उसके कुर्ते के ऊपर स्टील के जैकेट को चांपे हुए था। गले में चाँदी की चेन थी जिसमें चाँदी का गोल लॉकेट था। लॉकेट पर गणित के जोड़ वाला निशान था। उसने दाहिने हाथ में चमकता हुआ कंगन पहन रखा था—जैसे कि हीरा जड़ा हो। बजरंगी ने आज तक ऐसा

बहुरूपिया नहीं देखा था। वह बहुरूपिया पुराने ज़माने के किसी सिपाही का वेश बनाए हुए था। बजरंगी हैरानी में थे कि इतनी रात गए यह यहाँ क्या कर रहा है। अचानक बजरंगी को उसकी कमर के बगल में झूलती हुई लंबी तलवार दिखी जो सोने-चाँदी से मढ़ी म्यान में हिल-डुल रही थी। बजरंगी एकदम से आतंकित हो गए। वे बिजली की गति से पीछे हटे और दरवाज़े की कुण्डी झट से लगा दी। सुबह आठ बजते-बजते बजरंगी का शरीर गर्मी के मारे भीग गया। उनकी आँख खुली तो बहुरूपिया गायब था। डरावना सपना टूट गया।

भाई जी सुबह से तीन बार फ़ोन कर चुके थे। बजरंगी ने जब जवाबी फ़ोन किया तो भाई जी ने जलसे वाले पोस्टर में बजरंगी का फ़ोटो भी डालने की खुशखबरी दी। करना बस यह था कि जल्दी से एक पासपोर्ट साइज़ का फ़ोटो खिंचवाकर आज ही देना था। भाई जी ने दस बजे बजरंगी को अपने घर बुलाया है। पर गाड़ी नहीं भेजी आज। भाई जी की पत्नी को ठंडा पानी पीने और दिन-रात ए.सी. में पड़े रहने से सर्दी-जुकाम हो गया था। वे गाड़ी लेकर डॉक्टर के पास गई थीं।

बजरंगी ठीक दस बजे जब भाई जी के घर पहुँचे तो उन्हें निचले तल के गोदाम में भाई जी ले गए। वहाँ और लोग भी बैठे थे। कुछ जाने-पहचाने थे पर ज़्यादातर अजनबी चेहरे थे। कुल बीसेक लोग तो होंगे ही। फिर तय हुआ कि जलसे वाले दिन बजरंगी के पास तीन बसें ठीक बारह बजे पहुँचेंगी। वहाँ से भीड़ लेकर हर हाल में बजरंगी चार बजे जलसे वाली जगह पर पहुँच जाएँ। भाई जी ने बजरंगी के आग्रह पर थोड़ी नाराज़गी के साथ ही सही उन्हें यह रियायत दे दी कि तीन सौ नहीं तो कम-से-कम ढाई सौ लोग उस दिन बसों में भर कर ले आएँ मोहल्ले से। अलग-अलग लोगों को काम बाँटते-बाँटते दोपहर के एक बज गए। आज तमाम लोगों के भोजन का प्रबंध भाई जी के घर पर था। उनका नौकर क्या भोजन बनाता है! एकदम दिव्य! सबने छक कर खाया और सराहा। बजरंगी को भाई जी ख़ुद पूछ-पूछ कर परोस रहे थे। ग़रीब कितना ही गरीब हो वह सम्मान का ही भूखा होता है। यह सम्मान नहीं भूल सकते बजरंगी।

बजरंगी जब चलने को हुए तो भाई जी ने कहा, ''चाहो तो आज फ़ैक्ट्री में खट आओ। अगले पाँच दिन फिर कहीं नहीं जाना है। और हाँ, फ़ैक्ट्री से लौटते

वक़्त यहाँ फिर आ जाना। पोस्टर बैनर और झंडे आ जाएँगे। निमंत्रण-पत्र भी। उसमें से थोड़ा-थोड़ा लादकर घर ले जाना। मेरी गाड़ी से ही जाना।'' बजरंगी नमस्कार करके चल पड़े। उनकी चाल में कुछ फुर्ती थी।

वे बस से ढाई बजे फ़ैक्ट्री पहुँचे। कपड़े उतारकर भट्टी की ओर बढ़ने से उनकी देह बार-बार विद्रोह कर रही थी। तीन हफ़्तों की ग़ैर-हाज़िरी में उनकी देह यहाँ झुलसने की आदत को भूल चुकी थी। तभी एक कर्मचारी ने आकर बताया कि मैनेजर साहब उन्हें बुला रहे हैं। नंगे बदन ही बजरंगी मैनेजर के केबिन में चले गए। कुर्सी पर नया लड़का था कोई। तीस-पैंतीस की उम्र रही होगी, मैनेजर की। बजरंगी भूल ही गए थे कि पुराना मैनेजर रिटायर हो चुका है।

बजरंगी उल्टे पैर लौट गए। मैनेजर को कुछ हैरानी हुई। लेकिन वे जल्दी ही लौट आए। सफ़ेद कुर्ता-पाजामा पहने और अदब से नमस्कार किया, ''नमस्कार सर जी।'' मैनेजर ने उसे घूरा, फिर कुछ सब्र रखकर सवाल किया ''आकर एकदम लौट क्यों गए?'' बजरंगी ने सफ़ाई दी ''सर जी कम कपड़े में था न। तो हम समझे कि...''

मैनेजर ने बीच में ही टोका, ''नहीं, आप इसलिए पाजामा-कुर्ता पहन कर आये कि आप हमें यह दिखा सकें कि आप नेता हैं कोई मामूली मज़दूर नहीं।''

'साला ई तो कड़ा पीस निकला', बजरंगी ने मन-ही-मन सोचा। फिर कुछ हकलाते हुए बोले, ''आप मैनेजर हैं सर जी। आपको हम कपड़ा दिखाएँगे?''

''बजरंगी जी, कान खोल कर सुन लो। फ़ैक्ट्री घाटे में जाने लगी है अब। प्रोडक्शन कॉस्ट पर मुझे कोई बर्दाश्त नहीं होगा। यह अंतिम वार्निंग है। चलिए जाइये यहाँ से। भिड़ जाइये काम में।'' मैनेजर की आवाज़ बहुत सख़्त हो चुकी थी। पर वह लीडर ही क्या जो मैनेजर की मैनेजरी की बेपरवाही करते हुए अपनी बात की बर्फ़ी न बना दे। मैनेजर का अंदाज़ा सही निकला कि बजरंगी एक अदने-से मज़दूर भर नहीं हैं। पलक झपकते ही बजरंगी ने मैनेजर के सामने भाई जी, राष्ट्रीय स्तर के नेता 'साहेब सर' और उन लोगों से अपने संबंधों का इस्पाती पुल खड़ा कर दिया। और कुछ ठहर कर अंत में जोड़ा, ''सर जी, अगर आप भी समय पर आ जाएँगे उस दिन तो साहेब सर से मिलवा भी दूँगा भाई जी से कह कर।'' मैनेजर कुछ संशयग्रस्त हुआ। उसने इतने दिनों में बाकी मज़दूरों

से बजरंगी की राजनीतिक सनक और फ़ैक्ट्री से फरारी के ढेरों क़िस्से सुन रखे थे। उसने लगभग तौलते हुए जवाब दिया, ''पहले अपना काम कीजिए...इस पर सोचेंगे अभी।''

बजरंगी इन चोंचलों से परिचित थे। बहुत आदर से मैनेजर को नमस्कार किया और बाहर के दरवाज़े की ओर मुड़ते-मुड़ते अंतिम अस्त्र चलाने की कोशिश की, ''सर जी, आप यू.पी. से हैं?''

मैनेजर ने इस बार घूरा, क़ायदे से घूरा, ''हाँ हैं, मथुरा से...। बताइए?''

बजरंगी ने मुस्कुराने की कोशिश की और जवाब दिया, ''सर जी, हम भी यू.पी. से हैं।''

मैनेजर का चेहरा कुछ लाल हुआ, ''तो...तो?''

''साला ई हाथ में नहीं आएगा,'' बुदबुदाते हुए बजरंगी उसके केबिन से बाहर आ गए।

मैनेजर को दिखाने के लिए ही सही बजरंगी ने रात साढ़े आठ तक हाड़-तोड़ मेहनत की। सबसे पहले तो माल-गोदाम में जाकर लोहे के कबाड़ का मुआयना किया। भारी लोहा और हल्का लोहा आपस में मिला कर रख दिया गया था। वे अपने मातहत मज़दूरों पर चीख़ पड़े, ''साला कितनी बार कहा है कि भारी लोहे को हल्के लोहे के साथ मिक्स मत करो। पर सुनता कौन है यहाँ।'' ताबड़तोड़ उन्होंने मज़दूरों को भारी लोहे से हल्के लोहे अलग करने का आदेश दिया। फिर भारी लोहों पर जहाँ-जहाँ ज़ंग लगी थी, वहाँ-वहाँ तेज़ाब में पानी मिक्स करके फेंकवाया। फिर मज़दूरों को हाथ में दस्ताने डलवा कर लोहे के बड़े-बड़े स्क्रबर दे दिए, ''चलो जी भिड़ जाओ।'' वे ख़ुद भी मज़दूरों के साथ भिड़ गए। मैनेजर उनकी सारी गतिविधि सी.सी.टी.वी. के कैमरे से देख रहा था। यह बात शायद मैनेजर नहीं जानता था कि ज़ंग लगे लोहे को गलाने से प्रोडक्शन कॉस्ट पर भले असर न हो पर लोहे की क्वालिटी गिर जाती है। पर उसको अब तक इस बात का एहसास हो चुका था कि यह आदमी कभी बेरोज़गार नहीं रहेगा।

भाई जी के घर से निकलते-निकलते साढ़े नौ हो चुके थे। थकान से बजरंगी की देह चूर हो चुकी थी। जब वे भाई जी के घर से निकल रहे थे तो

भाई जी ने नौकर को बुलाकर कुछ कहा। नौकर प्रसाद की थाली ले आया। भाई जी ने ख़ुद अपने हाथों से एक लंबा तिलक बजरंगी के ललाट पर लगाया और उनके दाहिने हाथ पर हल्दी-सिंदूर से रंगा हुआ सुगंधित रक्षा धागा बाँधा। बजरंगी को अचरज इस बात पर था कि भाई जी रक्षा धागा बाँधते हुए कुछ उत्तेजित थे और बार-बार जो कह रहे थे, उसे बजरंगी चाहकर भी समझ नहीं पाए। भाई जी ने कहा, ''बजरंगी...आज हम खतरे में हैं। यह तिलक और मंत्रपूत रक्षा धागा हमारी पहचान है, जिसे हमारी संततियाँ भूले जा रही हैं। इसीलिए तो हम हिन्दुओं का यह हाल है दुनिया में। हमें हमारी पहचान बचानी है भाई।'' फिर भावुक होकर भाई जी ने गले लगा लिया बजरंगी को। बजरंगी तभी से उलझन में पड़ गए थे। कौन साला ख़तरा पैदा कर दिया है अचानक?

घर लौटती हुई कार ने जब अपने ए.सी. से बजरंगी को कँपा दिया तब उन्हें होश आया कि वे दिन में एक बार भी सुमन को फ़ोन करके नहीं पूछे कि लुड्डुआ का जी कैसा है अब? उन्होंने अपना फ़ोन चेक किया। फ़ोन डिस्चार्ज नहीं हुआ था अभी। पर घर से कोई फ़ोन भी नहीं आया था। मतलब सब कुछ ठीक है।

उन्होंने पोस्टर-बैनर और निमंत्रण-पत्र डिक्की से निकाल कर अपने सर पर रख लिए और ड्राइवर ने उनकी देखा-देखी झंडेवाली बड़ी मोटरी अपने सर पर रख ली। दोनों जलसे के सामान के भार से दबे जा रहे थे। पर दोनों मज़दूर ही थे। बाहर की गर्मी से बेहाल दोनों जैसे-तैसे गली से घर तक आ ही गए। ड्राइवर अपनी मोटरी पटककर झटपट भागा। उसे भी अपने घर जाना था।

ड्योढ़ी पर खड़े बजरंगी पसीने से तरबतर हो चुके थे। पर उन्होंने महसूस किया कि अन्दर से ठंडी हवा का झोंका लगातार उनकी देह से टकरा रहा था। कूलर? अरे ई कैसे? आनन-फानन में वे सीधे भीतर के कमरे में घुसे। वहाँ का नज़ारा हैरतअंगेज़ था। कमरे की चौकी को उठाकर किनारे किया जा चुका था और बालकनी में ईंटें सजाकर कूलर को खिड़की से सेट कर दिया गया था। लछमिनिया चादर ओढ़ कर सो रही थी और उसकी चादर में लुड्डुआ और उसकी माँ पैर डाले कूलर-सुख ले रहे थे। कूलर से भी ज़्यादा हैरान करने वाली चीज़ सुमन के बगल में बैठी थी। वह बजरंगी को देखते

ही खड़ी हो गई और मुस्कुराकर बजरंगी का अभिवादन किया, ''नमहस्से बाया।'' वह बजरंगी से डेढ़ गुना ज्यादा लम्बी थी। सोलोमोन के कद को छूती हुई। बजरंगी इससे पहले कुछ कहते-समझते कि सुमन ने परिचय कराया, ''अरे ई सोलोमोन की होने वाली बहुरिया है।'' बहुरिया वैसे ही नमस्ते मुद्रा में खड़ी रही। बजरंगी ने तुरंत शिष्टाचार दिखाया, ''अरे रे...ठीक है। बैठिए-बैठिए...खड़ी काहे हो गईं।''

बजरंगी के ललाट से लाल रंग का तिलक पसीने में बह कर उनको बन्दर बना चुका था। सुमन को हँसी आ रही थी। गमछा उनकी ओर उछालते हुए बोली, ''हाथ में धग्गी माथे पर तिलक? का बात है? अब पुजारी भी बनोगे का?'' बजरंगी ने चेहरा पोंछते हुए गर्व से कहा, ''अरे भाई जी ने तिलक किया है। यही तो हमारी हिन्दू पहचान है।'' इसी बीच बहुरिया बिना कुछ कहे-सुने रसोई से बजरंगी के लिए पानी ले आई। बजरंगी दंग! बड़ी समझदार है ई तो। जब बजरंगी पानी पी रहे थे तो बहुरिया धीरे से बोली, ''आई हैव सम हिंडू फ्रेंड्स इन माई कंट्री। वी हैव टू ह्यूज एंशियंट टेम्पल्स इन अद्दीस अबाबा।'' सुमन और बजरंगी कुछ नहीं समझे। लुड्डुआ ने अनुवाद किया, ''कह रही हैं कि इनके देश में इनके कुछ हिन्दू दोस्त भी हैं। इनकी राजधानी अद्दीस अबाबा में दो बड़े-बड़े मंदिर हैं। बहुत पुराने।'' सच में बहुत समझदार है यह लड़की!

पर सचाई तो यह थी कि बजरंगी अभी हिन्दू-धर्म के बारे में नहीं बल्कि कूलर के बारे में सोच रहे थे। उन्होंने इशारे से सुमन को रसोई घर की ओर चलने को कहा। वह आई तो दाँत पीसकर पूछा, ''साफ़ साफ़ बताना। यह कूलर सोलोमोनवा लाया है न? अब ई दिन देखने पड़ेंगे कि साला विदेशी लोग एहसान करेगा। सोलोमोनवा हमसे दोस्ती काहे गाँठ रहा है...कुछ आगे-पीछे सोचा तुमने?''

''हम तीन घंटा तक कूलर को दरवाज़े से भीतर नहीं आने दिए। लुड्डुआ भी यह कहते हुए मिज़ो से झगड़ गया था कि पापा से बिना पूछे हम कूलर नहीं लगने देंगे।'' बहुत धीरे से, लगभग फुसफुसाते हुए और बहुत संयमित होकर सुमन ने बजरंगी को जवाब दिया।

''फिर ?'' बजरंगी का पारा अभी भी चढ़ा हुआ था।

''फिर का ? मिज़ो ने अपनी बहनों को और सोलोमोन ने अपनी बहुरिया को बुला लिया। हमने कहा कि हम ग़रीब हैं लेकिन एहसान नहीं लेते। तब सबने मिलकर यह तय किया कि यह उधार रहेगा।'' फिर रुक कर सुमन ने सफ़ाई भी दी, ''तुम चाहो तो लुड्डूआ से पूछ लो। कूलर नहीं आता तो हम लोग मर थोड़े ही न जाते ?'' अंतिम वाक्य बोलते-बोलते सुमन की आँख डबडबा गई।

''तो कूलर किसके पैसे का है ? मिज़ो का कि सोलोमोन का ?'' बजरंगी तने हुए थे।

''यही तो पता नहीं चल रहा है। किसी ने कुछ भी बताने से मना कर दिया।'' सुमन ने कुछ-कुछ और भी बातें बताईं जिसका सार-संक्षेप था कि सोलोमोनवा लुड्डूआ को पकड़कर रोने लगा और रोते-रोते कुछ कहने लगा। बाद में सुमन को लुड्डूआ ने बताया कि जब वह सोलोमोन से झगड़ते हुए बोला कि हम गरीब ज़रूर हैं पर मेरे पिता बहुत ख़ुद्दार आदमी हैं तो सोलोमोन रोते-रोते बोला कि भाई हम भी बहुत गरीब हैं। मेरा पूरा देश ही गरीब है। मैं एहसान नहीं कर रहा हूँ। तुम पैसा बाद में दे देना अपने पापा से लेकर। फिर हिरिया-जिरिया और यह बहुरिया भी रोने जैसा मुँह बनाने लगीं। थक-हारकर सुमन को हाँ कहना पड़ा।

बजरंगी की अनुपस्थिति में इतनी लीलाएँ यहाँ हो चुकी थीं कि बजरंगी का माथा ख़राब हो रहा था। इसी बीच सोलोमोन और मिज़ो भी आ गए। हिरिया-जिरिया भी। मतलब एक और लीला होने वाली थी यहाँ। लीला का नाम था—सामूहिक भोज। भोज का प्रबंध सुमन ने ही किया था। कूलर आने के उपलक्ष्य में। पर बजरंगी थे कि किसी अनजाने संदेह से अभी भी जकड़े हुए थे।

मिज़ो और उसकी बहनें अपने घर से चिकन बना कर ले आये थे और सोलोमोन की बहुरिया ने केक मँगवाया था। सुमन ने लुड्डू के लिए खिचड़ी बनाई और बाकियों के चावल और रोटी। हिरिया-जिरिया लछमिनिया के साथ खेल रही थीं पर सोलोमोन की भावी पत्नी रसोईघर में लगातार सुमन का साथ

देती रही। बजरंगी को लगता था कि विदेशी लोग सिर्फ़ होटल में खाता है। लेकिन इस लड़की में तो गृहिणियों के सारे लक्षण थे। बजरंगी ने उसे गौर से देखा। यह भी देखा कि बहुरिया ने जो बहुत लम्बी-सी घरेलू फ्रॉक डाल रखी थी वह पीछे से तीन जगहों से दरकी हुई थी। पर उसने बहुत करीने से उन्हें सिल रखा था। उसका नाम आबेबा सोल था। वह भी सोलोमोन के साथ बी-फ़ार्मा का कोर्स कर रही थी। उस रात में बुरी तरह पिट जाने और लहूलुहान हो जाने के बाद भी सोलोमोन घर केवल इसलिए नहीं गया कि वह नहीं चाहता था कि उसकी मंगेतर उसका टूटा-फूटा जिस्म देखे। उस घटना के तीन दिन बाद सोलोमोन, सोल से मिला। सोलोमोन आबेबा सोल से बड़ी मिन्नत करके इंडिया ले आया था कोर्स कराने। पाँच साल खटकर सोलोमोन ने इंडिया में बी-फ़ार्मा के कोर्स के लिए पैसे जुटाए थे। पर अपनी मंगेतर को भी कोर्स कराने के लिए उसने ब्याज पर पैसा उठाया था। अपने देश में।

''ये सब क्या लाये बैया...जंदापोस्तर'' मिज़ो को दुनिया की हर चीज़ में दिलचस्पी थी। उसने दरवाज़े के कोने में पड़े जलसे वाले ढेरों सामान को देख कर यह सवाल पूछा था।

''जंदा-पोस्तर नहीं झंडा-पोस्टर है...दो दिन बाद बहुत बड़ा जलसा है भाई जी का। बहुत बड़े-बड़े लोग आएँगे।'' यह कहते-कहते बजरंगी को याद आया कि पोस्टर में उनकी अपनी तस्वीर कैसी छपी है यह तो देखा ही नहीं। उन्होंने एक पोस्टर खोला तो उसमें साहेब सर की बड़ी-सी फ़ोटो थी और ठीक उसके नीचे जलसे की तारीख और सांस्कृतिक कार्यक्रमों की सूचना थी। साहेब सर के फ़ोटो के नीचे कोने में भाई जी की ज़बरदस्त फ़ोटो थी पर साहेब सर के फ़ोटो से छोटी। फिर भी तिलक लगाए भाई जी का रौबदार चेहरा चमक रहा था। भाई जी के फ़ोटो के नीचे बीस लोगों की छोटी-छोटी तस्वीरें थीं, जिनमें एक तस्वीर बजरंगी की थी। बजरंगी ख़ुश हो गए और सबको गर्व से दिखाया, ''ये देख रहे हो, ये? पचास हज़ार ऐसे पोस्टर बने हैं। सब में मैं हूँ।'' घर की जनता ख़ुश हो गई। काली जी तिरछी निगाहों से पोस्टर देख रही थीं। सोलोमोन और सोल, हिरिया-जिरिया सबने देखा। इसी बीच मिज़ो ने टोका, ''अरे ये बरा-बरा क्या लिखा है वह तो बताओ बैया।''

मिज़ो को हिन्दी पढ़नी नहीं आती थी तो लुड्डुआ झट से पढ़ने लगा, ''लिखा है हिन्दू मज़दूर सेना।''

''बोत अचा...बोत अचा...। मेरा चाचा भी हिन्दू है ?'' मिज़ो बोला।

बजरंगी को यह बात खटक गई, ''तेरा चाचा हिन्दू है तो तुम क्या हो ?''

''मैं तो बुद्ध को मानता है बैया,'' मिज़ो ने सहज ही जवाब दिया।

''तो एक ही खानदान में दो-दो धरम। कैसे ?'' बजरंगी को हैरानी हो रही थी।

''अरे बैया...हम्मे तो तीन-तीन, चार-चार होते हैं।। मेरा मामा सब क्रिशिचयन है...ईसाई...।''

बजरंगी को हँसी आ गई, ''अजीबे देश है तुम्हारा।''

मिज़ो की हाज़िरजवाबी में कोई कमी न थी, बोला, ''देश नहीं बैया। स्तेत है...देश तो इंडिया ही है...तुमको ले जायेगा उधर।''

बजरंगी के लिए मिज़ो की दुनिया किसी अजायबघर से कम न थी। लेकिन अब देर हो रही थी। काली जी ने इशारा किया तो झटपट सिल्वर फ़ोइल से सजी गत्तेवाली प्लेटें लग गईं। हिरिया-जिरिया क्या स्वादिष्ट चिकन बनाती हैं। बजरंगी तर हो गए। खाकर तर तो सभी हो गए थे। फिर केक खाते-बतियाते एक बज गए। बजरंगी को चिंता हो रही थी कि इतनी रात गए ये पाँच प्राणी सी-ब्लॉक जाएँगे कैसे ? उन्होंने तय किया कि वे भी सी-ब्लॉक जाएँगे उन लोगों को छोड़ने। वे नहीं भूले हैं कि सोलोमोन के साथ हाल में ही क्या हुआ था। छीना-झपटी और मारपीट की वारदातें इस इलाक़े में अचानक बढ़ गई थीं। बजरंगी समझ नहीं पा रहे थे कि देखते-देखते अपराध इतना कैसे बढ़ गया यहाँ।

5

घर से निकलने से पहले बजरंगी ने सुमन को बुलाकर हज़ार रुपए दिए। यह रुपए चलते-चलते बजरंगी को भाई जी ने दिए थे मज़दूरों से पोस्टर चिपकवाने के लिए। पर अभी इज़्ज़त की बात थी। दानवीर ने उसमें से आधा दान करने की सोची। दानवीर ने सोलोमोन की बहुरिया को सुमन के हाथों पाँच सौ रुपए दिलवाए। पर वह तो बिदक ही गई थी। पर मिज़ो ने सोल को समझाया कि यह

इनके यहाँ की रीति है। बहू को मुँह दिखाई देने की रस्म-रिवाज है। सोलोमोन और सोल दोनों हैरान थे पर मना नहीं कर सके।

पैदल ही चल पड़े सब। सी-ब्लॉक के गेट पर चार-पाँच ऑटोवाले खड़े थे। सब बजरंगी के मोहल्ले के थे। उसमें से दो तो उन्हीं के ज़िले के थे। दूर से ही पहचान कर नमस्ते की सबने बजरंगी को। नेता बजरंगी की बाछें खिल गईं। क्या सही समय पर मिले ये लोग। प्रत्युत्तर में उन्होंने ऊँची आवाज़ में हाल-चाल लिया, ''क्या जी सब ठीक-ठाक?'' फिर सबसे हाथ भी मिलाया। बिलकुल नेताओं की तरह और बड़े गर्व से कहा, ''ई लोग मेरा गेस्ट हैं। छोड़ने आये हैं हम। यहीं सी-ब्लॉक में रहता है लोग।'' फिर सबने सबसे दुआ-सलाम की और चल पड़े। मिज़ो ने प्रशंसा की, ''बोत पचान है बैया तुम्हारा...बोत अचा।'' यही बात मिज़ो ने सोलोमोन और सोल को भी बताई। बजरंगी का सीना चौड़ा हो गया था।

सुख क्या होता है इसकी नई परिभाषा कूलर ने दी। बजरंगी के पूरे परिवार का रोयां-रोयां सुख में डूबा हुआ था। लौट कर आये बजरंगी ने देखा कि लछमिनिया और लुड्डू चादर तान कर सो गए थे। सुमन को भी कूलर से ठंड लग रही थी। उसने आधे बदन तक चादर डाल ली थी। बजरंगी बत्ती बुझा कर उसी चादर में घुस गए। आज बहुत अच्छा लग रहा था पति-पत्नी को। बहुत दिनों बाद बहुत अच्छा जैसा कुछ हुआ था घर में। और यह भी लगा कि खुशियाँ अपनी जगह बनाये रखने के लिए नींद को भी जल्दी आने नहीं देतीं। बजरंगी और सुमन जगे रहे। नींद ही नहीं आ रही थी।

सुमन ने बताना शुरू किया कि अगले आठ माह में सोलोमोन और सोल का कोर्स खत्म हो जाएगा तो वे दोनों अपने देश लौट जाएँगे और शादी कर लेंगे। सोलोमोन के क़िस्से बजरंगी के गाँव के क़िस्से से बिलकुल अलग नहीं थे। वही भूत-प्रेत और झाड़-फूँक के क़िस्से। वही ज़मीन की हिस्सेदारी के लिए लड़ाई-झगड़े। उनके क़बीलों के झगड़ों के बारे में सुनकर बजरंगी को शुकुल-टोला और ठकुर-टोला के झगड़े याद आ गए थे। बजरंगी को सोलोमोन जो क़िस्से सुनाता था वह या तो मिज़ो की भाषा में छन कर आता था या लुड्डू की भाषा में। आज सोलोमोन अपनी दादी को याद करते हुए रो ही पड़ा। साला बस

देखने में ही दैत्य जैसा है बाकी मन चिड़िया का है। वह अपनी दादी से बहुत प्यार करता है और उस बुढ़िया दादी के मरने के पहले वह अपने देश लौटना चाहता है। उसे डर था कि इसी बीच कहीं उसकी दादी मर न जाए। उसे आज दादी की बहुत याद आ रही थी। बजरंगी उसकी इसी बात पर ख़ुद भी थोड़े भावुक हो गए थे। यहीं आकर बजरंगी का इतिहास सोलोमोन के वर्तमान से बिलकुल मिल गया था। लगा कि यह सोलोमोन की नहीं बल्कि उनकी अपनी ही कहानी है। बजरंगी ने अपनी माँ का चेहरा कभी नहीं देखा था। वह बजरंगी को जनते हुए ही गुज़र गई। पिता ने दूसरी शादी कर ली। बजरंगी अपनी नयी माँ को चाची कहते थे। चाची ने बजरंगी को कभी कष्ट नहीं दिया पर बजरंगी के खर्चे के मामले में चाची की मुट्ठी हमेशा ही बंद रही। बजरंगी को उनकी बुढ़िया दादी ने ही पाला। अपनी दादी को वे ईया कहते थे। गाँव के लोगों का मानना था कि ईया ने बजरंगी को इतने लाड़-प्यार से पाला कि बजरंगी बिगड़ ही गए। इसी बीच ईया की मोतियाबिंद की वजह से एक आँख जाती रही। बजरंगी को जब होश आया तब तक उनकी ईया आधी अँधी हो चुकी थी। अब बजरंगी की बारी थी। वे पल-पल ईया का ध्यान रखते। ईया उनके प्यार को पाकर उन्हें ख़ूब चूमती और क़िस्मत पर रोती भी। पर इस प्रतिप्रेम से ईया की आँख का इलाज संभव नहीं था। पिता के हाथ में अब था ही क्या, चाची की दो और औलादों के सिवाय। दसवीं करते ही बजरंगी ने तय किया कि कमाने जाएँगे। वे दिल्ली आकर पैसा जोड़ने लगे। बीच-बीच में गाँव जाते। कई बार ईया को दिल्ली चलने को कहा पर वह आई ही नहीं। ईया को एक बार पटना लेकर गए बजरंगी। डॉक्टर ने कहा कि एक आँख का इलाज तो हो सकता है लेकिन दूसरी आँख ख़त्म हो चुकी है। उसका कोई इलाज नहीं। एक आँख बचाने के लिए बीस हज़ार रुपए चाहिए। बजरंगी ने ईया को गाँव छोड़ा और वादा करके गए कि चार महीने में आएँगे पैसे लेकर। तब ऑपरेशन होगा। वादा किए हुए अभी दो महीने ही हुए थे कि ईया शीतलहर की चपेट में आकर गुज़र गई। बहुत रोये बजरंगी। बहुत ही ज्यादा। बजरंगी के गाँव पहुँचने के पहले ईया को फूँका जा चुका था। ईया का चेहरा भी नहीं देख पाए बेचारे।

ईया की याद आते ही बजरंगी की आँखों से पानी रिसने लगा। पानी जब

पत्नी के कन्धों से टकराया तो पत्नी ने टोका, ''क्या हुआ...क्या हुआ जी।'' बजरंगी ने ''कुछ नहीं...कुछ भी नहीं'' कहते हुए करवट बदल ली। बहुत दिनों बाद उन्होंने आज दिनभर हाड़तोड़ मेहनत की थी। यह कूलर नहीं होता तो शायद बजरंगी आज बीमार पड़ जाते। पर उनके पैरों में अभी भी दर्द था। उन्होंने सुमन से सोये-सोये ही कहा, ''पैर पर पैर रख दो।'' उनके दो पैरों पर दो पैर गुलदस्तों की तरह बहुत हौले-से आ पड़े। फूलों ने थोड़ी राहत दी तो नींद भी आ गई।

ख़ूब खुला हुआ मैदान था। इतना खुला कि आसमान भी छोटा लग रहा था। वहाँ इमली का बहुत बड़ा और छतनार पेड़ था। कुछ लोग वहाँ से बजरंगी को बार-बार आवाज़ दे रहे थे। बजरंगी झक सफ़ेद पाजामा-कुर्ता पहने हुए हैं। सफ़ेद जूता भी पहने थे जो उस दिन भाई जी के साथ दुकान में देखे थे। एकदम वही जूता। लोगों के बुलाने पर पास गए तो पहचाना कि ये तो सोलोमोन और सोल हैं। वे पुकार रहे हैं, ''बाया...बाया आओ...आओ बाया।'' पास पहुँचे तो साफ़ लग गया कि उन्होंने अभी-अभी शादी कर ली। बजरंगी ने ख़ुशी से उन दोनों के सर पर बारी-बारी से हाथ रख कर आशीर्वाद दिया। सोल ने तो पैर भी छुए बजरंगी के। बजरंगी जानते ही थे कि यह लड़की बहुत समझदार है। इसी बीच सोलोमोन बजरंगी का हाथ पकड़े-पकड़े पेड़ के दूसरी ओर ले गया जहाँ छाया गझिन थी। छाया में एक ख़ूब झुर्रीदार चेहरों वाली बुड्ढी औरत लकड़ी जलाकर हंडिया में कुछ पका रही थी। सोलोमोन ने परिचय कराया, ''दादी...बज्जी बाया...बाया ये दादी।'' बजरंगी समझ गए कि यह सोलोमोन की दादी है। उन्हें तो यह पता ही नहीं था कि सोलोमोन की भाषा में भी दादी को दादी ही कहते हैं। उन्होंने फुर्ती से दादी के चरण-स्पर्श किये। दादी ने उनका माथा चूम लिया। हंडिया से एक जानी-पहचानी खुशबू उठ रही थी। बजरंगी ने पहचान लिया, ''अरे ई साग़ है।'' साग़ की सुगंध ठीक वही थी जो बरसों पहले बजरंगी की दादी की हंडिया से उठा करती थी। उन्हें हैरानी हुई। ठीक वही गंध, वही रंग। पर उनकी सोच को तब विराम लगा जब उन्होंने देखा कि जिस बटलोई में वह साग़ बना रही थी वह उनकी अपनी दादी की बटलोई थी। उन्होंने इस बार ध्यान से सोलोमोन की दादी को देखा। वह सोलोमोन की दादी नहीं थी

अब। वह बजरंगी की दादी थी। वही कपड़े, वही आँचल से ढँका हुआ माथा। एक आँख मोतियाबिन्द की मार से मूँदी हुई जिससे वैसे ही पानी रिस रहा था। दूसरी अधखुली आँख से दादी बजरंगी को निहार रही थी। बजरंगी के मुँह से निकला, ''ईया... ?'' यह सवाल था कि संबोधन इसका फ़ैसला ख़ुद बजरंगी नहीं कर पा रहे थे। पर उनकी ईया ने मुस्कुराकर जब अपनी बाँहें बजरंगी को सीने से लगाने के लिए फैला दीं तो कोई संदेह नहीं रह गया। बजरंगी छटपटाए हुए बछड़े की तरह दादी से लिपट गए, ''ईया रे ईया...ईया रे ईया।'' वे दहाड़ मार कर रोए जा रहे थे। ममत्व जब उमड़ता है तब वह शताब्दियों की दूरियाँ पाट देता है, तो यह दस साल की दूरी क्या थी!! बजरंगी उस ममता की बढ़ियाई नदी में डूब गए थे।

तभी, एक और आवाज़ आई। ''तुम रो क्यों रहे हो पापा ?'' लुड्डुआ ने उनके पीछे से सवाल किया। बजरंगी अपनी ईया को छोड़ कर झटके से पीछे मुड़े। देखा कि उनका पूरा कुनबा वहाँ हाज़िर है। हिरिया-जिरिया भी। लछमिनिया उन दोनों के साथ उसी पेड़ की पकी इमली खा रही है। बजरंगी के मुँह से निकला, ''अरे...तुम लोग यहाँ कैसे ?'' लुड्डू ने तपाक् से जवाब दिया, ''हम लोग साइकिल से आए हैं पापा।''

''साइकिल से ? समुद्र पार करके।'' बजरंगी की हैरानगी अभी अधूरी ही थी कि मिज़ो भी आ धमका, बोला ''हाँ बैया साइकिल से...तुम्हारी साइकिल पानी पर भी चलती है।''

बजरंगी का माथा भन्ना रहा था, ''भाग भेंड़ुआ...ये कैसे हो सकता है ?''

तब मिज़ो ने इशारा किया, ''यही आदमी तो लाया है बैया...ये लम्बा टोपी वाला।''

बजरंगी ने उस शख्स को देखा। नीला कपड़ा और घुटने भर का बूट डाले हुए दाढ़ीवाला आदमी बजरंगी के सामने खड़ा था। उसकी कमर की सोने-चाँदी जड़ी म्यान से तलवार झूल रही थी। अरे ये तो वही आदमी है जो उस रात साइकिल से बात कर रहा था! बजरंगी थोड़े सहम गए। पर इस बार वे अकेले नहीं थे कि डर जाएँ। और अभी रात भी नहीं हुई थी। इसका एहसास होते ही उन्होंने लपक कर उस बहुरूपिये का गिरेबान पकड़ लिया, ''कौन है रे भेंड़ुआ

तू...क्यों ले आया इन सबको इतनी दूर ?''

बहुरूपिया बजरंगी की पकड़ में कसमसा रहा था, उसने बड़ी मुश्किल से जवाब दिया, ''खोजी हूँ खोजी।''

''खोजी ?''

''हाँ, खोजी।''

''किसे खोज रहा है रे तू ?'' बजरंगी उस पर चीखे।

मिज़ो बीच में लपका, ''बैया ये तुम्हारा साइकिल लेने आया था...बोल रहा है कि मेरी साइकिल है।''

''इसकी कैसे है ? मैंने पैसे देकर आठ साल पहले ख़रीदा था...इसकी कैसे हो गई।''

तभी साइकिल दुकान का मालिक आ गया, ''अरे छोड़ो...छोड़ो इसे।'' उसने बजरंगी और बहुरूपिये को अलग-अलग किया। दुकानदार बजरंगी पर ही नाराज़ हुआ, ''अरे मैंने कहा तो था कि इसी जहाज़ी के लोहे से यह साइकिल बनी थी। याद करो भाई...इसी आदमी का जहाज़ डूबा था।''

बजरंगी दुकानदार से ही भिड़ गए, ''तो...तो ? मैंने साइकिल की क़ीमत दी थी।'' क़ीमत शब्द सुनते ही दुकानदार ने झटपट अपनी जेब से उतनी रक़म बाहर निकाली, ''ये लो अपने पैसे और साइकिल इसे दे दो।'' बजरंगी बिगड़ गए, ''अरे पागल हो गए हो क्या...साइकिल इसे दे दी तो घर कैसे जाऊँगा सबको लेकर...ये भेंड़ा यहाँ सबको लाकर फँसा दिया बिदेश में ?'' अंतिम पंक्ति कहते-कहते बजरंगी ख़ुद भी सहम गए। उन्होंने ख़ुद-से-ख़ुद ही पूछा, ''और हम कैसे आ गए यहाँ ?''

उधर बहुरूपिया ठट्ठा मार कर हँस रहा था, ''हा-हा-हा-हा...ये भी इंडिया ही है।''

बजरंगी उस पर दाँत पीस कर झपटे। पर बहुरूपिया इस बार सावधान था। उसने झट से अपनी म्यान से तलवार निकाल ली। बजरंगी के होश उड़ गए। वे जहाँ थे वहीं खड़े हो गए। बहुरूपिया साइकिल पर बैठा तो साइकिल रोने लगी, ''बजरंगी...बजरंगी।'' इतना सुनना था कि बजरंगी जान पर खेल गए। उन्होंने साइकिल का पिछला पहिया पकड़ लिया, ''साइकिल तो नहीं ले

जाने दूँगा...चाहे जान चली जाए आज।'' वे लगातार साइकिल का पिछला पहिया पीछे खींच रहे थे और बहुरूपिया पैडल दबाकर उसे आगे खींच रहा था। बजरंगी ने पूरा ज़ोर लगा दिया और उनकी चादर चर्रर करके बीच से मसक गई। लुड्डुआ ज़ोर से चिल्लाया, ''मम्मी ये देखो...पापा सोए-सोए चादर ही फाड़ दिए!'' सुबह हो चुकी थी और रसोईघर से प्रेशर कुकर ने एक लम्बी सीटी मारी। बजरंगी ने चादर से मुँह बाहर निकाल कर लुड्डुआ को ज़ोर से डाँटा, ''अरे भेंड्ड़ा? बंद कर कूलर...ठंडा के मारे रात भर नहीं सो पाए हम।'' फिर उन्होंने झटके से ड्योढ़ी फाँदकर साइकिल का जायज़ा लिया। साइकिल दरवाज़े से सटी अभी सो रही थी।

6

राजनीति एक पवनचक्की है जिसे हर वक़्त हवाओं का इंतज़ार रहता है। हवा जैसी भी हो चलती रहनी चाहिए। जलसे के बाद तो दिल्ली की हवा ही बदलने लगी और साहेब सर फिर विवादों में आ गए थे। जलसा बेहतरीन हुआ था। हज़ार से ज़्यादा लोग आये थे। क्या मजमा लगा था! साहेब सर ने अपने भाषण में कहा कि हमने सिकंदर को ही नहीं रोका केवल। हमारी संस्कृति ने टिड्डियों का विजयी-रथ रोका। इतिहास गवाह है कि बार-बार रोका गया। पर कुछ तो हुआ है इधर कि हम आज फिर खतरे में आ गए हैं। इस बात पर साहेब सर का ज़बरदस्त जयघोष हुआ फिर।

बजरंगी को भी लगने लगा कि खतरा है पर वे खतरे को देख नहीं पा रहे थे साफ़-साफ़। इसलिए वे अपनी मंदबुद्धि पर क्रुद्ध भी हो रहे थे। भाई जी ने एक बार कहा था कि राजनीति में गणित कभी सीधा नहीं होता बजरंगी। यहाँ अक्सर दो और दो पाँच होते हैं या तीन होते हैं। दो और दो बाइस भी हो जाते हैं कभी-कभी। पर दो और दो चार कभी नहीं होते। बजरंगी को यह बात बिलकुल भी समझ नहीं आई। जो बजरंगी भाई जी की हर बात पर 'जी भाई जी' कहते थे, इस गणित वाले सवाल पर चुप ही रहे। उनकी चुप्पी की एक वजह यह भी थी कि जलसे में साहेब सर को उन्होंने दो बार प्रणाम किया पर साहेब बजरंगी को पहचान ही नहीं पाए। एक बार तो उन्होंने उनके पैर भी छूने

चाहे पर सुरक्षाकर्मियों ने बजरंगी को बीच में ही रोक कर किनारे लगा दिया। लगभग धकेलते हुए। बहुत दुःख हुआ बजरंगी को। साहेब सर और उनके रिश्ते पानी और तेल की तरह हो चुके थे शायद, पर उन्होंने किसी को यह बात बताई नहीं। यह बजरंगी का पहला पोलिटिकल डिप्रेशन था। कोई नहीं, वे फिर उनसे मिल लेंगे। राजनीति में तो ज़बरदस्ती भी मिला जाता है। जो भी हो उन्हें साहेब सर और भाई जी से हर स्तर पर बस जुड़े रहना होगा, इस बात की लगभग गिरह बाँध ली थी उन्होंने। पर राजनीति का वह सिरा जो ठीक से जोड़ दे, इस मज़दूर को अभी मिल नहीं रहा था।

भाई जी ने एक बार कहा ही था, ''राजनीति संभावनाओं का खेल है बजरंगी। निराशा दिखनी नहीं चाहिए। जब सचमुच की निराशा हो तब भी नहीं।'' कभी तो मौक़ा आएगा ही जब वे सबसे आगे निकल जाएँगे। जलसे में न जाने कितने लोगों ने बजरंगी को नमस्ते किया था। याद नहीं उनको कि कितनों से हाथ मिलाया होगा। मामूली बात नहीं थी यह। भाई जी के बाद सबसे ज़्यादा बजरंगी को लोग वहाँ पहचानते थे। मोहल्ले से निकलने वाली उनकी तीन बसें ठसाठस भरी हुई थीं। पोस्टर में उनकी तस्वीर छपने के बाद तो मोहल्ले के लोग भी उनका लोहा मान रहे थे। बजरंगी, सोलोमोन और मिज़ो को भी सपरिवार बुलाना चाहते थे जलसे में पर कुछ सोचकर रुक गए। बजरंगी उन्हें बुलाने से रुक क्यों गए, इसकी ठीक-ठीक वजह ख़ुद बजरंगी भी नहीं जानते थे।

भाई जी ने जलसे के बाद अपने मोहल्ले में एक भव्य जगराता किया। शोर था कि देवी-जागरण में साहेब सर भी आएँगे। बड़ी भीड़ उमड़ी थी पर अचानक साहेब सर की तबीयत बिगड़ जाने की सूचना आई। वे नहीं आ पाए। पर भीड़ ने भाई जी को इलाक़े का सबसे बड़ा नेता घोषित कर दिया था। बजरंगी भी महसूस करने लगे कि उस जलसे के बाद भाई जी का पॉवर इधर बहुत बढ़ गया है। भाई जी लगातार अपने इलाक़े के बड़े-छोटे जलसों में अतिथि बनकर जाने लगे हैं। बजरंगी भाई जी की परछाई बने रहे। पर बजरंगी ने यह भी महसूस किया कि भाई जी का पारा इधर लगातार चढ़ा रहता है। वे पहले की तरह मुस्कुराकर मंच पर नहीं बोलते हैं अब। बल्कि गरजने लगते हैं। उनका

चेहरा धीरे-धीरे बहुत खूँखार हो चला था। लगता है कि वे मंच से भाषण नहीं दे रहे हैं, बल्कि आग बो रहे हैं और जनता थी कि अपनी लोमहर्षक ध्वनियों से उन्हें और उत्तेजित करती रहती। कुछ तो होकर रहेगा अब!

भाई जी के इस उग्र बदलाव का असर बजरंगी पर इतना हुआ कि बजरंगी को रातों में भाई जी के ही सपने आने लगे थे। एक बार उन्होंने सपना देखा कि भाई जी मंच पर माइक थामे गरज रहे थे। मंच के आगे बजरंगी और उनका परिवार बैठा था। भाई जी अपने खूँखार चेहरे को आगे कर गरजने लगे, ''हम खतरे में हैं बजरंगी...हमारी आने वाली संततियाँ हमें माफ़ नहीं करेंगी... जागो बजरंगी...उठो बजरंगी।'' उनकी आवाज़ लगातार कर्कश होती चली गई और फिर चीख़ में बदल गई। लछमिनिया ने डर के मारे अपने निक्कर में सू-सू कर दिया और लुड्डुआ बुक्का फाड़कर रोने लगा। बजरंगी भाई जी पर झपटे, ''अरे हो गया भाई जी...अब बस कीजिए...मेरे बच्चे डर रहे हैं।'' वह सपना तो सपना ही था। पर उसी के असर से बजरंगी की दिनचर्या में आधे घंटे का पूजा-पाठ जुड़ गया था। ताकि माथा शांत रहे उनका। अब वे सुबह जल्दी उठ जाते और आधा घंटा पूजा करते। अपने ललाट पर लम्बा तिलक लगाते और दाहिनी कलाई में मोटा-सा रक्षा धागा बाँधते। धागे को वे हर चौथे या पाँचवें दिन बदल लेते। वे उसे लगातार चमकते हुए देखना चाहते थे।

समय की एक अपनी गति होती है। उस गति के भीतर इतिहास अपने भार को साझा करने के लिए कंधे तलाश रहा था और इधर बजरंगी थे कि एक बार फिर घर का भार उठाए फ़ैक्ट्री में बैल की तरह जुत गए थे। आज वे साइकिल से फ़ैक्ट्री जा रहे थे तो रास्ता एकदम गुलज़ार लगा। कोई त्योहार आनेवाला है क्या जी? बजरंगी को त्योहारों का पता बाज़ार की रौनक से चलता है। यह बाज़ार न हो तो त्योहारों का पता भी न चले उन्हें। पर सड़क की हालत फिर ख़स्ता हो रही थी। जो गड्ढे लड़-झगड़कर बजरंगी ने भरवाए थे वे फिर उग रहे थे। उगते गड्ढों से अपनी साइकिल बचाते हुए उन्होंने हवा में गाली दी, ''ई भेंड़ुआ ठेकेदार कभी नहीं सुधरेगा सब!'' ठेकेदार की याद आते ही उन्हें वह चाय की दुकान दिखी जहाँ पुलिस की उपस्थिति में ठेकेदार से उनका समझौता हुआ था। बजरंगी ने अपनी साइकिल उस दुकान की ओर मोड़ ली। साइकिल

कसमसाई, ''कहाँ बजरंगी ? नहीं मानोगे तुम ?'' पर बजरंगी ने उसे कोई जवाब नहीं दिया। साइकिल को क्या पता कि नेतागिरी की भी एक आत्मपरीक्षा होती है पब्लिक में। उस परीक्षा को गाहे-बगाहे अपनी ही मर्ज़ी से नेता चुनता है। उसे ही नेतागिरी का सेल्फ़-असेसमेंट कहते हैं।

अपना प्रभाव जनता में तौलने के लिए बजरंगी साइकिल से उतरे और चायवाले को संबोधित किया, ''का महाराज! सब कुशल-मंगल।'' दुकानदार तो पहले पहचाना ही नहीं पर हुलिया भी एक चीज़ होती है। बजरंगी के पाजामे-कुर्ते ने दुकानदार की स्मृति को झकझोरा तो वह पहचान गया, ''ओजी-ओजी आप हो...आ जाओ जी बैठो-बैठो...चाय पियो।'' ये मारा बजरंगी ने चौका। उनका सीना कुछ फूल गया। उन्होंने देखा कि वे मज़दूर भी वहाँ बैठे थे जो उस दिन थे। बजरंगी ने उनको घूरा तो एक ने चुपचाप सरक कर उनके बैठने के लिए जगह बनाई। पर उनसे बोला कोई नहीं। बजरंगी ने सरक चुके मज़दूर को मुस्कुराकर कहा, ''कोई बात नहीं। तुम आराम से बैठो...हम तो चाय पीने के लिए आये हैं बस।'' वे खड़े-खड़े उबलती चाय को निहारने लगे। इस तरह से रुककर चाय पीना उनकी आदत नहीं थी पर ख़ुद की परीक्षा भी तो लेनी थी। वहाँ कुछ और मज़दूर भी थे। एक मज़दूर उन्हें कुछ जाना-पहचाना लगा जो चेहरा घुमाकर मट्टी-चाय उड़ा रहा था। अरे ई तो अमजदवा है! जानबूझकर मुँह मोड़े बैठा है भेंड़ु ? अमजद उनके ही ज़िले का था। बल्कि बजरंगी के मोहल्ले में रहता था। साला बहुत जलता है बजरंगी की उड़ान से। पहले तो यह बजरंगी के ही पीछे-पीछे चलता था पर जब से बजरंगी भाई जी से जुड़कर कुछ और बड़े हुए हैं तब से साला एकदम कट गया है। न्योता देने पर भी नहीं आता-जाता है कहीं। बजरंगी को मौक़ा मिला। रौब से बोले, ''का अमजद महाराज...अब ये दिन आ गए हमारे।'' अमजद मट्टी को चाय के साथ निगलते हुए घूमा, ''अरे बजरंगी भईया...प्रणाम।'' उसने सच में नहीं देखा था बजरंगी को।

''का जी ? यहाँ क्या कर रहे हो ?''

''भईया यही तो अड्डा है मेरा...हम दिहाड़ी लेकर यहीं से उठते हैं।'' अमजद ने बड़ी आत्मीयता से जवाब दिया।

तब तक बजरंगी की चाय आ गई। उन्होंने दुकानदार से एक और देने को कहा तो अमजद बोला, ''अरे भईया हम अभी तो ख़त्म किये हैं अपनी चाय।''

''कोई बात नहीं...एक और पी लो।'' ऐसी जगहों पर बजरंगी बड़प्पन दिखाना नहीं भूलते। माथे पर तिलक लगाये और रक्षा धागा पहने बजरंगी अमजद की निगाह में भव्य लग रहे थे। अमजद ने प्रशंसा की, ''भईया एकदम निखर गए हैं आप...पर्सनालिटी दमदार लग रही है आपकी।'' बजरंगी ख़ुश हुए, ''अरे ई सब तो पहचान है हम सब की।'' पहचान शब्द पर ज़ोर दिया बजरंगी ने। अमजद ने सहमति जताई, ''बिलकुल भईया।'' बजरंगी जब दो कप चाय के पैसे देकर निकलने को हुए तो उन्होंने उन मज़दूरों को लक्ष्य करके अमजद को संबोधित किया, ''इन्हीं लोगों के साथ दिहाड़ी करते हो क्या जी?'' अमजद, ''हाँ भईया,'' बोला। बजरंगी ने मज़दूरों को सीधा संबोधित किया, ''अरे अमजद मेरे गाँव का लड़का है भाई। देखना कोई परेशानी न हो इसको। मिलजुलकर रहना सब।'' इस बात को बजरंगी ने बहुत भारी आवाज़ में कहा था। उस आवाज़ को इस बार कोई नज़रअंदाज़ नहीं कर पाया। एक मज़दूर ने जवाब दिया, ''कोई नहीं जी आप जाओ...फ़िकर ही न करो।'' बजरंगी वहाँ से चल दिए। साइकिल चलाते हुए वे मुस्कुरा रहे थे। सेल्फ़-असेसमेंट में अच्छे नंबर मिल गए। वे आगे बढ़े।

साइकिल चलाते उनके माथे का तिलक चूकर आँख और नाक पर अब पसरने लगा था। रक्षा धागा भी पसीने से गीला हो रहा था। बजरंगी ने महसूस किया कि घर से फ़ैक्ट्री के बीच चाय की दुकान तक तो माथे का तिलक ठीक रहता है पर चाय की दुकान से फ़ैक्ट्री के बीच में तिलक धुल-पुँछकर बराबर हो जाता है। तभी तो लोग उनको नोटिस नहीं करते थे वहाँ। बजरंगी को चाय की दुकान के बाद से फ़ैक्ट्री तक जनता द्वारा नोटिस न किये जाने की वजह समझ में आई। यही दिक्क़त है साइकिल से चलने में। बजरंगी भाई जी को याद करते हुए सोचने लगे कि तिलक और रक्षा धागा ए.सी. वाली कार में रहने पर ही चमकते हैं। साइकिल पर इस चमक का निर्वहन भला कैसे होगा। कोई नहीं एक दिन वह दिन भी आएगा।

फ़ैक्ट्री धीरे-धीरे सँभल रही थी। वैसे भी उसकी हैसियत किसी बहु-

राष्ट्रीय कंपनी जैसी नहीं थी। हज़ार-दो हज़ार ग़ज की फ़ैक्ट्री में कुल पैंतीस-चालीस मज़दूर होंगे। इसलिए अपनी महीने-भर की मेहनत से नए मैनेजर को बहुत संतुष्ट कर दिया था बजरंगी ने। लंच टाइम तक तो भारी और हल्के लोहे को बजरंगी मज़दूरों के सहारे अलगाते रहे। पिछली बार तेज़ाब बहुत ख़राब सप्लाई हुई थी फ़ैक्ट्री में। लोहे पर लगी जंग ही नहीं छूट रही थी। पर इस बार जो आई थी कमाल थी। बजरंगी ने उसकी ताक़त जाँचने के लिए लोहे के सरिये पर बस दो बूँद ही डाली थी। पलक झपकते ही सरिया के दो हिस्से हो गए। उन्होंने मन-ही-मन कहा, ''ये होता है साला पॉवर।''

उनके निर्देशन में मज़दूर बहुत सँभल-सँभलकर तेज़ाब छिड़कते रहे। लोहे से जंग ऐसे छूट रही थी जैसे कि गीली मिट्टी हो। लंच टाइम के बाद लोहा गलाने का काम शुरू ही हुआ था कि फ़ैक्ट्री से बाहर लोगों का शोर उठना शुरू हुआ। शुरू के आधे घंटे तक सबको लगा कि कोई लड़ाई-झगड़ा हुआ होगा पर जब शोर ने धीरे-धीरे दिशा बदलनी शुरू की तो कुछ खटका हुआ सबको। लोगों का शोर-शराबा चौआई बयार की तरह कभी फ़ैक्ट्री के पूरब से आता तो कभी पश्चिम से। दक्षिण से दो बार ज़बरदस्त शोर उठा। बजरंगी मेन गेट से बाहर जायज़ा लेने निकले। मेन रोड पर हुआ था कुछ। वे उधर लपके तो देखा कि एक बस जल रही थी और सड़क की सारी दुकानें धड़धड़ करके बंद हो रही थीं। एक साथ सैकड़ों शटर उनकी आँखों के सामने बंद हुए। क्या मामला हो गया? जलती हुई बस से बहुत आगे एक भीड़ भी दिखी। पर बहुत धुँधली-सी। कुछ देर तक वे समझते रहे कि हुआ क्या है।

बजरंगी जब वापस लौटे तो फ़ैक्ट्री की सारी मशीनें बंद थीं। मैनेजर लंच करने अक्सर बाहर जाता था। वह भी नहीं लौटा था। अन्दर आए तो आधे से ज़्यादा मज़दूर नदारद थे। पता चला कि मैनेजर बाहर-से-बाहर अपने घर चला गया था। उसकी कार पर भी ज़बरदस्त पथराव हुआ है। बस जान बच गई उसकी। उसने फ़ोन करके सभी मज़दूरों को फ़ैक्ट्री बंद करने और तत्काल अपने-अपने घर चले जाने का ऑर्डर दिया था। बजरंगी समझ गए। सबसे पहले तो उन्होंने घर पर फ़ोन किया। वहाँ सब ठीक था। फिर गंभीरता दिखाते हुए चोर-दरवाज़े से बचे हुए मज़दूरों को भेजा। तीन मज़दूरों ने बाहर जाने

से एकदम मना कर दिया। वे बहुत डरे हुए थे। उनके घरों से फ़ोन आया था कि उनका पूरा इलाक़ा चपेट में है। बजरंगी ने मेवाराम चपरासी के साथ उन मज़दूरों को फ़ैक्ट्री के भीतर ही रखने का बंदोबस्त करवाया। मेवाराम फ़ैक्ट्री में ही रहता था। सबसे अंत में बजरंगी निकले। पर चोर-दरवाज़े से नहीं। मेन गेट से। साइकिल को चोर-दरवाज़े से निकालना संभव भी नहीं था। वे जब निकलने लगे तो मेवाराम ने सहमते हुए कहा, ''जरा सँभल कर बजरंगी जी।'' बजरंगी एकदम तैश में आ गए, ''अरे छोड़ो मेवालाल...हमको छूने के लिए लोहे का कलेजा चाहिए।''

वे मेन रोड पर पहुँचे थे कि काली जी का फ़ोन आ गया, ''इधर भी फैल गया है।''

''क्या ?'' उन्हें भरोसा नहीं हो रहा था। फिर पूछा, ''क्या बोलीं तुम ?''

''इधर भी फैल गया है। मोहल्ले के पीछे वाली झुग्गी से बहुत धुआँ उठ रहा है।''

बजरंगी का सर चकराया, ''इतनी जल्दी!!'' साला ये कैसे हो सकता है ? बच्चों को घर में ही रखने की हिदायत देकर उन्होंने साइकिल की रफ़्तार तेज़ की। सुबह किसी त्योहार के इंतज़ार में गुलज़ार रास्ते अब एकदम सूने पड़े थे। कुछ दुकानदारों ने अपनी दुकानों से झालरें तक नहीं उतारी थीं। लग रहा था कि अचानक से सब गायब हो गए हैं। सड़कें एकदम सन्नाटे में डूबी हुईं। कभी-कभी दूर से पुलिसिया सायरन बज उठता। बजरंगी अंगद की तरह पाँव जमाए चले जा रहे थे। पर पैरों में एक भारीपन महसूस हो रहा था। जहाँ वे रुककर कभी-कभी पान खाते थे वह गुमटी खुली पड़ी थी और उसका सारा सामान तितर-बितर था। मेन सड़क के चौराहे से वे मुड़े तो साइकिल ने टोका, ''बजरंगी इधर से नहीं।''

''क्यों ?''

साइकिल ने कोई जवाब नहीं दिया। हालात देखकर वह भी चुप हो गई। वे साइकिल को उन्हीं परिचित गड्ढों से बचते-बचाते आगे निकले। फिर उस चाय की दुकान की ओर झाँका। मरियल-सी दुकान साबुत थी अभी। कोई नहीं था वहाँ। उन्होंने रफ़्तार बढ़ानी चाही कि पीछे से एक डरी हुई आवाज़ आई, ''हो

बजरंगी भईया...भईया हो।'' उस डरी हुई आवाज़ में दर्द मिला हुआ था। बजरंगी मुड़े तो चाय की दुकान से अमजदवा किसी चोर की तरह बाहर निकला। उसके होंठ सूखकर छुहारे की तरह लटक रहे थे। चेहरा एकदम स्याह था। आँखों के लाल डोरे तने हुए थे। वह डर के मारे लड़खड़ाता हुआ बजरंगी के पास आया।

''यहाँ क्या कर रहा जी तुम?'' बजरंगी ने उसको डाँटा। बड़ी मुश्किल से उसके हलक से आवाज़ आई, ''भईया फँस गए थे हम। दिहाड़ी पर जहाँ गए वहीं से यह सब शुरू हुआ। ठेकेदार हम लोगों को छोड़कर भाग गया। बड़ी मुश्किल से...'' इतना कहकर वह सिसकने लगा।

बजरंगी उल्टे उसी पर नाराज़ हुए, ''अरे भाग भेंड़ु! रो क्या रहा है? चल बैठ साइकिल पर।'' बजरंगी ख़ुद को साहस दे रहे थे या शायद उसे; ठीक से कुछ कहा नहीं जा सकता। इधर अमजद उछलकर साइकिल के पिछले कैरियर पर बैठा तो बजरंगी ने रोक दिया, ''तुम आगे बैठो। लोहे पर।'' साइकिल के हैंडिल और सीट के बीच के लोहे पर अमजद कुछ सुकून से बैठ गया। बजरंगी ने चारों तरफ़ नज़रें दौड़ाईं। पूरा इलाक़ा किसी मरघट की तरह सन्नाटे में सो गया था। साइकिल ने रफ़्तार पकड़ी। अमजद को महसूस हो रहा था कि साइकिल बहुत तेज़ चल रही है जबकि बजरंगी उसका पैडल तो बहुत सामान्य ढंग से दबा रहे थे। घर के रास्ते में एकाध पुलिस की जिप्सी भी दिखी। सायरन मारती हुई। बजरंगी उसे ताड़ते हुए आगे बढ़ गए।

ऐसा कभी नहीं हुआ था। गली के मुहाने के कूड़ाघर और पार्क में आये दिन लड़ने-भिड़ने वाले सूअर और कुत्ते तक गायब थे। उन्होंने मोहल्ले के पीछे की झुग्गी की ओर निगाह डाली। धुएँ का बवंडर उठ रहा था उधर। उनकी साइकिल सरसराती हुई मोहल्ले में घुस गई। किसी-किसी घर की छत से लोग झाँकते और वापस चले जाते। मोहल्ले की गलियाँ चारों ओर से खुली हुई थीं। कोई कहीं से भी आ सकता था। बस यही एक चिंता की बात थी। ऊपर से सब निर्जीव पड़े थे साले। महामारी भरी-पूरी आबादी को धीमी मौत देती है पर ख़ूनी अफ़वाहें तो तत्काल मारती हैं। आदमी का खून अचानक सूख जाता है। बजरंगी ने साक्षात देख लिया था। मोहल्ले के अंतिम छोर पर अमजद का कमरा था। बजरंगी वहाँ तक गए उसे छोड़ने। घर लौटे तो अमजद का सूखा हुआ चेहरा

नज़र से हट ही नहीं रहा था।

वे पानी पीकर कूलर के आगे बैठ गए। गर्मी थी कि बीतने का नाम नहीं ले रही थी। पर बहुत राहत है कूलर से। लुड्डुआ जगा था और लछमिनिया अभी सो रही थी। बजरंगी शून्य में थे। देखते-देखते समय कैसे बदलता है। सुमन चाय लेकर आई तो बोली कि मिज़ो तो अपने मॉल में ही बंद है आज। उधर भी शायद। ''उ बड़ी जगह है...बहुते गार्ड रहता है सब...मॉल में कुछ नहीं होगा।'' बजरंगी ने देवी जी को निश्चिन्त किया। पर देवी जी की भृकुटियाँ अभी भी तनी हुई थीं। बजरंगी ने पूछा, ''अब का हुआ ?''

''कुछो नहीं...बस मोहल्ला का लोग बता रहा था कि सी-ब्लॉक में भी फैल गया है यह सब।''

''अरे !'' बजरंगी तो भूल ही गए थे, उन लोगों को। तत्काल पूछा, ''हिरिया-जिरिया से बात हुई ?''

''दो बार हुई...बहुत डरी हुई हैं सब...सोलोमोन के घर पर हैं।''

वे फुर्ती से उठे तो देवी ने टोका, ''अब ऐसे में कहाँ जा रहे हैं जी ?''

बजरंगी ने जलती हुई आँखों से सवाल का जवाब सवाल से दिया, ''तो छोड़ दें हम उन सबको ? बोलो ?'' बजरंगी के भीतर का सारा खून जैसे उबल रहा था। पलक झपकते वे साइकिल पर बैठकर मोहल्ले से बाहर आ गए। अभी भी सन्नाटा था चारों ओर। पर आगजनी कहीं नहीं थी। क्षणभर में वे सी-ब्लॉक पहुँचे। ऑटो स्टैंड ख़ाली था। सी-ब्लॉक बहुत छोटा था। पहले झुग्गी जैसा ही था पर सड़क किनारे होने से जल्दी ही मोहल्ले में तब्दील हो गया था। बजरंगी के मोहल्ले से तो कुछ साफ़-सुथरा ही था। गलियाँ भी उतनी संकरी नहीं थीं। पर चारों ओर से खुली हुई थीं। यहाँ खतरा तो और भी ज़्यादा था। इसके चारों ओर सड़क थी। गली के मुहाने पर एक छतनार बरगद था जिस पर अक्सर कौवे काँव-काँव करते रहते थे। आज साले वे भी गायब थे। बजरंगी उस गली में पहुँचे जहाँ उस रात सोलोमोन को छोड़ा था पर याद नहीं कि कौन-सा मकान था। अपना फ़ोन टटोला तो वह जेब में था नहीं। ओह! घर पर ही छूट गया। बड़ी कोफ़्त हुई उनको।

अब इस हालात में वे किसका दरवाज़ा खटखटाते ? बहुत साहस करके

एक घर का दरवाज़ा पीटा, ''कोई है? कोई है भाई?'' कहीं से कोई आवाज़ नहीं आई। अलबत्ता दूसरे घरों की छतों से लोग झाँक रहे थे। बड़ी असमंजस की स्थिति थी। इस सन्नाटे में वे कैसे आवाज़ लगाते? पर नहीं। ऐसे तो कुछ नहीं होने वाला। वे ज़ोर से चिल्लाए, ''ए सोल...ए सोलोमन्न...हम बजरंगी... हम बजरंगी।'' आवाज़ के असर से बगल वाले मकान की छत से आबेबा सोल ने झाँका। ख़ुशी के मारे उसकी चीख़ निकल गई, ''बाया...बाया...बाया।'' फिर सोलोमोन भी दिखा। सब धड़ाधड़ नीचे उतरे जैसे इसी इंतजार में बैठे हों। हरिया-जिरिया तो बजरंगी से लिपटकर रोने ही लगीं। एकदम सही समय पर पहुँचे थे पवनपुत्र।

साइकिल किसी नाव की तरह सड़क पर तैर रही थी। उसका लोहा बहुत मज़बूत था और सभी के सभी चुपचाप उसे पकड़े भवसागर पार कर रहे थे। बजरंगी साइकिल के कभी आगे-आगे चलते तो कभी पीछे-पीछे। बाक़ी सभी जैसे साइकिल पर सवार थे। उस पर हाथ रखे हुए। यह ऐसा भार था जिसे साझा करके साइकिल भीतर-ही-भीतर मुदित हो रही थी। सुनसान सड़क पर वह कभी तेज़ चलती तो कभी धीमे। बड़ा बाज़ार के चौराहे पर कुछ अजनबी खड़े थे। अजनबियों को देखकर सोल कुछ विचलित हुई। उसने झट से अपने गले में झूलते हुए क्रॉस के निशान को अपनी कुर्ती में छुपा लिया। बजरंगी ने उसको निशान छुपाते हुए देख लिया था। उन्होंने तत्काल चेहरा घुमाकर किसी दैत्य की तरह अजनबियों को घूरा जैसे कि अभी चबा जाएँगे उन्हें। अजनबियों की हिम्मत नहीं हुई कि इधर लपक पाएँ। वे जस-के-तस खड़े रहे। सोल की बड़ी-बड़ी आँखें डर से पनियल हो चुकी थीं। क्या नहीं जानती है यह लड़की! ओह! बजरंगी ने उसे साहस दिया, ''अरे डरती क्यों हैं जी सोल...अभी हम... '' बस इतना ही कह पाए बजरंगी। सोल डबडबाई आँखों को झपकाते हुए मुस्कुराने की कोशिश करने लगी। डरे हुए समय में साहस की भाषा कोई भी समझ सकता है।

शाम ढलते-ढलते अफ़वाहें और ख़तरनाक रूप धारण कर चुकी थीं। कहीं से एक अच्छी ख़बर नहीं आई। चारों ओर वही सब। मोहल्ले के पीछे वाली झुग्गी की आग तो बुझ गई थी पर उसका धुआँ हवा में गाढ़ा घुला हुआ

था। किसी को याद नहीं था कि दिल्ली में ऐसा कब हुआ था। पर कुछ लोग जानते थे कि ऐसा कब हुआ था। उसे याद कर-कर के लोगों में दहशत और गहरी हो रही थी। और इधर बजरंगी को इस दहशत से लगातार नफ़रत हो रही थी। बचने-बचाने का बंदोबस्त तो करना ही होगा। वे लोगों से कहते फिरते कि घरों में मत रहो, मोहल्ला बचेगा तभी घर बचेगा। वे बेचैनी में कभी घर आते तो कभी मोहल्ले में चक्कर काटकर लोगों से बात करते। वे जब-जब घर आते तो सुमन पूछती, ''क्या हो रहा है उधर ?'' बजरंगी झट से झूठ बोलते, ''अरे कुछ नहीं भाई। एकाध जगह उत्पात मचा था बाकी अफ़वाह ही है। तुम लोग निश्चिन्त रहो।''

घर का मुखिया चाहे कितना कमज़ोर हो उसका ढाढस घर के मौसम को बदलने के लिए काफ़ी होता है। बार-बार का ढाढ़स पाकर बाहर की दुनिया को घर के लोग भूलने लगे थे। जो चेहरे दहशत से मुरझाये हुए थे, वे यकायक खिल उठे थे। सोलोमोन-सोलो, लुड्डू-लछमिनिया, हिरिया-जिरिया सबने एक तरह से मजमा जमा दिया था। लगा कि घर में कोई त्योहार है। मिज़ो होता तो और मज़ा आता सबको। बजरंगी के किराए के डेढ़ कमरे के मकान में एक पूरी-की-पूरी दुनिया समाई हुई थी, बल्कि चहक भी रही थी। उस चहक में सबसे ऊँची चहक आबेबा सोल की थी। वह ताली बजा-बजाकर सबको एक गाना सिखा रही थी और पीछे से सब-के-सब उसे दोहरा रहे थे, ''जूम-जूम...जुलू जम्बलू लो लो माछिका...मामा अफ्रीका। अस्तो अफ्रीका। अस्तो अफ्रीका, मामा अफ्रीका...''

बजरंगी ने देखा कि गाना सुनने के लालच में साइकिल कमरे में लगभग चली आई थी। उसका अगला पहिया ड्योढ़ी पार करके भीतर आ गया था। जैसे कि उसने अपनी मंज़िल खोज ली हो और अब उसे कहीं नहीं जाना था। जहाज़ी के साथ तो कत्तई नहीं। बजरंगी ने साइकिल से नज़रें मिलाई पर कहा कुछ भी नहीं। तभी भाई जी का फ़ोन आ गया। पता नहीं क्यों बजरंगी को भाई जी से बात करने का मन ही नहीं हो रहा था। इस अनमने मन का परिणाम सामने आया। फ़ोन कट कर दिया बजरंगी प्रसाद ने। भाई जी ठीक ही कहते थे, ''बजरंगी प्रसाद! राजनीति में साथ चलने वालों के रास्ते बदल-बदल जाते हैं।

इसलिए यहाँ क़ायदे से कोई किसी पर भरोसा नहीं करता।'' फ़ोन काटते ही साइकिल ने बजरंगी को अचरज से निहारा। पर बजरंगी मोहल्ले की ओर मुँह किये आगे बढ़ चुके थे। वे बहुत बेचैन थे। जैसे उनका कुछ गुम हो गया था और उसे वे आज के आज ही खोज डालेंगे।

❑❑❑

लेखक परिचय

प्रवीण कुमार दिल्ली विश्वविद्यालय के सत्यवती कॉलेज में सहायक प्रोफ़ेसर हैं। पहला कहानी-संग्रह *छबीला रंगबाज़ का शहर* हिन्दी की बेस्ट सेलर किताब रही और उसे राष्ट्रीय स्तर के दो पुरस्कार, 2017 में 'डॉ. विजय मोहन सिंह युवा कथा पुरस्कार' तथा 2018 का अमर-उजाला अख़बार का प्रथम 'शब्द-सम्मान (थाप)' प्राप्त हुए।